傭兵団の料理番 11

Youheidan no Ryouriban

川井 昂 Ko Kawai
illustration 四季童子

フライパンにごま油を熱し、
豚肉を入れて炒め、色が変わり始めたら、
ニンジン、ピーマン、
キャベツの順に加えて炒める。

「うん。これなら確実に勝てる」
ミナフェは火の通り具合を確認しながら、味見をする。

「旨いのうこれ！」
トゥリヌ様から
良い感想をもらった！
フルブニル様も上品に
杯を傾けて飲んでいた。
「はぁ…体の中から温まる、
良い飲み物だねぇ」

ガングレイブはアーリウスの右手を取り、
両手で包むようにして握る。
「俺は、お前とずっと一緒にいたい。
どうだろうか」

「答えは決まっています」
アーリウスは顔を上げ、
俺にとびっきりの笑顔を向けてくれた。

『シュリ？これはなんぞや？』
テビス姫様たちが食べた直後に
全員に驚愕《きょうがく》の表情が浮かぶ。

ミトス様も驚きのあまり
手のひらを打ち合わせた。
『ほんとう……すごい……』

Youheidan no Ryouriban
New character
Introduction

ミナフェ

17歳
料理人

「お前がそんなご大層な料理人だとは思えないっち。証明しろ」

初対面のシュリにいきなり喧嘩《けんか》を売ってきた少女は料理人。しかも相当な腕前らしいのですが…。

髪色は白系で
長髪を三つ編みにして
腰まで伸ばしている。
前髪はパッツン。
茶色のタレ目で、
健康的な肌色。
猫背が酷《ひど》い。
身長170 cm。
スタイル良く
出るところは出て
引っ込むところは
引っ込んでいる。
ズボンタイプの
コック服で
いることが多い。

傭兵団の料理番 11

川井 昂

ヒーロー文庫

傭兵団の料理番 11

Youheidan no
Ryouriban

illustration : 四季童子

CONTENTS

イラスト／四季童子
装丁・本文デザイン／5GAS DESIGN STUDIO
校正／福島典子（東京出版サービスセンター）
DTP／伊大知桂子（主婦の友社）

この物語は、小説投稿サイト「小説家になろう」で
発表された同名作品に、書籍化にあたって
大幅に加筆修正を加えたフィクションです。
実在の人物・団体等とは関係ありません。

プロローグ　末の妹の困惑～フィンツェ～

「それはどういうことなのっ⁉」

聖木の大国ニュービスト。

肥沃《ひよく》な土壌と穏やかな気候に恵まれ、あらゆる天候の災害から国を守ってくれる巨木、聖木の森によって大陸屈指の豊かさを誇る国。

その土壌を利用した多彩な農業や牧畜、狩猟などで食料を生産し、他国へ供給して高い経済力を得ている。

戦乱の世にあって、大陸中へ食料を輸出してもなお、国内の餓死者の数が他国と比べて非常に低いことから、その桁違いの食料生産力の高さがわかるの。

うちは幼い頃、そのニュービストに留学の名目で追放された過去を持ってる。

祖国からの援助は全くなく、追放された初日から見知らぬ国に放置され、死にそうになっていたところを親切な人に拾われた。

その人たちはうちを拾ってくれただけでなく、育て、教育し、ニュービストで生きるために必要な技術……つまりは料理人としての技術をつけてくれた。

成長したうちは、その親切な人たち……お義父《とう》さんとお義母《かあ》さんに推薦されて、ニュービストでも屈指の格式の高さで知られるレストランで働くことになった。

どうやらお義父さんとお義母さんは、昔このレストランでそれなりの地位を得ていた人物だったらしく、引退してからは市井《しせい》で小さな飲食店を切り盛りしてたみたいなので、そのレストラン……これがまあ厳しいこと厳しいこと。

美食姫が時々お忍びで来るほどの店だったらしく、仕事はもちろん、教育も指導も何もかもが厳しかった。

それでもうちは、生きるためには食らいついていくしかない、齧《かじ》り付いてでも働くしかないと誓って数年。とうとうレストランでそれなりの地位を持つ料理人になった。

もう故郷の記憶もおぼろげになったある日、うちがその話を聞いたのは全くの偶然だった。

「スーニティが……よそ者に乗っ取られたなんて！」

たまたま忙しい時間が終わった休憩中に、給仕が店の裏で話をしていたのを聞いたの。

スーニティがよそ者の領土になってしまったこと。うちをここに追放したくそ親父の正妃レンハが、投獄されたこと。

思わずうちは給仕たちに詰め寄り、胸ぐらを掴《つか》んでいた。これでもうちは何年も鍋ふりをしているの。

だから、腕力には自信がある。上背《うわぜい》はないけど。

「お、おち、落ち着け、フィンツェっ」

「これが落ち着いてられるものじゃないのはよくわかるはずなの！　うちの、記憶もおぼろげとはいえ思い出の故郷が、うちの家族以外の人に横から奪われるなんて、許されるはずがないの！」

「た、確かにお前は、領主一族、て、言ってたけど、それも何年も前だろっ」

「それでも……」

うちは給仕の胸ぐらから手を離して、うなだれた。

「うちにとっては、美しい記憶として残っている故郷なの……」

故郷で、今は亡き母さんと薄ぼんやりとしか顔を思い出せない兄さんたちと過ごした、あの穏やかな日々。それが突然正妃によって奪われ、うちは追放された。

辛《つら》い日々も悲しい日々も、いつか故郷に帰れるようになるその日を夢見ることで乗り越えたの。

それが……まさかこんなことになるなんて……。

「フィンツェ……お前の悲しい気持ちはわかるけどよ。これ、国というか姫様の思惑が絡んでるらしいぜ。宮廷の知り合いが言ってた」

「どういうことなの？」

うちが顔を上げて聞くと、もう一人の給仕がばつの悪そうな顔をしている。

「うちの店さ。この頃めっきり、美食姫……テビス姫様のお忍びの来訪がないじゃん」

「それは知ってるの」

今までは一か月おきほどにこっそりと店に来ていたテビス姫様が、このところ、全く来ることはなかった。そのため、店の店主や料理長たちは苛立《いらだ》ち、部下に当たり散らすこともあったの。

気持ちはわかるの。

今まで来ていた上客が、いきなり全く店に来なくなってしまっては店の格が下がり、人気や評判にも関わってくる。

料理長は再び厨房《ちゅうぼう》内の規律を引き締め、技術向上のためにあれこれ手を尽くしているけど……それでもテビス姫様が来ることはなかった。

「俺さ、気になって宮廷の知り合いに頼んでみたんだよ。どうしてテビス姫様が店に来なくなったのか、気付かぬうちに粗相でもしてしまってご立腹なのか、それとなく調べてもらったんだ」

「それで?」

「なんのことはない。うちの店よりも遥《はる》かに技術があって美味《おい》しい料理を作る料理人が、外の国に現れたからなんだ」

うちは驚いてしまった。

うちが働いているこの店は、ニュービストでも最上級といえるほどの格式の高さを誇っている。それはもちろん、料理だって美味しいってことなの。

それなのに、うちらよりも美味しい料理を作る料理人が外にいるとは、思いもしなかったの。

「それ、店主と料理長には」

「言った。けど、信じてもらえなかったよ。そんなことありえないって」

「じゃあ、ほら話じゃないの？　宮廷の知り合いが調べられなかったから、適当な話をしているだけじゃ」

うちがそう言うと、給仕はとても困った顔をした。

「俺だってそう思ったさ。適当なこと言いやがってとな。だけど、証拠を提示されちゃどうしようもない」

「証拠？」

「テビス姫様が最近執心している、マーボードーフって料理を知ってるか？」

「当たり前なの」

うちは憤慨《ふんがい》しながら言った。うちだって料理人のはしくれだ、話題となった新作料理に関しては、常に聞き耳を立てている。

「テビス姫様のお付きの料理人が、姫様にお出ししているという新作料理でしょ。なんでも、姫様の好みの料理として話題になって、今ではいろんな店で作られているという。うちも何度か試作したことがある」

あのテビス姫様が好んで食べられる料理マーボードーフ。この話を聞いた数多《あまた》の料理人が、その料理を調べて自作している。

もちろんうちも聞いた話を元に再現しようとしたの。

しかし、できなかった。少なくとも、うちには。

他の店ではそれっぽいものができていると聞いたので、正体を隠して食べに行ったことがある。それも、いろんな店のものを、だ。

だけどわからなかった。最新の料理であるが故に、店ごとに味にばらつきがある。

さらに噂話《うわさ》を集めると、なんでも城の食堂でマーボードーフが作られていると聞いたので、これも正体を隠して食べに行ったの。

あれは確かに美味《おい》しかった。辛くて、旨みがあって、体の芯から温まるような料理。

うちが店のものと城のものを食べ比べて思ったのは一つ。これは、既存の調味料では作れない料理なのではないかということだ。

だからうちも試作の段階では作れなかった。香辛料だけではあの複雑な辛みと旨みを再現できない。

そして気づいた。これを最初に作った奴は相当狂ってる奴だと。

既存の技術や調味料を使わず、最初から最後まで自分で探し、編み出し、作り出したものだって。

その人のことを調べようと思ったけど、うちにはわからなかった。

「そうだ、あの料理だが……実はこの国の料理人が最初に作ったもんじゃない」

「じゃあどこの人？　オリトル？　アルトゥーリア？　それとも最近噂になってるアズマ連邦ってところなの？」

「いや、あれは……うちの国にも一時期訪れていた、とある傭兵団《ようへいだん》の料理番が作ったものらしい」

「それはあり得ないの!!」

うちは驚きのあまり大声を出してしまった。

「大方、その人のことを隠そうとして適当なことをでっち上げてるだけなの！　あんな、戦場で食べられるものだけを作ってるような連中に、マーボードーフなんてものが作れるはずがないの！」

「俺もそう思った。だけど、知り合いによると目撃者も多数いたそうだ」

「誰なの？」

「そいつは城の厨房《ちゅうぼう》で、自前の調味料と材料を使っていた。それを厨房にいた全員が見ていたんだ。んでもって、城の料理人よりも遥《はる》かに技術がある人間らしい」

「あり得ないの……」

戦場暮らしで根無し草の傭兵団《ようへいだん》の料理番如きが、あの料理を作ってテビス姫様に気に入られる。どう考えても、あり得ないとしか言いようがないの。

うちが驚愕《きょうがく》していると、給仕は諦めたような顔で腕を組んだ。

「そういうことだからよ。もう店がどれだけ努力しようと、テビス姫様が来ることはないんだよな……だって、もうテビス姫様にはお気に入りの料理人がいるわけだからな。姫様はその料理人に肩入れするために、よそ者である傭兵団にスーニティを領地として任せたんだ。

……これ、料理長には言うなよ。ショックでぶっ倒れるし、士気ががた落ちになっちまう。最悪店が潰れる」

「言えるわけないの……」

給仕の言葉に、うちも溜め息をついて脱力するしかなかった。

こんな話、上には絶対に話せるものじゃないの。まさか自分たちの努力が無駄だったなんて知ったら、本当に店が潰れてしまうのだから。

だけど、うちはそれでも諦めるわけにはいかない。

「国の思惑でスーニティを任せた事情は……残念だけどわかったの。だけど、うちはそれでも故郷をこのまま見捨てることはできないの」

「どうすんのさ」

「うち、この店を出て行く。そして、スーニティに帰ってみる」

給仕は驚いた顔をしたけど、すぐに慌てたように言ってきたの。

「バカか！　お前、今のスーニティは複雑な状況だぞ。まだ何が起こるかわからねぇ、故郷とはいっても、今のこの状況で帰るのは危ねぇ」

「だから、なの」

うちは給仕に背を向けて言った。

「だからこそ、うちは帰るの。何があってもどうなっても、故郷をこのままにするわけにはいかないから」

「お前が帰ってどうなるんだよ！」

給仕はうちの肩を強く掴《つか》んで、引き止めた。

うちは振り返りながらその手を払いのけ、給仕の鼻先に指を突きつける。

「何もできないかもしれないけど、何もしなくていい理由にはならないの」

「お前……」

「それに、もしかしたら兄さんがうちを覚えてるかもしれないから」

うちには兄がいる。記憶がおぼろげだけど、二人いたはず。

二人は、うちが追い出されるのを黙認したクソ親父の息子だけど、うちのことを覚えてくれていれば話ができるはず。

あと、あの城にはうちを可愛がってくれた人がいた。まるで兄のように、うちに良くしてくれていた人もいる。その人がうちを覚えていてくれれば、さらに良い。

ともかく、その三人にさえ会えれば……うちはそう思っている。

「それにしたって、お前この店はどうするつもりだ。お前だって重要な立場にいるんだぞ、それをほっぽり出すのかっ」

「そ、それはそうだけど……それでもうちはそう決めたから」

給仕の怒りの言葉にたじろぐけど、もう決意は固めたから。うちはそう言い切った。

「今までの努力を無にしてまで……」

「うちだってそれは思うけど、うちだって譲れないものがある」

「だからって」

「これはうちの故郷の話なの。譲れないし、譲らないの。お義父《とう》さんとお義母《かあ》さんも、きっとわかってくれるの」

「だけど」

「うちはすぐに出発する」

うちは店内に向かって歩き出した。

「おい、フィンツェ！」

「今までありがとう、なの」

うちはこうして、長年世話になった店を去ることになった。

目指すは、故郷スーニティ。

兄さんたちがうちのことを覚えていてくれたなら、きっとうちと協力してよそ者を追い出すように動いてくれるはず。

必ず、スーニティを取り返すの！

七十一話　親との再会？　と回鍋肉《ホイコーロー》～シュリ～

「それで、皆さんはいつまでこの国にいるんですか……？」

僕が食堂でそう言うと、座って食事をしていた面々は驚いた顔をして僕を見ました。

いや、驚いているのは僕の方だからな。なんで僕の方がおかしいみたいな空気なの。

「シュリ……いつまでと言うたな」

食事を取っていた長身の男……トゥリヌさんは手に持っていた匙《さじ》を机の上に置いて言いました。

「俺がシュリの料理に飽きるまでじゃ」

「格好良く言われてもなぁ」

胸を張って言われても困る。困惑している僕に、トゥリヌさんの隣に座っている女性が続けます。

「まあトゥリヌの冗談はさておき、アタシは少なくともトゥーシャの体調が安定している頃には出発したいわ。また帰るには長旅になるからね。あと、シュリから乳児食をもっと習いたいってのもあるわ」

胸に抱いた赤ん坊の世話をしながら女性、ミューリシャーリさんがそう言います。

赤ん坊はトゥーシャという名前の女の子。トゥリヌさんとミューリシャーリさんの子供ですね。今はスヤスヤと眠っています。

「アタシはクウガ殿との稽古《けいこ》をもう少し詰めてから帰るわ」

食事を続けながら言うのは、オリトルの王族であるミトスさんです。今朝は楽な服装をして……以前、オリトルの菓子祭りで見たような服を着ています。

だけど腰には四本の剣を佩《は》いているんだぜ。物騒なのでやめてほしい。

「まだ稽古をするんですか？」

「学ぶことはとても多いんだよね。だからアタシは楽しんでるんだよ兄ちゃん」

「そうですか」

ミトスさんからの兄ちゃん呼びにも慣れている僕が返答すると、ミトスさんはそっぽを向いて呟《つぶや》きました。

「それに、時間をかければ振り向いてもらえるかなって」

ミトスさんの独り言をスルーして、僕は別の人に話題を振りました。

「フルブニルさんは？」

「俺っち？　嫌だなシュリくん！　俺っちがここに残ってる理由は決まってるじゃないか！」

「……ああ！　そうでしたね！」

苦笑するフルブニルさんに、僕は思い出して手をポンと打ちました。

「みんなの絵を描いてもらわないといけませんでしたね！」

「そうだよ！　俺っちはさっさと仕事を終わらせて、それに取りかかりたいのさ！　そのための道具だって、イムゥアが準備してくれてるんだよ！　なぁイムゥア！」

「もちろんですご主人様！」

フルブニルさんの後ろで給仕をしていたイムゥアさんが、笑みを浮かべています。

「私、頑張って準備しました！」

「偉いぞイムゥア！　確認したけど、忘れ物もなかったからね！」

そんな感じで盛り上がるフルブニルさんをよそに、一人の少女が溜め息をつきました。

「全くお主《ぬし》らは……そんなこと言って、実のところシュリの料理も目当てなのであろう？」

「あなたがそれを言いますか」

少女……テビス姫の呆《あき》れた様子に、僕もまた呆れた声で返答しました。

なんせこの人、そんなことを言いながらさ、朝から特別に作った麻婆豆腐《マーボーどうふ》食べてるんだぜ。汗かきながら、山椒《さんしょう》を入れた辛めのものを。

もうその様子は、ハンバーグを食べるリルさんを彷彿《ほうふつ》とさせるからね。

「それはじゃな。妾《わらわ》がここに残ってる理由はの、シュリ」

「はい」

「誤魔化すことなく言えば、お主の料理が目当てだからじゃ」

「もうちょっと誤魔化そうとしませんかね」

　そんなハッキリ言われてもなぁ。

「そう言いながら嬉《うれ》しそうに頬が緩んでおるぞ、シュリ」

「え、嘘《うそ》」

「本当じゃ」

　そう言われて頬を触ってみると、確かに緩んでいました。嬉しそうに口角まで上がってました。

　なんだかんだ言ったたって、僕の料理が食べたいからここにいるって言ってもらえることに嬉しさを感じてしまいます。そりゃそうだよな、料理人冥利《みょうり》に尽きるよ。

　僕は手で頬を揉《も》み、緩んでいた顔を引き締めました。

「しかしシュリ。なぜそのようなことを言うがじゃ？　いつまでここにおるなんぞと」

「いや、何でって」

　僕は今度こそ苦笑を浮かべて言いました。

「皆さん、ここに滞在して一か月が過ぎようとしてるんですよ？」

どうもシュリです。

とうとうガングレイブさんが国を手に入れることになった記念すべき日も過ぎて、慌ただしい毎日を送ってきました。

エクレスさんから領地の引き継ぎを行い、日々業務に励んでおります。

そう、僕たちはとうとう根無し草ではなくなったわけですね。帰るべき故郷と居場所を手に入れたわけです。このことを知ったガングレイブ傭兵団《ようへいだん》のみんなは手放しで大喜びし、今ではこの城に勤めているわけです。ああ、事前に出て行った団の人たちも戻ってきましたよ。頭を下げて、ガングレイブさんに戻りたいとお願いしてました。

そこからどういう話になったのかは僕は知りません。ガングレイブさんは彼らに何か言って、今では門番だの街の外に出る外周警備を任せています。どういう話の流れでそうなったんだろう。僕は知らないけど、いつかは教えてくれるのでしょうか。神妙な顔で日々の業務に励む彼らは、城内に戻って食事を取ったり休憩したりしています。

僕自身の職場も変わりました。いつも泊まった宿屋や傭兵団の陣地で食事を作っていたのですが、今では城の広い厨房《ちゅうぼう》で料理人として腕をふるっています。

なので、食堂にやってきては料理を食べてのんべんだらりとしている、この各国の王様王族代表たちにもの申しているわけです。

「いや、そりゃ僕の料理を美味《おい》しいって言ってくれるのは嬉《うれ》しいですよ？　料理人冥利《みょうり》に尽きます。だけどね、あなた方は」

「兄ちゃんは、作った料理を美味しいって言ってもらえて嬉しいと」

「え？　あ、はい、そうですミトスさん」

「アタシたちも美味しい料理を食べられて幸せ」

「はぁ」

「何も問題ないよね」

「そんな論理を展開するなんて嘘《うそ》でしょ」

ミトスさんは全く悪びれず、なんの反省もなく、そんなことを言い切って食事を続けているのです。嘘みたいだろ、でも本当なんだぜ。

「全く問題ないの」

「問題はないわね」

「ないねー、問題！」

「問題も悩みも全くないのじゃ」

「うっそだろあなた方、本気か」

まさかの、その場にいる全員からの言葉に、僕は驚いて固まってしまいましたよ。お偉方がそんなこと言うなんて思わないじゃないか。

こいつら全員、ここに留《とど》まって美味しい料理を食べながら、本国での仕事を投げてるんだぜ……？　正気じゃないぜ……。

あ、いや、赤ん坊の体調を慮《おもんぱか》るのは大切だよ。ミューリシャーリさんの説明だけは説得力があるってことだね。

「そうですか。実は僕、しばらくは、あまり料理を作れません」

「なんじゃと！」

「それは許さんがな！」

「ダメだよ兄ちゃんそんなこと！」

「人としてどうなんだいそれは!?」

「全員食事目当てじゃねぇか」

ここまでくると、清々《すがすが》しすぎてなんとも言えねぇな。ジト目で全員を睨《にら》んでしまいました。

といっても、僕が言ったことは本当なのです。僕は咳払《せきばら》いを一つします。

「あのですね。実のところ、大変なことが起こってるんです」

「ほぅ！　妾《わらわ》で解決できる問題であるなら解決しようではないか。手はいくらでも貸してしんぜよう」

「ありがとうございます。しかし、根深い問題なんですよこれ。もしかしたらテビス姫様の手助けは逆効果になるかもしれません……」

「それはなんなの、シュリ？」

赤ん坊をあやしながら聞いてくるミューリシャーリさんを見て、僕は疲れた顔をして腕を組みました。

「それが……厨房《ちゅうぼう》や文官、武官、警備の兵士の中のたくさんの人が、仕事に出ないで抗議をしてるんです」

「ああ……それか」

テビス姫は納得したように頷《うなず》きました。

「確かにそれなら、妾が手を貸すと逆効果であるな」

「でしょう？」

「ここにいる全員の誰が手を貸しても逆効果だねぇ。俺っちももちろん無理だ」

フルブニルさんもまた納得したようで、苦笑を浮かべました。

そうなのです。今、この城では慢性的な人手不足に陥っているのです。

何でかっていうと、前回の会合の際にスーニティ側の貴族がいたことを覚えているでしょうか。そう、騒ぐだけ騒ぎ、文句を言ってどっかに行った人です。

あの人が会合から抜けた後、自分の息が掛かった人を使ってスーニティがガングレイブさんによって統治されることを広め、さらには抗議のために職務を放棄するように指示を出してしまったのです。いわゆるストライキですわ。

この貴族派と呼ばれる人たちによって、働いていた人がたくさん出仕拒否をしてしまいましてね。業務が大変なことになっているのです。

残ってくれている人とガングレイブさんたちが、昼夜問わず働いているのですが……やはりごっそりと人が抜けてしまった穴というものは簡単に埋めることができないのです。効率や個人の能力で仕事を回すとか、そういうレベルではない『人数』の話ですね。

なので、何度もエクレスさんやギングスさんから、仕事に戻るようにとお達しが出ているのですが……これがまたなんとも。

「戻る人はごく少数、ほとんどの人はこの抗議を正当なものだと思って行動しています。裏工作もあるんでしょうけど……それがなくても大変ですよ」

「それは妾《わらわ》への侮辱と取れるのじゃがの」

テビス姫は匙《さじ》を机の上に置き、机に肘を突きました。

「今回の話は、妾とここにいる者たち皆で進めたもの。そしてこの国は今やニュービストの属国よ。その決定に従わぬなら、妾への背信と取れるであろう」

冷静に見えるテビス姫ですが、こめかみに青筋が浮かんでいるので、相当お怒りのようです。ていうか、テビス姫ならその事実をすでに知っていそうなものなんだけどな。

「テビス姫様はこの事を把握なさっていたのですか？」

「いや、休養として仕事をサボ……英気を養っておったのでな。恥ずかしながら、今頃になってシュリから話を聞いて、怒りを覚えているところよ」

「サボって？」

と、ここは追及しなくていいや。ともかく、テビス姫は休養のため仕事をしてなかったから、把握はしてなかったということでしょうか。

「ウーティンさんに調べさせてるとばかり」

「あやつには別のことを任せておるでな。時々妾の傍《そば》におらぬのはそういうことよ」

ああ、だから前に冷や汁を持っていったときに、城でガーンさんとテビス姫が話をしているのに横にウーティンさんがいなかったのか。別の仕事をしていたんですね。

……ん？　それなら何をさせてたんだ？　そして今もウーティンさんは何をしているんだ？　今もウーティンさんはここにいないし……なんなんだ？

「まぁ、そういうことなんで厨房《ちゅうぼう》も人手不足なのです。せめて料理人さんだけでも帰ってきてくれないかなと……」

「ほう、厨房では今、人手不足とな」

と、テビス姫は口元を手で隠しながら言いました。なんだ？　その手の下の口がにやりと歪《ゆが》んだのを見逃さなかったぞ。それは他の人たちも同様で、一様に食事の手を止めてニヤリと笑っています。こっちは隠そうともしていません。

「皆さん、何がそんなに嬉《うれ》しいのですかね。こっちは人手不足でヒィヒィ言いながら仕事をしてるんですけど」

「大したことじゃなかシュリ！　そうか、厨房《ちゅうぼう》では人がおらんとな。心配はないぞ」

「え？」

なぜ心配ないんだと聞こうとすると、トゥリヌさんは立ち上がり、胸を叩《たた》きました。

「人がおらぬなら俺んとこから人を出そう！　好きに使うがいいがな」

「遠慮はいらないからね、シュリ」

トゥーシャを寝かしつけたミューリシャーリさんが、優しい笑みを浮かべながら言ってくれました。

「それなら俺っちのとこからも人を出すよ」

フルブニルさんもちょこっと手を上げて言います。

「俺っちもシュリには世話になったからね！　助けになるなら、いくらでも人を出すよ」

「なら、アタシのところからも人を出そっかな」

ミトスさんは腕を組んで、天井を見上げました。

「ちょうどゼンシェとその孫が使節団の中にいることだし、技量も申し分ないさ」

「妾《わらわ》のところからも人を出そうではないか」

そして、最後にテビス姫が僕を指さして言います。

「なに、心配はいらぬ。そういう技量を持った人間もおる。足手まといにはならぬよ」

「皆さん……」

僕は嬉《うれ》しくて、思わず頭を下げていました。

「ありがとうございます……やることが増えても人が増えないので、あちこちの部署で食事時間をずらしてもらったりしてたのですが……満足のいく料理をお出しできなかったのが心苦しかったので……。人が戻るまでの間、お願いできるでしょうか？」

「もちろんだともぉ」

テビス姫がにっこり笑って言ってくれたので、僕は安心しました。どこかテビス姫たちの笑顔に裏があるような闇を感じますが、気のせいでしょうね。

ひとまずこれで人手はどうにかなるでしょう。後は、去って行った人たちをなんとか呼び戻すことを考えないといけません。給料を上げるか、普通に説得するか。向こうから条件を付けられるとか、何か言われるかもわかりませんが、頑張るしかありません。

とか考えてたんですけど、そこに割り込んでくる人たちがいました。

「騙《だま》されてはいけない！」

「そうだ！　ちょっと待つんだ！」

それはリルさんとガーンさんでした。どうやら食堂の近くにいて僕たちのやりとりを聞いていたらしく、慌てた様子で僕の前に立ちました。なんだどうした。

「どうしましたお二人さん。……仕事はどうしたんです？」

「ひ。い、いや、俺は少し手が空いたから、な」

「リルは、いつもちゃんと仕事をした上でここにいるから、ね？」

二人は僕のしかめっ面に肩を震わせて驚いていますが、すぐに真剣な顔になりました。

「で？　何を騙《だま》されてると？」

「そうじゃそうじゃ。妾《わらわ》たちがシュリを騙してどうするというのじゃ。人手不足だから人手を貸す、何もおかしいところはないではないか」

「あなたはそう言いながら、シュリの下《もと》で自分の料理人に技術を盗ませようとしている」

リルさんはテビス姫に指をさします。

「そうはさせない。シュリの下で働く人間にチェックを入れるよリルは」

「リルの言うとおりだ。明らかに技術流出が懸念される状況なら、俺は見逃さないぞ。テビス姫様、あなたにアレをお願いした身の上でこう言うのはなんだが、シュリをそういう策略の真ん中に置くのはいただけないな」

「ち!!　バレたか！」

「そう簡単にいくとは思ってなかったけどね、俺っちも」

なんだそういうことか。テビス姫たちは悔しそうにしていますが、別に僕にとってそれは問題じゃないんだよな。

「別にいいんじゃないですか？　そういうのでも」

「え？」

みんなが驚いた顔で僕を見ました。なんだよ。どこに驚く要素があったんだよ。

「別に技術が流出とか、盗まれるとか……僕としては構わないです。まぁ、リルさんの研究資料が盗まれたやつは、別の話ですけど。

だって、職人って奴はいつだって自分の技量を上げることを考えていて、近くに盗める技術があったら盗むのはもはや本能ですよ、本能」

実際そうなんだよなぁ。職人って奴は厄介なんですよ。隣にお手本があったら見て盗むし、身に付けたい技があるなら習得するために努力する。

もちろん、中には日銭を稼ぐだけで良いからと、中途半端な技量のまま仕事をする人もいますけどね。だけど大概の職人は盗む、そういうもんです。やめろと言われても盗むのをやめられないもんなんです。

「止められるわけがないんだから、止めない。やりたければ好きにどうぞ、その代わりちゃんと仕事をしてね。それが僕の言い分です」

「よく言うたシュリ！」

テビス姫は上機嫌な顔で、膝をパンと叩《たた》きました。

「それでこそ妾《わらわ》が認めた料理人よ。そうじゃ、職人とはそうでなければのぅ」

「え、あ、はい」

「というわけで、明日から妾の方で人手を回そう。好きに使え」

「じゃあ俺の方でも人を用意しておくがな」

「アタシも」

「俺っちもだね」

「厨房《ちゅうぼう》に入れる人数は限界があるので、こっちで面接させてもらえます？」

みんな乗り気になってきたから、ちょっと釘《くぎ》を刺しておきますよ。

「まあ、シュリがそう言うなら……」

「師匠であるシュリの言い分がそれなら、俺も止めないけどさ……」

リルさんとガーンさんは納得しかねるって感じの顔をしてるので、僕は真剣に答えることにしました。

「ガーンさん、あなたも僕が言葉にすることだけを守ればいいってわけじゃないよ、と言ってるのは気づいてますか？」

僕のその言葉にガーンさんは何かに気づいたらしく、驚いた顔をしました。

「シュリ」

「ガーンさんも同様ですよ。僕でも言語化できない技術や当たり前すぎて説明がおざなりになっているものだってあるんですから、そこは見て盗んでください。いいですか？」

「お、おう」

ガーンさんは戸惑いながらも返事をくれました。こっちはこれでいいでしょう。

次にリルさんの方を見て、伝えておかないと。

「リルさん。リルさんだって、魔工の技術を得るためにいろんなことをしたんじゃないですか?」

「……あ」

「僕は門戸を開いているように見えるだけで、実はやる気のない人はほっぽってると思ってください。ガーンさんとアドラさんは真剣だから教えてるだけなんです」

厳しいことを言うようだけど、やる気のない人に物事を教えても、本当に時間の無駄だからね。冗談抜きで。ほんと、ああいう人たちって「なんでやる気ないのにこっちの道に来たの?」てくらいやる気がない。というか覇気《はき》がない。

高校生時代、放課後は早く帰って料理の勉強をしようとした僕が、校庭にある運動部の部室の裏で練習をサボってる人を何度も見たことがあるから思うことなんです。

なんでやる気がないのに部活に入ってるのさ? と。理由は今となってはわかりません。ただ、そこまでやる気がないんだったら別の道を探しては? と思いましたね。

ああ……それと、注意されてやる気を出す人ってのは貴重ですよ。少なくとも出せるやる気があるってことですから。と、話がそれましたね。

まあ結局のところ、根っこにあるやる気は本人が向けたいものにしか出せないし、無理やり引き出すことは不可能ってことです。きっかけを与えることはできるだろうけどね。そしてこの世界は乱世真っ只中の異世界。最初からやる気のない人に構ってる時間はないのです。下手したら僕が死ぬからね、何かに巻き込まれて。それも珍しくないんだわ。

「やる気がある間は大丈夫ですから。ちゃんと教えます。わかるでしょ？」

「よくわかる」

リルさんは遠い目をして言いました。

「やる気って、目標って、夢って、それを極めようと思ったらとても大事」

何かあったんだろうな、リルさんにもそういう顔をしてしまうようなことが、過去に。ガーンさんも危機感を抱いてるらしく、ちゃんとやる気や意欲はあるみたいだから大丈夫でしょう。

「それじゃあ仕事に——」

「リル！」

仕事に戻ろうとした僕の耳に、食堂に入ってきたアサギさんの声が響きました。

食堂にいた人たちが例外なく、アサギさんの方へと顔を向けます。僕も、リルさんもガーンさんも、他の王族の方たちも。

僕たちを見つけてこっちに向かってくるアサギさんの顔には、ハッキリと怒りが浮かんでいました。しかも殺気がダダ漏れのまま、大股で近づいてきます。

「アサギさん、いったいどうし――」

「リル！　一大事でありんす！」

僕の問いに答えず、リルさんだけを見ているアサギさん。

僕を無視するのではなく、リルさん以外見えない感じです。いったい何があったのか？

それを聞こうとする前に、アサギさんは怨嗟《えんさ》が漏れるような声で言いました。

「なんか、わっちらの親を名乗る輩《やから》が現れたで……っ!!」

……ん？　親？

聞き間違いかと思った僕が呆《ほう》けた顔をしてると、隣から僕でもわかるほどの怒気と殺気が溢《あふ》れているのが感じられました。恐る恐るそちらに視線を向ければ、リルさんがいつもの無表情からは想像できないような怒気を放つ顔つきになっている。

「あいつらぁ……！　あのときちゃんとバカなことはやめろと言ったリルの忠告を、丸っきり無視したなぁ!!」

そのままリルさんは走り出してしまいました。止める間もなく、リルさんは去っていく。

どこへ行ったのかわからないし状況が読めないけど、改めて僕はアサギさんへと言葉を投げかけました。

「えっと、アサギさん。親って……ガングレイブさんたちの？　え？　でも、確かガングレイブさんたちの親の話なんて聞いた覚えがないけど……」

「わっちらはみんな孤児でありんす。親に捨てられた者、親を殺された者とな。……シュリには詳しく話したことがなかったぇ」

アサギさんは怒った顔のまま続けます。

「一つ言っとくが、来てる親は全員偽物でありんす。わっちの親なんぞ昔、わっちの目の前で殺されておるからぇ。なのに親を名乗ってきてるんじゃから……!!」

アサギさんはそう言うと、僕に背を向けてリルさんの後を追うように走っていきました。残された僕は戸惑ったままですが、ハッと気づきます。なんかよくわかんないけど、よくわかんない人たちが来て大変なことになってるんだな！

「なんぞおもろそうじゃの。俺も行くか」

「妾《わらわ》も行こう」

足を踏み出そうとした僕に続き、トゥリヌさんとテビス姫が同時に立ち上がりました。他の人たちは興味なさそうなままです。反応が鈍いとか、そういうのじゃなくて端《はな》から動く気がない。

「いや、テビス姫様、トゥリヌさん。ここで来てもらっても仕方ないような」

「それならシュリも同様じゃろう。お主《ぬし》が行っても何も解決せんぞ」

「見逃しとらんからのぅ。シュリも行こうとしよったがな」

うぐ、正論だ。思わず心配になって僕も行こうとしていましたが、苦い顔のまま立ち止まってしまいました。何がどうなってんのかわからないけど、親が来たとかなんだとか言うなら、僕が行っても仕方がないのです。だけど。

「それなら、関係ないもの同士で行きますか」

「それでよい」

「おう、行くか」

放っとくわけにもいかないし。いざとなったらテビス姫とトゥリヌさんを盾にするか。


で、城のエントランスまで来た僕たちの目に飛び込んできたのは。

「ガングレイブ！　無事でよかったなぁ……！」

「クウガ！　ようやく見つけたよぅ！　ずっと捜してたんだぁ！」

という感じで、なんかおじさんおばさんがガングレイブさんたちの肩だの腕だのをさすったりして心配している様子でした。

ガングレイブさん、リルさん、クウガさん、テグさん、アーリウスさん、アサギさん、カグヤさん、オルトロスさんと勢揃《せいぞろ》いしている中での騒ぎなので、自然と人の目を引いてしまいます。というか目立ちすぎて視線をそっちに奪われる。

「なんだあれ」

「……アホくさいのぅ」

トゥリヌさんもテビス姫も呆《あき》れた顔をしていました。

「妾《わらわ》の調べだと、ガングレイブたちは孤児であるはずなのじゃが」

「いつ調べてたんですかそれ」

「ここに来て、あの会合での話の前と後でな。念のために調べておいたのじゃ。厄介な親類縁者がおらんか、とな。調べた限りでは全員係累はないはずじゃが」

「どうやって調べてたんです、それ？」

「ウーティンに命じて、残った傭兵団《ようへいだん》の連中から聞き出し」

だから冷や汁を持った僕がガーンさんとテビス姫が秘密の話し合いをしてたとこに遭遇したとき、ウーティンさんがいなかったわけだ。僕はなるほどと納得しました。

あのときにはウーティンさんはテビス姫の命令で情報収集をしてたんですね。そして、それを知ってるからこそ呆れた顔をしてる、と。

「んじゃあ、あいつらは何者よ？」

トゥリヌさんがテビス姫に聞くと、テビス姫はおもしろそうに笑いながら言いました。

「まあ、見ておればわかるじゃろ」

と、テビス姫がそう言ったところで、突然複数の笑い声が聞こえました。

振り向けば、さっきから無表情でおじさんたちの話を聞いていたガングレイブさんたちが、唐突に同時に笑い出したのです。

「で？　なんて言った？　もう一度言ってくれ」

ガングレイブさんが一人の男性にそう聞くと、媚《こ》びへつらった笑みを浮かべながらその人は言いました。

「いや、だからな。俺も困ってるんだ。住むところも金もねえからさ……なんとか融通してくれないか？　今のお前ならできるだろ？」

「おい！　お前ら！」

ガングレイブさんは他のみんなの顔を見ながら、笑って聞きます。

「お前らはなんて言われた!?」

「リルは持ってる金を分けてほしいって言われた」

リルさんは乾いた笑みを浮かべ、

「ワイは腹違いの弟とやらに剣術を教えてくれ言われたわ。それと家」

クウガさんは無表情のまま腕を組み、

「オイラはシンプルにコネで仕官させてくれって言われたっス」

テグさんは呆《あき》れた顔をして後ろ頭を掻《か》き、

「私は親戚の息子との縁談を勧められました」

アーリウスさんはこめかみをひくつかせながら笑い、

「わっちも縁談じゃ」

アサギさんは煙草《たばこ》を吸って天井に向けて煙を吐き出し、

「ワタクシは神殿のツテで商売の融通をお願いされました」

カグヤさんは背筋を伸ばして冷たい様子で、

「アタイは一緒に住まわせて、少し養ってほしいって言われたわ」

オルトロスさんは強い口調で言ったのです。

全員が全員笑い声をあげているのですが、その笑いは乾いているし、誰一人として表情は全く笑っていない。怖い、ひたすら怖い。そんな異様な空気の中で、ガングレイブさんの前に立っていたおじさんが怒りだしました。

「何がおかしいんだ！　俺はお前の親だぞ⁉　子供なら」

「俺はお前なんぞ知らん」

ガングレイブさんはピタリと笑いを止めて、睨《にら》みつけます。

「だけど、これだけはわかる。お前はロクでもない奴ってな」

「な！」

「ワイの場合やけど」

次にクウガさんが目の前のおばさんに向かって、指を突きつけました。

「ワイは親の顔を覚えとるで」

「それが私よ、クウガ！　わかるでしょ⁉　小さい頃だもんね、記憶とは違うかもしれない――」

「ワイを男娼《だんしょう》として売り飛ばそうとしたから、逆に角材でぶちのめして逃げたわ」

その言葉におばさんの顔が青ざめました。え？　てかクウガさんそんな重い過去を背負ってたんですか？　クウガさんはそのまま腰の剣に手を伸ばします。

「あんときは殺せんかったが、そっちから来たのならぶち殺したるわ」

「え、あ、いや」

「でも、親ではないんやったら、ここで逃がしてやっても、構わへんのやけど」

もったいぶって言ってから、クウガさんは剣から手を離して振り返りました。

「言っとくけど、ここにおるもんは全員が親を殺されたか親に恨みを持っとるんやで。それなのに親を名乗って甘〜い汁を吸おうなんて考えておるなら、やめとけ。

……他のもんはワイと違って、腰の剣に手を伸ばしておきながらやめるなんて悠長なこと、せんのやからな」

その言葉に驚いたおじさん連中が改めてガングレイブさんたちの顔を見て、途端に後ずさりして怯《おび》えた表情を浮かべました。僕も怖くて思わず腰から力が抜けて座りこんでしまいました。尻から落ちたので腰が痛いのですが、それも感じていられないほどの恐怖。

ガングレイブさんたちの顔に、ハッキリと憎悪が浮かんでいる。

無表情であったり、ハッキリと怒っていたり、笑みを浮かべていたりと様々ですが……

僕でもわかる。

この人たちは、ガングレイブさんたちの触れてはいけない部分に触れているのだと。

「で？」

その中でリルさんが、顔をしかめて声に出しました。

「リルの親だから、なんだ、と？」

もったいぶった言い方をしていますが、声が震えている。何かの拍子で目の前の人間を殺しかねないほどの、剣呑《けんのん》な空気。

目の前のおばさんは後ずさりしながら、ひきつった笑いを浮かべています。

「い、いや、冗談よ、冗談……か、勘違いだったわ！　私はこれで！」

それだけ言うと、おばさんは逃げていってしまいました。

正しいよ、その判断。それを皮切りに、他の人たちも逃げていく。蜘蛛《くも》の子を散らすように二、三言何かを言ってから城から出て行きました。勘違いだった、冗談だった……一人として謝る人はいない。ああ、なるほど。ハッキリとわかる。

「あの人たちは、どこかでガングレイブさんたちが孤児であることを突き止めて、ここにタカりに来たんですね」

なんとまあタチの悪いやり方だ。そんなことをして、本当に上手くいくと思っていたのか、はなはだ疑問です。僕は立ち上がりながら尻を叩《たた》いて埃《ほこり》を払います。

「……しかし、僕は皆さんのことで知らないことが、結構あるんだなぁ」

ちょっと寂しい気持ちで呟《つぶや》く。実際、ガングレイブさんたちから過去の話はあまり聞かないものですから。傭兵団《ようへいだん》のような、生まれも育ちも違う人たちが集まる集団で、過去の話を聞くのは御法度《ごはっと》。誰がどれほどの重荷を背負っているのか、わからないのですから。

そういえば修業時代にもいたな、人のことを全く詮索しない人が。

過去の話やプライベートの話を全くせず、踏み込むことも踏み込ませることもしなかった人がいた。でもその人は話し上手で聞き上手、慕われていました。

ふと気になって、その適度な距離感はどうやって保っているんですかと聞いたことがあったのです。それで答えられたのが、田舎暮らしの頃プライベートを根掘り葉掘り探られるのが嫌だったのと、友人が揃《そろ》って複雑な事情があったから踏み込まなかっただけ、と言われましたよ。僕もそれを聞いて、自分を恥じましたからね。人には踏み込んでほしくないところがある。逆に、踏み込んでほしいところもある。

それを察することができない間は、下手に善人ぶるのはやめておこうってね。

「妾《わらわ》の調べでも、間違いなくガングレイブたちは孤児であるし親類縁者はおらぬ。さっきも言ったがの」

隣を見れば、テビス姫は苦笑いしていました。

「それを、よくもまあああそこまで事態を悪化させる者もいたもんじゃの」

「テビス姫様……それは」

「じゃがぁ」

途端に、テビス姫の顔から感情が消えました。

「妾も亡くなった母上を利用されたのなら、何をもってしても報復しておることじゃろうよ。ガングレイブたちの気持ちも、少しはわかってやれるつもりであるがのぅ」

ぞわ、と背筋を冷や汗が流れる。ここまで怒っているテビス姫は初めて見ますね。

「ま、それももしかしての話じゃが」

フッ、とテビス姫から怒りが消える。いつもの幼さを感じる温和で優しい雰囲気が戻ってきました。

「俺も同じじゃ。家族を、ミューリシャーリとトゥーシャを利用されるようならば、何をもってしても報復するがな」

トゥリヌさんはそういうと、踵《きびす》を返して歩き出した。

「見たいもんは見た。俺はミューリシャーリとトゥーシャのところに行くわ」

「え？　トゥリヌさんは何を見たかったんですか？」

「決まっとろうが」

トゥリヌさんは目に闘志を滾《たぎ》らせて、肩越しに振り返る。その視線の先にクウガさんの姿があった。

「あいつが今も、鋭利な刃《やいば》のような人間であることの確認よ」

「それは……」

「まあ、もうワイから挑むことは、ないじゃろうがなぁ」

トゥリヌさんはそれだけ言うと、さっさと食堂の方へと歩いて行ってしまいました。

「……また戦いたいって思ってたから、今はどうかを見たかった……のか?」

僕がクウガさんに聞いた限りでは、戦場で一度トゥリヌさんと戦っている。

だけど……妻も子供もいる身では、もう再戦の機会はないでしょう。僕はそう思いながら、ガングレイブさんに近づきました。

「大丈夫ですか、ガングレイブさん」

「……ああ、シュリか。見苦しいところを見せたな。今度ああいう奴が来たら問答無用で追い返せ」

ガングレイブさんはそのまま早足で去って行きました。城の奥の方へ、おそらく執務室の方へと。僕が何かを言う前に、言われる前に逃げた感じがする。

他の人たちもそれぞれ気持ちを落ち着かせるように、僕に何も言わずにどこかへ行きます。みんなが落ち着くのを待った方がいいのでしょうね。

「シュリよ」

そんな僕へテビス姫が近づいてきました。

「妾《わらわ》はウーティンにあやつらの過去の調査結果を聞いたとき、こういう事が起こるであろうなとは思っておったぞ」

え？　と疑問の表情を浮かべる僕に、テビス姫はつまらなそうな顔をしました。

「なんせガングレイブたちは、今や領主じゃからな。しかも親類縁者はおらぬし幼い頃は教会や孤児院暮らしときた。あわよくば、そういうところに収まろうと思う者も現れるだろうことは、想像に難《かた》くない」

「……それは、ガングレイブさんたちがあまりにも……」

「哀れであるか？　確かに普通は哀れであろうな」

テビス姫は腰に手を当て、溜め息をつきました。

「じゃが、それはガングレイブたちが本当に親の顔を知らず、本当の親の姿を覚えておらぬ状況で謀《たばか》られた場合じゃ。……妾でも調べきれておらぬが、どうやらガングレイブたちは親に対して思うこともあるようじゃからな」

「本当の親の顔を知っていて、本当の親に思うところがある、ってことですか？」

「愛憎というのは厄介であるからな。まぁ、妾たちが後ろ盾となって領地を任せる人間が、マヌケでないことがわかって安心した。妾は戻るぞ。食事の途中であったしの」

そう言って僕の前から去るテビス姫の後ろ姿を見て、僕は呟《つぶや》きました。

「本当に、僕はガングレイブさんたちのことを知ってるようで知らないんだなぁ……」

で、食堂の仕事が一応落ち着く昼過ぎの時間帯。食器洗いも晩の食事の仕込みも終わり、僕は働いてくれている人たちに言いました。

「お疲れさまです。今から休憩しましょう」

「おー、やっとか」

「疲れたわ」

残っている人たちの中で、弟子として仕事をしてくれているガーンさんとアドラさんは疲れたように椅子に座りました。

そうだよなぁ。慣れないとどんな仕事だってキツい。飲食業は特に、自分が食事を取るべき時間帯こそがかき入れ時だもんなぁ。

「僕も修行時代は、慣れるまで大変でしたけど……これはあと数週間もこなせば慣れますよ、きっと」

「シュリにも修行時代があったんだな」

「何を意外そうに……僕だってありますよ、未熟な時代が。今もですけど」

驚くガーンさんに、僕は苦笑を浮かべて答えました。

「誰だってそんな時代はあるでしょう」

「ていうか、シュリの師匠というのが想像できない。いったいどこのどいつだ？」

「ああ、おりゃあもそれは気になるな。そんだけの調理技術を教えることができる人物がおるちゅうことが、想像しにくいがな」

アドラさんが不思議そうな顔をして言うので、僕は内心しまったと思った。

この話をすると、必ずどこかで僕の過去に繋《つな》がるもんな。まさか外海人だの流離《さすら》い人《びと》
……まあ教会に関わりがなければ外海人か。それだと知られるわけにもいかないもんなぁ。

それを知られた結果……いや、疑われた結果か。疑われた結果、クウガさんがそうだと誤認されて捕縛されるしガングレイブさんも捕まるし、アーリウスさんとも仲が険悪になってしまったもん。二度とあんなこと、経験したくないですよ。本当に。

「僕はいろんな国の料理を、いろんな店を渡り歩きながら修行しました」

「お前、凄《すご》いな！」

「え？」

ガーンさんが目を輝かせながら言ってくるので、僕は戸惑いました。

「だってこの戦国時代で、いろんな国に行けるコネや旅のコツなんか知ってるってことだろう？　どういう家の生まれなんだよ、お前？」

やっべ！　そのことを全く考えてなかった。僕は慌ただしく視線を逸《そ》らしながらどう誤魔化そうかと、必死に頭を働かせていました。

そうだよ、今のこの世界は戦国時代なんだよ。国から国を一人で旅するなんて、よほど

の戦闘の腕前か何かがないと無理だよ。ていうか、そんな怪しい人間を国に入れるなんてこと普通はないよ。

僕としては普通のことを言ったつもりでも、それは平和な日本の、しかも都会での話であって、この世界のことじゃないよなぁ！　失念してたよ！

で、結局必死に考えた結果が、

「そんなこと、ないですよ……最終的には気づかぬうちに襲われて、荷物も奪われて、記憶もあやふやになって彷徨《さまよ》ってたところをガングレイブさんに拾われたわけなんで……」

と、一割真実に九割肝心なことは言ってないみたいになってしまう。

だけどアドラさんは、何やら納得した顔をして腕を組み、頷《うなず》きました。

「そうじゃよなぁ……おりゃあから見ても、殺されなかっただけでも幸運じゃけんな。襲われたのに荷物を奪われただけで逃げおおせたことだけでも、幸運と思わんと」

「そうなんですよ。その後にガングレイブさんに拾われたのも、幸運でした」

「無茶をしないと得られない技量もあったってことだな……だけど、もうするなよシュリ。今度こそ死ぬかもしれないからな」

うぅ、ガーンさんとアドラさんの心配そうな顔を見ると、罪悪感で心臓が潰れそうだ……！　ごめんようぅ、本当の事を言えないでごめんようぅ……！

「そうなるとシュリ、お前も孤児なのか？」

「え？」

ガーンさんからそんなことを聞かれましたが、なんで僕が孤児？　なにゆえに孤児という話に？　質問の意図がわからなくて混乱していました。

いや、ちゃんと僕には父親も母親もいますから。ここじゃなくて地球にね！

だけどガーンさんはそんな僕に、同情のまなざしを向けてきます。

「だって、一人でそんな旅をしてたんだろ……？　普通の親なら止めるだろう……」

「いえ、いますよ親は。生きてるはずです。でも……」

僕は遠い目をしながら言いました。

「今は会えない。それだけです」

「……そうかぁ」

アドラさんが何を思ったのか知りませんが、どうやら僕の演技に騙《だま》されてくれたのか、何かを察したような顔をしてくれました。

ごめんよ、本当にごめんよ。話してもいいかもしれないけど、念のためなんだ……！

なんせほとんどの料理人や城の人たちが、貴族の派閥に入ってストライキなんて行動に出てるんだっ。その人たちに僕が外海人とか流離《さすら》い人《びと》とかそんな話を知られたら、神殿に通報されてまた面倒なことになるかもしれないから、下手に言えないんだ……！

心の中で何百回と謝罪をして、僕はコホンと咳払《せきばら》いをしました。

「そ、それよりもです。午前中の騒ぎのことなんですけど」

「ああ、ガングレイブたちの偽親《にせおや》騒ぎだろ？　俺、あいつらの顔全部知ってた」

「嘘《うそ》でしょっ」

マジでか。ガーンさんが疲れたような笑みを浮かべて言ったことに、僕は驚きを隠せませんでした。全員の顔知ってたって、どういうことよ？

「なんで知ってたんですか？」

「いや、あいつらはこの町の外のスラムに住む、日銭を稼いで暮らしている奴らだからな。情報を集めるときなんかスラムに行って調べたりすることもあるから、顔はよく覚えてるんだ。諜報《ちょうほう》活動で人の顔を覚えるってのは、重要な技能だからな」

「それならあの人たち、相当なバカだなぁ……あまりにも穴がありまくりの話じゃないですか？　ガーンさんに見つかったら全部おじゃんでしょ」

「それでもなんとかなると思ってたんだろうな。ガングレイブがあいつらを親と認めたら、本当の親のふりをしてあちこちでごねれば、ガングレイブが領主になったことだし、領民は逆らえん。領主の身内だというだけで権力も付いてくると思ってるんだろ」

「穴だらけじゃなぁ。その後、親じゃないことがバレること考えてなきゃあな」

「奴らは日銭稼ぎのその日暮らしだ。明日や明後日《あさって》のことなんて考えてないのさ」

ガーンさんとアドラさんが笑いながら言いますが、僕は内心哀れとしか思いません。

そしてガングレイブさんたちは大丈夫だろうか、と心配になってくる。

なんせ、そんなバカなことに巻き込まれたのです。自分のたちの触れられたくない部分だったかもしれません。今まで僕もガングレイブさんたちの親の話を聞いたことがないのですから。話さないのなら聞かない。そういう配慮で今まで来ましたが、それが今になって彼らの支えになれない状況に陥ってしまっている。

知らないのだから、寄り添えない。

「ガングレイブさんたち、大丈夫でしょうか」

僕は椅子に座り直し、呟《つぶや》きました。

「大丈夫だよ。ああいうふうに育ってきた奴は、どこかで折り合いやケジメを付けてるもんだ。それがたまたま、あんな形で出ただけさ。すぐに機嫌も直るだろうよ」

あっけらかんと言うガーンさんですが、僕はどこか不安な気持ちは拭えませんでした。

確かに折り合いやケジメを付けてるなら、それでいいのですが……でも、ガングレイブさんたちのあの様子を見る限りでは、胸の中で怒りや憎しみや悲しみが、まだ渦巻いてるんじゃないかな？　そんな感じがする。だから……聞きに行くか。

どんな形だろうと、あの人たちの支えになりたいからね。

仕事が終わり、夜遅い時間帯。今日の夜空には月がなく、真っ暗闇が城の窓から見えます。僕は仕事を終わらせて明日の準備をしてから、与えられた城の自室で椅子に座って休憩していました。

「結局、今日は話す暇がなかったなぁ……」

僕は疲れた目をほぐすように目頭を指で押さえて呟《つぶや》きました。

なんせ働く人数が減ってる。人数が減ったら一人一人にかかる負担だって増える。

同じように城の人員だって減っていますが、それにしたって昼や晩のご飯作りの忙しさが変わるわけではありません。一日中厨房《ちゅうぼう》で働きづめでした。さてどうしたものか。

「今からガングレイブさんたちの誰かに話を聞きに行こうと思っても、迷惑でしかないよね……親に関する話なんて寝る前にするようなもんじゃないし……」

目頭から指を離し、僕は椅子から立ち上がりました。

「今日はやめておこう。話は明日、時間があるときに。もう寝ないと、明日がもたない」

「シュリ、起きてる?」

ベッドに入ろうとしていた僕に、扉越しに誰かが話しかけてきました。

その声が誰のものかが一瞬でわかったので、僕は慌てて襟《えり》元を整えてから言います。そういやこの服、襟がないんだけどな。

「え、ええ、起きてますよリルさん」

僕は扉の向こうから話しかけてくる人、リルさんに返答しながら扉に近づきます。

「入っていい？」

「どうぞ」

扉を開けると、リルさんがスルッと入ってきました。

そのまま椅子に座ると、疲れた様子で天井を見上げて溜め息をついていました。

「こんな夜分遅くに、ごめん」

「え？　え、えぇ……構いませんよ」

珍しいな、リルさんがこんなふうに人に気を使うなんて。いや、普段は優しい人なんだけどね。僕は扉を閉めてから、ベッドに腰掛けました。

「それで、こんな時間に何の用でしょうか？」

「……わかってるでしょ？」

「さて、何のことだか」

リルさんが呆《あき》れたように言うので、僕は苦笑して返答します。

別にとぼけてるつもりはないんですよ。ただ、

「昼間の人たちの話……じゃなかったら失礼かなと思いまして」

そういう話であるなら、下手に突っつかない方がいいかなって思っただけなのです。

リルさんはもう一度大きく溜め息をついてから顔を僕に向けて視線を合わせます。

「正解」

「そうですか……この時間に来てその話題を出すってことは……話していただけるってことでいいんですか？」

僕がそう聞くと、リルさんは一度視線を床に落としました。

数秒間、そうやって押し黙ったあとリルさんは三度目の溜め息をついて、

「……やっぱり、話さないといけないし」

決意を固めてくれたようです。

リルさんは視線をもう一度僕の方へ向けてから、呆《あき》れた顔をしました。

「お察しの通り、リルたちには親はいない。昼間の人たちは間違いなくニセ者だから。それは知っておいて」

「はい」

「それで……どこから話したもんかな」

リルさんが迷っているようなので、僕はできるだけ穏やかな口調を心掛けて言います。

「ゆっくりでいいですよ。時間はあるので」

「ん、ありがと。整理はついた」

リルさんはそう言うと足を組んで、膝の上で頬杖《ほおづえ》を突きました。

「まずリルたちは昔、神殿が運営する孤児院にいた」

「孤児院」

なるほど、だから親がいないと。僕は納得しました。

「だから親がいないって話なんですね」

「言っとくけど、みんな物心が付く前には親はいたよ」

「それは……死別したとかそんな話ですか？　クウガさんが昼間に言ってた、男娼《だんしょう》として売られかけたから角材でぶちのめしたってのはそういう……」

「ん。一から順序立てて説明する」

リルさんは一息吐いて、それからポツリポツリと話し出しました。

「リルとアーリウスは親に捨てられ、神殿の孤児院に入った」

「え？　でもリルさんとアーリウスさんは魔工とか魔法が使えるんじゃ……」

「それがわかる前に捨てられた。わかってから、もしかしたら戻れるんじゃないかと思って孤児院を抜け出して家に帰ったら、家族が全員戦火に巻き込まれて死んでた。アーリウスも同じ」

言葉が、出なかった。才能があれば親元に戻れると思った子供が、親が死んでたなんて現実を突きつけられたら、絶望しかないだろう。

「ガングレイブとテグとオルトロスも親に捨てられた。口減らしのために山に捨てられ、木の実やなんかを食べてなんとか生きてたけど……その親の方が餓死していた。アサギとクウガは親を殺されてる。アサギは元々、とある商隊の長の一人娘だった。野盗に襲われて、商隊を潰され親を殺されて、自身も筆舌に尽くしがたい扱いを受けて奴隷として売られるはずだったところを、野盗に賞金が掛けられていたからリルたちが金を得るために潰した。傭兵団《ようへいだん》設立前の話で、最後は一瞬の隙を突いてアサギが野盗のリーダーを刺し殺して、自分で仇《かたき》を討った」

「……」

「クウガの場合、母親に金目当てで男娼館に売り渡されそうになったから角材で反撃して逃げ出したのはその通りだけど、男娼館《だんしょうかん》の主《あるじ》はクウガが逃げたことで母親を見せしめに殺している。クウガはそのあと傭兵団としてそこそこ大きくなった頃に、とある戦のどさくさに紛れて男娼館を襲って主を殺したよ。親を殺された恨みじゃなくて、自分が殺すはずだった親を先に殺された恨みがあった。それまでの生活も、決して良いものじゃなかったみたいだから」

さらっとリルさんの口からみんなの過去が出てくるが、僕は何も言えませんでした。辛《つら》すぎるし、重すぎる。一緒に背負うには重すぎるほどの過去。呆然《ぼうぜん》としていた僕でしたが、唾を飲み込んで気を取り直して聞きます。

「それが、ガングレイブさんたちの過去というか、親の話、ですか」

「そうだね。語ってないところもあるけど、これが親の話」

リルさんは両手を広げ、自嘲するように言う。

「どう？　リルたちはみんな、こんな過去を背負ってる。シュリが心配するほどの」

「……リルさん」

「でも、シュリはどうかリルたちに同情しないでほしい」

え、と視線を上げて見れば、リルさんが泣きそうな顔を見せていました。

「シュリにまで同情されて可哀想な目を向けられたら、リルたちは耐えられない」

「なら、なぜ僕に話したのです。同情されたくなければ話さなければよかった。話すことでリルさんがそこまで、自分で自分を傷つける必要もなかった」

　僕もまた、悲痛な叫びのように言った。

　確かに僕は知らないといけないと思った。寄り添うために必要なことだと嘯《うそぶ》いた。だけど事実はどうだ。日本での価値観と異世界での価値観の相違から、慰めることすらできない自分の情けなさを痛感させられたんだ。どうすればいいのか、自分でもわからなかった。そんな僕に、リルさんは涙を拭って答える。

　椅子から立ち上がり、僕の目を真っ直ぐに見ていた。

「おかしい話だけど、同情されたくはないけど理解はされたかった。知ったかぶりされたくないから知ってほしかった。可哀想だと思われたくないけど、過去を乗り越えたと称賛されたかった。おかしいよね、リルもおかしいと思う。だけどシュリには、そういうふうにしてほしかったから」

「リルさん……っ」

僕は思わず椅子から立ち上がり、リルさんの両肩を掴《つか》む。

「僕は……」

なんと言えばいいのか、どう言えばいいのか。何度か口を開こうとして、やめて押し黙って、それを繰り返してようやく、僕は何を言えばいいのかを理解した。

そうだ、僕は傭兵団《ようへいだん》の料理番だ、彼らの仲間だ味方だ親友だ。

「僕はリルさんたちの仲間で味方で親友ですから。またああいう奴が来たら、僕も戦いますよ。それと……我慢した分、今は泣いても大丈夫です。誰にも言いませんから」

僕がそう言うと、リルさんの目から涙がどんどん溢《あふ》れてくる。

「え、あれ、え？」

リルさん自身も驚いているようで、涙を拭っても拭っても、どんどん流れて止まらない。

「なんで？　あれ？」

「リルさん」

僕はリルさんの両肩から手を離した。

「辛《つら》くて悲しかったら、泣いていいんですよ」

「……うん」

リルさんはそのまま、椅子に座ると両手で顔を覆いました。

「うん……うん……」

頷《うなず》きながら泣いているリルさんを見て、僕はその背中を優しくさすります。

辛かったろうな、悲しかったろうな、泣きたかったろうな。

それもできないほどの、弱さを見せられない時代だからこそリルさんたちは強くなった。

でも、どこかで涙を流さないと自分の中で悲しさが溜まるだけだから。

そのまま僕は、リルさんが泣きやむまで静かに背中をさすってあげたのでした。


「ん、もういい」

リルさんは涙を袖で拭いて、僕から離れました。

どれくらいさすってあげていたのでしょうかね、結構長い時間のようにも感じました。

リルさんはそのまま扉の方へと歩いて行き、背を向けたまま言いました。

「ありがと。少し、スッキリした」

「それは良かった」

どれくらいリルさんの助けになれたのかはわからない。もしかしたら、リルさんはそれをぶちまけて泣ける場を無意識のうちに求めていたのかもしれない。でも今となってはどうでもいい。リルさんはこうしていつも通り元気を取り戻した。それが一番大切な事。

リルさんはちょっと慌てた様子で忙《せわ》しなく頭を掻《か》きました。

「それと、その……リルがここに来て泣いたことは、秘密」

「わかりました」

僕は笑みを浮かべて答えました。まあ、恥ずかしいわな。男の部屋に来て身の上話をしたうえに、泣いてしまったなんて。

これをテグさん辺りに知られれば、後で何を言われるやら。

「約束だからね」

リルさんは念押しして、そのまま部屋から出て行きました。

扉が閉まるちょうどそのとき、リルさんの顔が羞恥から真っ赤になってたように見えたけど、それも秘密にしておこう。

「さて……僕も休むか」

すっかり遅くなってしまいましたからね。ベッドに腰掛けて、そのまま横になりました。

天井を見上げてから、目を閉じて考える。

「思った以上にこの世界は、というか戦国の世の中というのは、厳しくて無情で無残なんだな……」

これまでも戦場を渡ってきた。ガングレイブさんたちと共に死線を越えてきた。

死ぬ思いもした。死んだ人を悼《いた》むこともした。でも、僕は戦国の世の中の、まだほんの一部しかわかってないんだと理解させられたのです。

みんなの過去が、そこまで酷《ひど》いものだったなんて考えたこともなかった。

リルさんが過去を語りながら泣いてしまうなんて思わなかった。

それだけ、この世界は厳しい。

僕は本当に運が良かっただけなんだなと、思い知らされる。

「……寝よう、明日も仕事だ……」

僕はそのまま思考を止めて、眠ることにしました。


次の日、僕はいつも通りの時間に起きて厨房《ちゅうぼう》に向かっていました。

今日は曇りか。雨が降りそうな気もする。僕は城の廊下を歩きながら、窓の外を見てそんなことを考えます。この世界に来てから、天気が悪い日も当然あった。当たり前だけど、雨の日だってあるし雪の日だってある。

だけど、リルさんからあんな話を聞いた次の日にこんな天気だと、なんか悪い予感がしてしまうのです。

「今日は何事もなければいいけど……なんか悪い予感がするなぁ……いかんいかん」

僕は両頬を叩《たた》き、気合いを入れ直します。

天気がなんだ昨晩の話がなんだ。そんなことで、今日の仕事の調子を崩してなるものか。

大事なのは食べてくれる人が美味《おい》しいと喜んでくれる料理を作ることだ。いらぬことを考えてる暇はないぞ、僕。と、考えてたんだけど……なんか城が騒がしいな。なんで？ストライキのため、城には以前ほどたくさんの人はいない。特にこの時間帯は人は少ないはず。にもかかわらず、慌ただしく動いている人が多い。

この廊下だけで三回は人とすれ違った。いつもはすれ違うことなんてないのに。そしてすれ違う人は全員が慌てた様子と……顔に怒りを浮かべて行動している。

「何があったんだろ……？」

気にはなるけど、今は気にしないでおこう。それよりも昨日の仕込みの確認と厨房《ちゅうぼう》の掃除だ。衛生管理はキチンとしないとね。

そうして食堂まで来て、そこから厨房に入ろうとしたそのときでした。

「まだあいつらは見つからねぇのか！」

「それが……いつものスラムにはいないみたいで」

「せしめた金で高級な宿にでも泊まってるんだろ！　しらみつぶしに調べろ！」

と、食堂にガングレイブさんと城の書記官の人が現れて怒号を響かせました。

何事!?　と驚いて振り向けば、ガングレイブさんは食堂の椅子に座り、書記官から書類を受け取って机の上にぶちまけました。

ちょっと、そこはこれから掃除をして、と言うために近づいたのですが、あまりのガングレイブさんの激昂《げきこう》ぶりに、近づくことができません。

なんだ、なんなんだ？　と考えているうちに人が増え、書類が増え、いつの間にか食堂が広い執務室のようになっている。慌ただしく人々が動いて仕事をしているので、僕は掃除のことをすっかり忘れていました。何が起こってるんだろうか……!?

聞かないと始まらないので、恐る恐るガングレイブさんに近づきました。

「あの、ガングレイブさん」

「なんだ!?　居場所を突き止めたか?!　それともまた迷惑をかけた店が判明したか!?　それ以外なら今は邪魔だ！　後にしろ！」

「あ、はい」

ダメだこりゃ。僕ということにも気づいてないくらい怒ってるし視野が狭くなってる。

こんな朝早くからみんな起きて活動して、しかも大変なことが起こっている……。

「いったい何が起こってるんだ……？」

呟《つぶや》いても誰も答えてくれないので、仕方ないから厨房に引っ込みました。だってみんな慌ただしいんだもん。仕方ないよ。あんなに必死に仕事をしてるんだ。どれだけ朝早くから仕事をしていたのか、それとも徹夜で仕事をしていたのか。

詳しくはわかりませんが、ともかくお腹《なか》が空《す》いているのは間違いないはず。

朝から力が出る料理を作って、ガングレイブさんに食べてもらおう。

僕は腕を組み、何を作るかを考える。下ごしらえして準備してある食材はほとんどが軽食だ。ここ最近のみんなの忙しさと時間のなさから、簡単に食べられる軽食を望む声が多かったからだ。しかし今のガングレイブさんに軽食を出しても力になるとは思えない。何よりこんな状態で慌てて食べても、心が休まらないだろう。

「となれば、がっつりいくか」

そうと決まれば料理はこれだ。僕は冷暗所などから食材をかき集め、準備する。

用意したのは回鍋肉《ホイコーロー》の食材です。

必要な食材は豚肉、キャベツ、ピーマン、ニンジン、片栗粉、ごま油、甜麺醤《テンメンジャン》、豆板醤《トウバンジャン》、酒、醤油《しょうゆ》、砂糖となります。

本当は豚肉を茹《ゆ》でておいたり、野菜を油通《あぶらどお》ししておくのがよいのですが、今は省略。そこまで時間をかけてられませんので。

豚肉、キャベツ、ピーマン、ニンジンは最適な大きさに切ります。食べやすくね。

このとき豚肉には薄く片栗粉をまぶしておきましょう。

フライパンにごま油を熱し、豚肉を入れて炒め、豚肉の色が変わり始めたら、ニンジン、ピーマン、キャベツの順に加えて炒める。

野菜がしんなりとしてきたら甜麺醤、豆板醤、酒、醤油、砂糖を加えて炒めましょう。

できあがったらお皿に盛って完成です。

「よし、できたぞ、と」

僕はできあがった料理を手にし、再び食堂に戻っていきました。

少し食堂から離れただけのつもりでしたが、人数と騒がしさが増している気がする。

「ええ……？」

僕は一人、そう呟《つぶや》いて呆《あき》れていました。いったい何が起こっているのかわかりませんが、ともかくとして大騒ぎ。ガングレイブさんに事情を聞かねばわからないでしょう。

僕は人の喧噪《けんそう》を避《よ》けながら歩き、ガングレイブさんの近くに行きました。

「クウガ！　見つけたか!?」

「東門から荷物を持って出て行く集団を少し前に見かけたっちゅうもんがおったから、そっちに部下を向かわせた！」

「よし！　追跡に俺の部下の騎馬隊も向かわせる！　連絡の中継をさせるんだ！」

クウガさんが慌ただしくやってきて、何か連絡事項を伝えてから再び食堂から出て行きました。なんだ、これ。本当に何が起こってるんだ。

「ガングレイブさん」

「なんだ!?　今日の業務なら後回しだ！」

「ガングレイブさん」

「うるさい！　こっちの事件の方が重大だろう！　邪魔を」

「ガーングレーブ」

うるっせぇなこいつ。こっちを見ないでずっと文句を言ってやがる。さすがに僕もカチンときたので、報復しましょう。可愛い報復をね！

僕はガングレイブさんの目の前に回鍋肉《ホイコーロー》を、乱暴に置きます。

「な、んだこれ、え？　シュリ？」

「さーん！　こーれをー食ーべまーしょっ!!」

と言って、回鍋肉の肉とピーマンを匙《さじ》に乗せて、ガングレイブさんの口の中に突っ込みました。もちろん歯や唇に当たらないように気をつけてるからね。

「なんだお前これえ!?」

ガングレイブさんは目を見開いて驚き、口の中に突っ込まれた回鍋肉をびっくりしながら二回ほど噛《か》んで飲み込みました。ガングレイブさんは何秒か驚いたまま動かずにいましたが、ようやく通常の状態に戻ったのか僕を睨《にら》んできます。

「何をするんだシュリ！」

「何をしてるんですかガングレイブさん？」

「え？」

ガングレイブさんは僕の剣呑《けんのん》な雰囲気を感じ取ったのか、怒りが引いて真顔になります。

全く、ようやく落ち着いたのでしょうかね。僕は持っていた匙を回鍋肉の皿に置いて、にこやかに言いました。

「落ち着きましたか？　ガングレイブさん」

「え、あ、ああ」

「じゃあ、それを食べてください」

回鍋肉を指さしてから、ガングレイブさんの肩を叩《たた》きます。

僕は再びゆっくりとした動作で匙を掴《つか》みました。

「お、おい……」

「さあ、食え」

処刑を執行するような雰囲気でゆっくりと、肉とニンジンを匙にすくって持ち上げます。食べなければ、再び口に突っ込むぞという覚悟とともに。

「わかった！　わかった……食べるから、それをくれ。確かに旨かったからさ……」

なんか怖がりながら、ガングレイブさんは僕から匙を受け取ります。

そして観察した後、それを口に運びました。

「……旨いな」

ガングレイブさんはそう呟《つぶや》くと、嚥下《えんげ》して大きく深呼吸をしました。

「そういや俺……腹減ってたわ」

「はい」

「それにも気づかないほど、慌ててたんだな……俺は」

ガングレイブさんの顔を観察してみると、ようやくいつものガングレイブさんに戻ったんだとわかりました。先ほどまでの切羽詰《せっぱつ》まった様子はない。落ち着いていて、冷静で、そして優しい目をしている。

「みんな！」

ガングレイブさんは顔を上げて慌ただしく動く書記官さんたちに声を掛けました。

何事かと全員がガングレイブさんを見ると、ガングレイブさんは落ち着いた顔で穏やかに言います。

「腹、減っただろ。手が空いたものからシュリから朝食を受け取り、随時食事を取ってくれ。食べたら作業を再開してほしい」

どうやら全員が疲れてお腹《なか》を空《す》かしていたらしく、安堵《あんど》した顔をしました。

「「はい」」

書記官さんたちが返事をすると、さっきまでの慌ただしさは収まっていきます。

「ということだ、シュリ。すまないが、みんなにすぐ朝食を作ってやってくれないか」

「問題ありません、了解しました。仕込みは前日に終わらせているので、あとは他の料理人さんたちが来てくれれば、みんなに食事を配れるでしょう」

「わかった、頼むぞ」

ガングレイブさんはそう言うと、手元の書類に目を通しながらまた回鍋肉《ホイコーロー》に手を伸ばし、食べ始めます。行儀悪いよ、と思いましたが今は考えないようにしましょうか。

僕は厨房《ちゅうぼう》に引っ込み、料理を作り始めます。さすがに回鍋肉を人数分作るのは無理なので、あとはスープとかパンとかで代用したりします。回鍋肉そのものは大量に作って大皿に盛っておきましょう。食べたい人が食べられるように配慮しておきます。

そうやってできた料理を、できたものから次々と食堂に運んでいきます。

「どうぞ、食べてください」

「ああ、ありがとう」

張り詰めた空気が少しマシになってきたようです。料理を渡すと、書記官さんはホッとした顔をしました。そのうちの一人に渡したとき、僕は気になったことを聞きます。

「どうぞ……。この騒ぎ、一体何があったんですか？」

「ああ、これかい？　これはね……」

聞いた瞬間、書記官さんがげっそりと疲れた顔をした。

「昨日、ガングレイブ殿……領主様の親と名乗る輩《やから》が現れたよね」

「はい」

記憶に新しいからね。あのアホっぷりはそうそう忘れられない。

だけど、書記官さんはそこから怒りに顔を歪《ゆが》ませ、眉をひそめて言いました。

「あなたも見ていたと思うけど、ガングレイブ殿たちはハッキリとあいつらが親ではないことは明言していた」

「ええ、そこは見ました」

「なのにあいつらはあの後、街で『自分たちはガングレイブの親族だ』と吹聴して、好き勝手に飲み食いして買い物をして金を借りて、挙げ句の果てに逃げ出したのですっ！」

「ええっ」

怨嗟《えんさ》を滲《にじ》ませて言った書記官さんの言葉に、僕は驚いてしまいました。

なんじゃそりゃ。あいつら、そんなことをしやがったのか。しかもあれ昨日のことだぞ。なのに一日でこんな騒ぎになるほど、好き勝手したって……。

「それは……親を名乗っても否定されたから、その話が広がる前に物を騙《だま》し取るやら無銭飲食やらをして逃げ出したってことですか？」

「そうでしょうね。親ではないと話が広がってしまえばそんな詐欺やタカリみたいなこともできないから、一日でできることを全てやって逃げ出したようです。このことは深夜、城に店からの通報が来たことで発覚したのです」

「なぜに深夜？」

「どうやら、あまりに豪遊しておきながら『支払いは息子であるガングレイブがする』と言う人物が複数いたことでおかしいと思った店が、確認のためと請求のために城へ来たようです。そりゃ、誰だって変だと思うでしょうね」

なるほど、そういう経緯だったのか。つまり、昨日やってきたバカたちが、自分たちの行為が露呈する前に、せしめるものをせしめて逃げたってことか。

そしてその後始末で、ガングレイブさんたちが奔走しているわけだ。

「その……お疲れさまです」

「本当ですよっ!!」

うわ、驚いたわ。本当に驚いた。ぶち驚いた。思わず広島弁が出るほど驚いた。

書記官さんが目を見開き、怒りに顔を歪《ゆが》ませます。怖いよ。

「我々がガングレイブ殿のことを悪く言うのはお門違いですけど、あの連中が現れた時点で対策をしてほしいものです! 本人の前で親だと名乗るマヌケさと頭のおかしさはあの時点でわかったんですからぁ! ほんと、勘弁してほしいですよ……!」

これはあれだな。僕にもあった。思わず優しい笑みを浮かべて、僕は書記官さんの肩を叩《たた》きました。優しく、労《いたわ》るように。

「大変ですよね……仕事が終わったと思ったらわけのわからない理不尽に巻き込まれて、帰れなくなってしまうほどになるの」

「わかってもらえますか……」

ああ、だろうなと思った。書記官さんが安心した顔をします。

そして「ありがとうございます」とだけ言って離れていきました。多分、自分の心中を察して心配してくれたから安心して、残りの仕事にかかれそうになったんでしょうね。

僕も経験がある。夜中、修業先の店……和食屋ののれんを下ろしたら、酔っ払った常連さんがやってきて、締めの料理を食わせろと延々と騒ぐんですよ。いや、店はもう閉めてしまったので……と説得しても聞き入れてもらえず、結局店長さんが折れて中に入れて料理をお出ししましたよ。

次の日の仕事が大変だったなぁ……疲れてるし眠たいし。

ちなみにその常連さん、後日奥さんに連れられて謝罪に来られました。奥さんが店に迷惑を掛けたことにキレたみたいよ。

そんな感じの地球の出来事を思い出していた僕ですが、すぐに気を取り直します。今はとにかく、仕事で大変なガングレイブさんを労《ねぎら》おう。そう思ってガングレイブさんに近づくと、変わらずに回鍋肉《ホイコーロー》を食べながら書類を流し読みしていました。

「ガングレイブさん。どうですか、回鍋肉のお味は」

「おお、シュリか」

ガングレイブさんは先ほどよりもだいぶ柔らかな表情を浮かべています。

「本当に旨い。忙しくて腹が減ってたから、ちょうどこんな濃い料理が欲しかった」

ガングレイブさんはそう言いながら、回鍋肉を食べ続けていました。

「豚肉から出た脂の旨みが野菜にも移ってるから、野菜も旨い。何より、この甘辛い独特な味付けがたまらないな」

そういって豚肉を匙《さじ》で器用にすくって、口に運びました。

「うん、やっぱり豚肉が旨い。それに合わせた濃い味付けである甘辛さが、豚肉の旨みをさらに引き出している。野菜と一緒に食べると、さらに際だって旨い」

「実はこれ、忙しそうだったので急いで作ったものなんです……」

僕は反省するように顔をしかめて言います。

「調理過程を省いたので、また今度、手間暇かけて作ったものをお出ししますよ」

「これ以上に旨いのか？」

「ええ、美味《おい》しくできると思います」

「それは楽しみだ。また今度、頼むよ」

良かった。どうやら本当に精神が安らいでいるようですね。安心したよ。

僕は咳払《せきばら》いを一つしてから、改めてガングレイブさんに聞いてみることにしました。

「ガングレイブさん……今回のこの騒ぎは、その……」

「聞いたんだろ？　そこら辺の奴から」

僕はバツが悪いので目をそらします。

自分から聞いたこととはいえ、ガングレイブさんの気持ちを考えると、きっと辛《つら》いだろうなとは思う。とはいえ僕だってガングレイブさんの仲間で、親友だ。大変なことなら力になりたいと思う。そのためには、ガングレイブさんから直接話を聞かないといけない。

だけどガングレイブさんは僕の予想に反して、呆《あき》れたような笑みを浮かべていました。

「全くバカなことをする奴もいるよな。俺たちも、あんなことには毅然《きぜん》と対応すべきだった。というか逃がすべきじゃなかったんだ。あそこで捕まえて、しかるべき刑罰を与えるべきだった」

ガングレイブさんは自分でそう振り返って頷《うなず》いていました。

「そうだ。その場で捕まえて対応しなかったからこうなった。全ては俺の甘さと青さからくるミスだ。この場にいる他の誰のせいでもない」

「なら、ガングレイブさんは改めて何をしようと思っていますか？」

僕はあえて、その独り言に割り込むように問いました。

おそらくこの人は、落ち着いたからこそ反省を始めている。さっきまでの、怒りから滅茶苦茶なことをしていた頭が冷えて、反省するところから始まり、対応を考えている。

だから、僕はそこに適切な相づちを打つべきだ。

「逃げたあの人たちを捕まえるために、どのような対処を？」

「ああ、そうだな。まずは門の封鎖をする。……それはしたな。次は追跡。東門から出たと言ってたから、クウガを向かわせた。そこはあいつに任せよう。あいつなら追跡も得意だ。……いや、追跡ならアサギとテグが適任だな。あいつらも向かわせよう」

「他の人たちが街に潜んでる可能性は？」

「ああ、それは……カグヤとアーリウスに任せる。あの二人と部隊の人間を使う。命令を出しておこう。あの二人なら市街地の捜索も問題ないだろう。カグヤは人のツテを辿《たど》るのが上手いし、アーリウスなら魔法を使った捜索もできる」

「迷惑をかけたお店には？」

「リストを作っている。話には……リルとオルトロスを向かわせよう。怒っている店主が相手でも、オルトロスなら外見で静まらせられる。そこでリルに謝罪と賠償の話をさせればいいだろう。こんな形の謝罪はそのままにしておくと良くないから、後日俺からも直接謝罪をしておこう」

凄《すご》い、どんどん案が出てくる。さっきまでは追跡だー店のことだーと荒ぶってたのに、あっという間にガングレイブさんは対処法を思案してしまいました。ガングレイブさんは近くにいた人にその命令を伝えると、再び書類へと視線を落とします。

……これ以上は邪魔かな。僕は大皿で用意した回鍋肉《ホイコーロー》の中身がほとんどなくなっていることに気づいたので、大皿を厨房《ちゅうぼう》へ持って行き、追加を作ろうかと思いました。

その方へ足を向けた瞬間、

「シュリ」

ガングレイブさんが僕の背中に声を掛けてきたのです。

僕が振り向くと、ガングレイブさんはこちらに目を向けずに言いました。

「もう少し、ここにいてもらえるか。独り言や愚痴を聞いてもらいたい。そうしてくれれば、この仕事も早く終わる」

「わかりました」

なんだそんなことか。僕は苦笑して、近くにあった椅子に座りました。

「いいですよ。僕は聞きながら、これからの料理の献立とか考えてますから」

「そうか」

「すまんシュリ遅れた!!」

「すまんがな！」

そうしていると、食堂にガーンさんとアドラさんが駆け込んできました。

二人とも、遅刻ではないのですが城の騒ぎを見て慌てていたようです。

「おはようございます、お二人さん。今朝は……まあ遅かったかな？」

「いや、この騒ぎを聞いてエクレスとギングスも動いてる！　俺たちはそっちの方で動いてたんだよ深夜から！」

……うん？　てことはこの騒動、頭が二つあって別々に動いてるのか？

随分と非効率だな、と僕は顔をしかめます。

「どちらかを頭として、指示系統をひとつにして動く方が効率的なのでは？」

「シュリ、それは俺が騒ぎを聞いてテンパってたとき、エクレスに頼んでやってもらったことなんだよ」

「え」

驚く僕に、ガングレイブさんは書類から目を離さずに続けました。

「あいつらの方がこの町に詳しい。あと周辺地理もな。だから、俺は俺で部下たちを使い、エクレスたちはそっちの方で人脈を使ってくれって頼んだ」

「それってどうなんです？　バラバラに動いても仕方ないというか」

「俺も落ち着いたら、あまりに非効率だって気づいた。エクレスとギングスをこっちに呼んで、指示系統の統一をしておこう。えっと、ここに二人を呼んでくれ」

近くにいた人にそう命じたガングレイブさんは、疲れたように溜め息をつきました。

「ほんと、さすがにこんな騒動は想像したこともなかったからな」

だよなぁ。僕もガーンさんもアドラさんも、同様に疲れた顔をしています。

想像できる？　偉くなったら親とか親戚を名乗る人物が現れて、唐突に自分の身内と結婚しろだの金を融通してほしいなんていうの。いや、地球でもあるなそういう話。

まさか異世界でそれを経験するとは。したくなかったな、そんな経験。

「あー……ガーンさん、アドラさん。二人がこっちに来たってことは、厨房《ちゅうぼう》の仕事をしてくれるってことですか？」

「エクレスから、厨房に行くのが遅れることをシュリに言った？　と聞かれたんだ。言ってねーって気づいて慌てて来たんだよ」

「それまではおりゃあもガーンも、街を駆けずり回っちょったからな」

「……え、てことは僕……そういう騒ぎがあったのに今まで寝てて、朝になって起きてから気づいたマヌケってことじゃないですか」

ガーンさんとアドラさんも、エクレスさんの下《もと》で徹夜で動いてたってことでしょ？

僕はそんなこと全く気づかなかったな……。深夜まで明日の仕込みをして、部屋に戻って休んでたのに……。なんで気づかなかったんだ……？

「それは無理もない」

ガーンさんが僕に言いました。

「エクレスから全員に向けて言われたんだよ。『シュリくんは今回の騒動と関係ない。彼には彼の仕事があるから、起こさないようにしておこう』ってな」

「気を遣ってもらって、ありがたいです」

ほんと悪いことをしたな……エクレスさんにそんな気を遣ってもらうとは。

「それで……あの、テビス姫様たちはどうなってるんです？　さすがに城中がこんな騒ぎになったら」

「それも心配ない」

ガングレイブさんはやれやれと首を振りました。

「あいつらはさっさと別の宿に避難してる。最高ランクの宿を四つほど手配して、そっちに移ってもらった」

「よく納得してくれましたね、それ」

「エクレスがすぐに手配してくれたんだ。俺が怒りのあまり行動している間に、宿を四つ取って、失礼のないように気を遣ってくれた。そのおかげで、俺はこうしていられる」

「なるほど」

エクレスさんはほんと、こういうところで助けてくれて助かりますね。

さて、僕も僕の仕事をするとしましょうか。

「では、ガーンさんとアドラさんはこちらで仕事ができますか？」

「あぁ。ガングレイブがエクレスたちと合同で事に当たるなら、俺とアドラは手が空く」

「じゃあ、改めて朝食を作ってもらいましょう。皆さんに行き渡るように、とにかく急いで量を作ります。手を貸してください」

僕は立ち上がると、ガングレイブさんに微笑《ほほえ》みかけました。

「なので、そろそろ僕は仕事に戻るのですが、大丈夫ですか？」

「ああ、十分に話を聞いてくれた。俺もこれで、落ち着いて事に当たれる」

「了解です。行きますよ、ガーンさん、アドラさん」

僕は二人を連れて厨房《ちゅうぼう》へと向かいました。

やることは大変だけど、二度とこういうことが起きないようにしないといけない。そのためには、こんなことをしでかした人を捕まえてちゃんと裁かないとダメだ。

そして、その労力は想像を絶するほど大変だろう。

支えないといけない。少なくとも、お腹《なか》が空《す》きすぎて動けなくなるなんてことがないようにしたい。

そのために、僕たちのような料理人がいるのだから。

結局、問題の人たちはその後捕まったらしい。料理を作り続け、給仕を続けた僕はいつになく疲れたよ。

七十二話　親との再会？　と回鍋肉《ホイコーロー》 ～ガングレイブ～

「あいつらはもう、一か月もここに留《とど》まっているのか……」

俺ことガングレイブは執務室の机に向かって、そう愚痴りながら項垂《うなだ》れていた。

ただでさえ人手が減って領内のさまざまな仕事がクソ忙しいうえ、エクレスからの内政の引き継ぎに、ギングスからは軍部の内情の聞き取りと調整など、やることは多い。さらにいつまで経《た》っても帰ろうとしない奴らのことを考えると頭が痛くて仕方がない。

これでも俺は領主だ。領主になったんだ。

次期領主候補だったエクレスとギングスから学ぶことは多い。日々の仕事に加えてそれらを教わることに時間を割かれている今、さらに人手を取られるようなことはもう終わらせたい。

「なぁ、テビス姫たちはまだ帰ろうとしないのか……？」

「みたいだね」

「みたいですね」

執務室で仕事をする俺のサポート役のエクレスと、傍らに侍って世話をしてくれているアーリウスがほぼ同時に答えた。

　エクレスは執務室の本棚から必要な資料と書物を出し、アーリウスは部屋に置いてある水差しから杯に水を注《つ》いで、魔法で冷やしてくれている。

「それだけシュリくんの料理が魅力的なんだねぇ」

　エクレスは楽しそうに、目当ての資料と書物を確認していた。

「ボクとしても鼻が高い」

「なんであなたがの鼻が高くなるんですか？」

「はははははは」

　アーリウスがジト目で聞くが、エクレスはそれを乾いた笑いで誤魔化していた。

「やめとけアーリウス。どうせ、将来結婚する相手の技術の高さが自慢とか、そういう夢物語だ。しかも相手はシュリときた。付き合ってたら精神が保たん」

「夢物語じゃないからね!?」

　なんだ違うのか。俺が呆《あき》れた様子で言ったことを、エクレスは必死に否定する。

　夢物語にしといてくれよ。お前がシュリに迫るのは心臓に悪いんだからよ。

　エクレスがシュリに言い寄る度に、リルの機嫌が悪くなっていく感じがするんだよな。

　城の一室に作った実験室の空気が悪くなるほどで、部下から抗議の報告も来ている。

「リルとエクレスがシュリに関して言い争うと、何かとリルが機嫌が悪くなって仕事がしづらいからなんとかしてほしい」という内容でな。俺にどうしろって言うんだ。

そんな感じだから、言い寄るのはできるなら勘弁してほしい。

「まあ……その話は後にしよう。残ってる仕事は？」

「ああ、そうだね」

エクレスはすぐに真剣な顔になると、持ち出した書類と資料を俺の前に置き、一つ一つを示しながら言った。

「まず、周辺の村の中でこのいくつかが、反発を示してる。ガングレイブが領主になることに反対を表明している村々だね」

「わかってはいたが、ここまで反対されるといっそ清々《すがすが》しいな」

「そんなに軽く言ってられないよ。こっちの資料を確認して」

エクレスが資料の冊子を開いて俺の前に出した。

「こっちの村は、領内でも良質な絹を作っているところだ。ボクが領主候補だった頃はボクの支持を表明していた村でね、手紙でもボクを心配して、領主の座を取り戻す際は惜しみなく協力するって書いてあったよ……」

「反逆の表明ですか。軍を差し向けてもおつりがくるほどの大義名分がありますね」

「やめてよアーリウス、ほんとにさ。あの村の絹は質が良いし、縫製技術だって高い。領主一族の公式の衣装を頼んでるほど信頼できるんだから。あそこを潰したら、領内の目玉商品の一つが減るんだから」

俺はそれを聞いて、顔を手で覆って溜め息をついた。

「エクレスはほんと、領民から慕われてたんだな」

「彼らの生活を守ることがボクの仕事なわけだし、そういう仕事が得意だったからね。これからはガングレイブがそれをしなきゃならないんだけど」

真顔のエクレスの指摘に、俺は頭が痛くなりそうだ。

覚悟していなかったわけじゃないが、これが領地を準備なしに引き継ぐことなんだと思ったよ。特に上の人間が慕われていたら、こうなるんだぞと。でも今は俺が領主なんだ。

この難問に対して答えを出すのは俺の役目になったんだから。

悩んで苦しんで、答えを出して未来に繋《つな》げることが、俺に課せられた役目だからな。

「わかった……このことに関しては俺が解決方法を模索する」

「そうした方がいい。ボクもできるだけ協力するよ」

「助かる。じゃあ次は――」

「ガングレイブ！」

と、俺とエクレスが次の話に移ろうとしたときに、テグが部屋に転がり込んできた。

慌てているのがよくわかる。額に汗をかき、顔は焦燥感で歪《ゆが》んでいる。

その様子を見たアーリウスがテグに近づき、布を差し出した。

「どうしましたテグ。ノックもせずに……ガングレイブはすでに領主なのです、礼節を保ってですね」

「バカな奴らが現れたっスよ！」

アーリウスのお小言を無視し、テグは机に近づいて身を乗り出した。横目でアーリウスを見るとしかめっ面をしているし、エクレスは呆《あき》れ顔をしているが今は無視。

「バカな奴ら？」

俺がそれを聞くと、テグの顔に怒りが浮かんだ。

「ガングレイブ。ガングレイブは自分の親のことを覚えているっスか？」

テグの言葉に、この場の空気が一気に冷え込んだ。アーリウスは悲しそうな顔をし、テグの眉間に深い皺《しわ》が刻まれる。俺自身も、自分でわかるほど顔を怒りで歪《ゆが》ませていた。テグの一言で蘇《よみがえ》る過去のことが、原因だ。

「忘れるわけがない。忘れられるはずがない」

歯ぎしりし、にじみ出る怒りを抑えながら拳を机に押しつけると、ミシミシと机が軋《きし》む音がしてくる。強すぎる怒りのあまり、普通では出てこないほどの力が湧いてくる。

それは自身の肉や骨すらも軋ませるほどの力。自分の体も壊すほどの力だ。

「あのクソどもの顔を、未来永劫《みらいえいごう》俺は忘れられない……っ!!」

叫びたい気持ちを抑えることで出てきた言葉が、俺の気持ちの全てだ。

子供の頃、俺は貧しい地域に住んでいた。その頃は両親も健在だったよ。

しかし今は戦乱の世だ。畑は踏み荒らされ、食えるものは少ない。それをあいつらは、自分たちだけ食べて俺には全く分けてくれなかった。このままでは死ぬ。そう思った俺は、他人の畑から作物を盗んで食いつないだ。そうしないと死ぬからだ。

しかし、あのクソ親はそれで終わらなかった。あろうことかさらに食料が少なくなるとそれを俺のせいにして、俺を山に捨てやがったんだ。ふん縛ってポイ、とな。

山中を彷徨《さまよ》っていた俺を、旅をしていた神殿の司祭が見つけて孤児院に連れ帰ってくれたのだが、それはまた別の話になる。

まぁ、そんなわけで俺の親はすでにこの世にいない。いたら殺してる。

「それで？　過去の話題は禁句だという暗黙の了解を破ってまで、なんでそんなことを俺に聞くんだ？」

「来たんスよ」

「来た？　誰がだ」

「オイラたちの親を名乗るもんたちが」

テグの口から発せられた言葉に、俺は理解が追いつかなかった。それはアーリウスも同じであり、呆然《ぼうぜん》としている。しかし瞬時にその意味を理解した俺は椅子から立ち上がり、机に拳を叩《たた》きつけた。怒りと恨みを込めてだ。

「ほう。面白い奴らが来たんだな」

「で？　どうするっスかガングレイブ」

テグがそう聞いてくるので、俺は歯を見せて好戦的な笑みを浮かべた。

面白い。仕事で疲れていた精神をこれでもかと奮い立たせるには、面白い謀《はか》りごとよ。

「無論、会おう」

「私も行きます」

アーリウスは胸の前で両手を組んで俯《うつむ》いた。

その手は白くなるほど強く握られ、唇は端から血が滲《にじ》むほどに噛《か》みしめられている。

「さすがにそんなことを考えるアホの顔を、見てみたくなりました……っ」

「いいぞ。一緒に来い。……テグ、他の奴らは？」

俺がそう聞くと、テグは無表情で答えた。

「すでに話を伝えているから、向かってるはずっス」

「誰に伝えた？」

「オイラはガングレイブとアーリウスに、一緒にいたオルトロスは他の奴らを呼んでるっスよ。全員に伝わってるはずっス」

「よし、なら行くか」

俺はエクレスの方に視線だけ向けた。

「エクレス、お前は付いてくるな。これは俺たちの問題だ」

「そうさせてもらうよ。君たちの詳しい事情は知らないけど、ボクは巻き込まれたくない」

「すまん」

俺はそれだけ告げると、早足で部屋を出た。後ろにアーリウスとテグが付き従う。

笑いが止まらねぇ。凶悪な気持ちが胸の奥からグツグツと沸いてくるんだ。

あのクソ親のことを騙《かた》ってこの城にやって来る。そんな奴らの目的なんて高が知れている。どうやって悪巧みを叩《たた》き潰してやろうかと思い悩むほどだハハハハ!!

そして城の一階の広間に到着した俺たちは、そこにいた者たちを見た。

そいつらは無理やり中に入ってこようとしており、警備兵に止められている。

「離せ！　俺はガングレイブの父親だぞ！　あいつに会わせろ！」

「だから領主様には知らせた！　ここで待ってろ！」

「俺をつまみ出すか？　ガングレイブが黙ってないだろうな！」

そんなふうに俺の名を出して、警備兵を困らせているのがよくわかる。他の連中も同様に、テグやクウガなど、団の奴らの名前を出して偉そうにしていた。

それを見て、さらに胸の中に灼熱《しゃくねつ》が宿る。このまま飛び出して殴り飛ばしたくなるほどに。無理やり抑えているため、眉間に皺《しわ》が寄ってしまう。

「……ガングレイブ。私、我慢なりません」

隣にいたアーリウスが俺にそう言った。

「すぐにでもあいつらを殺してやりたいくらいです」

「オイラも同じっス」

テグもまた無表情で、指の骨を鳴らし始めた。これは確実にブチ切れてる。

「安心しろ、俺もだ」

俺がそう言って広間に行こうとしたとき、廊下の向こうから複数の足音が聞こえてきた。

「おう、あいつらか、ガングレイブ」

そのうちの一人──クウガが来て、入口で騒ぐ連中を見て呆《あき》れたように言う。

「バカなことをするもんじゃのぅ。ワイらには確かに親はおらんが、それをネタにして金をせびろうなんぞ、アホの極みやろ」

クウガがそう言うと、後ろから来た連中も同様に口を開く。

「アホよねー……紛れもなく、クウガの言うとおりアホだわ。アタイたちに親がいないのは調べればわかるでしょうけど、もっと詳しく調べようとか思わなかったのかしら？」

オルトロスは壁に寄りかかりながら腕を組む。

それに対してカグヤが手で顔を覆い、疲れたように言った。

「こんなアホなことを考えつくような連中ですよ？　ワタクシたちのことなんて、そうやって利用できるとしか考えてないんでしょう。低脳にありがちな、短絡的思考です」

辛辣《しんらつ》と言っていいほどの言葉だが、カグヤの言葉にアサギも頷《うなず》く。

「カグヤから聞いてリルを呼びに行ってここに来るまで、わっちも信じられへんかったが……これを見たらなんとも言えんでありんすな」

アサギは煙管《きせる》に煙草《たばこ》を詰めながら、興味なさそうに答えた。

が、手元をよく見てみれば震えている。そのせいで煙草を上手く詰められないようだ。

口調は興味なさそうだが、こめかみに青筋を立てるほど怒りに震えているということだろう。無理もない。アサギは特に、親と仲が良かったのに盗賊に殺され、自身も酷《ひど》い目に遭った過去がある。その親を名乗ってタカリに来られては、かつての思い出に唾を吐きかけられたように思うはずだ。

最後に、俺たちよりも怒りを滲《にじ》ませていた奴がいた。

「あいつらぁ……!!　まさかと思ってたけど、本当に来てたのか……!!」

顔にも言葉にも憤怒を感じさせたのは、リルだった。意外って思ったよ。なんせ、こいつはこういうことがあっても、飄々《ひょうひょう》としている感じがあったからな。

気になったので、俺は一旦自分の怒りを抑えてリルに聞いた。

「どうしたリル？　あいつらと何かあったと言うのか？」

俺の言葉に、リルはハッとして顔を自然に戻す。そして胸に手を当てて目を閉じ、大きく深呼吸を何度か繰り返した。気持ちを静めているらしい。

なんとか落ち着きを取り戻したらしいリルは、目を開いて腕をぶらんと下ろす。

「リルは一か月前にテビス姫たちが来たとき、たまたまあいつらに会った」

「なんだとっ？」

俺は少し驚いてリルを見た。

まさかそんな前から、こいつらが現れていたとは思っていなかった。

「それなら。そんなことがあったと報告してほしかったな」

「う。すまない……あのとき、リルはリルでテビス姫たちが来たとみんなに知らせようとした。そんなとき、路地裏の酒場でこいつらの中の数人が、リルたちの親族だと言ってただで飲み食いしてたのを見た」

リルはそのまま拳を握りしめて言った。

「もちろんリルはその店に飛び込んでそれは違うと告げて、飲み食いの代金は一切、こっちに寄越すなと店主に言っておいた」

「どうなったんだ？」

「そいつら、みっともなくリルにしがみついてそんなこと言わないでくれって、必死だったよ。同情するフリをして話を聞いてみたら、他にもこういうことをちょこちょこやってて、相当ツケが溜まってたらしい。でも城に来なかったのは、他の奴らに、行くなと言いくるめられてたんだと。だから、追い詰められたんだろうね」

なんとくだらない話だ。自分で自分の首を絞めて追い詰められただけのことなのに、城にまで来て俺たちの関係者だと吹聴《ふいちょう》したがるとは。

だけど、それがあいつらがここまで来た理由なんだろうな。無視していれば、俺たちの親族だのなんだのと嘘《うそ》を触れ回った挙げ句逃げて、あとは俺たちの知らないところで「城まで会いに行ったが会ってくれなかった。ようやく会えたのに」とかほざくんだろう。

そうなったらこっちは、その嘘話の火消しに奔走《ほんそう》することになる。

「なら、ここでさらに追い詰めて火の粉を振り払っておくか」

俺はそう言って、いの一番にあいつらの前に歩いて行った。警備兵が困惑している中で、俺に気づいた一人の兵士が俺に駆け寄ってくるが、困り果てたって顔をしていた。

「団長！　こいつら、団長の知り合いとか親族とか言って、制止しても騒ぐんです！」

「あとは任せろ。それと今は領主と呼べ。団長じゃない」

「すみません領主様！」

兵士が頭を下げた。俺はその横を通り過ぎて、騒いでいるおっさんたちの前に立った。

「騒がしいぞ。なんの用だ」

俺がそういうと、偽物どもが俺を見て顔を青くしていた。ああ、やはりな。ここで騒ぐだけ騒いで会わずに帰り、それをまたネタにして好き勝手するつもりか。

そうはさせるか。ここでハッキリと言ってやる。お前らなぞ知らんとな。

しかしこいつらは俺の予想を裏切り、逃げるどころか近づいてくる。

俺の肩を叩《たた》きながら安堵《あんど》の表情……明らかに演技で、俺に嘘《うそ》を言った。

「ガングレイブ！　無事でよかったなぁ……！」

そんなことをぬかすが、俺は反応しない。少し、趣向を変えるとするか。

「で？」

「いやな、お前と生き別れになってしまって、ようやく見つけられてよかったよ……本当に。立派になったなぁ」

そんなことを言う目の前のおっさんに対して、俺は黙り続ける。

「お前は覚えてないかもしれんが……戦の中で赤ん坊だったお前とはぐれてから、ずっと捜していたんだ。傭兵団《ようへいだん》をしていることは風の噂《うわさ》で聞いたが……いきなり会いに来てもお前は信用しないし会ってもくれなかっただろう？　ようやく会えて嬉《うれ》しいよ」

……なかなかの迫真の演技だ。なるほど、この演技力で他の奴らを騙《だま》してきたわけだ。

涙ながらに語るおっさんだが、俺はそれを見て、湧き上がるような怒りを覚える。

それでも黙っていると、自分の策が上手くいったと思ってるのか、おっさんはすまなそうな顔をしている。口の端を喜びで上げながら、だ。

「そうか」

「それでなガングレイブ……ここに来るまでに、盗賊に襲われて無一文になってしまったんだ。もう住むところも金もない。なんとかしてくれないか？」

「は！」

俺は思わず笑った。結局これだ。結局こうなるんだ。こうなることは予想していた。

こんなバカなことを考える輩《やから》だ。最終的に何を望んでるかなんてわかりきっていた。

そもそも俺にとって親とは、俺から食べ物を奪って殺そうとし、八つ当たりを繰り返して勝手に死んだバカだ。子としての情も家族としての情もない。何もない。

むしろ死んでせいせいしたと思ってるくらいだ。俺の親族のフリをするなら、せめてそこまで調べろよと思ったが……こんな穴だらけのなりすまし詐欺を働くような奴だ、おつむが上手く回らないんだろう。

すると、他の奴らも笑い出していた。中には腹まで抱えて笑っている奴までいる。

リルも、アーリウスも、テグも、クウガも、アサギも、カグヤも、オルトロスも。

全員が笑ってる。おそらく、俺と同じように何か言われてタカられたんだろうな。

「で？　なんて言った？　もう一度言ってくれ」

だから、引導を渡してやろう。

「いや、だからな。俺も困ってるんだ。住むところも金もねえからさ……なんとか融通してくれないか？　今のお前ならできるだろ？」

媚《こ》びるような笑みを浮かべたそいつに聞こえるように、俺は言った。

「おい！　お前ら！　お前らはなんて言われた⁉」

他の奴らに聞くと、全員が答えた。

「リルは持ってる金を分けてほしいって言われた」

「ワイは腹違いの弟とやらに剣術を教えてくれ言われたわ。それと家」

「オイラはシンプルにコネで仕官させてくれって言われたっス」

「私は親戚の息子との縁談を勧められました」

「わっちも縁談じゃ」

「ワタクシは神殿のツテで商売の融通をお願いされました」

「アタイは一緒に住まわせて、少し養ってほしいって言われたわ」

だろうな。全て想像通りすぎて、予想の範囲を出ない話で、読んだ行動のままで。

笑いが止まらなかった。これほどのクズどもが、俺たち全員分よくも集まったもんだ。

だけどそれも終わりだ。俺の前に立っていたバカが怒りだした。

「何がおかしいんだ！　俺はお前の親だぞ⁉　子供なら」

「俺ははお前なんぞ知らん」

俺ははピタリと笑いを止めて、睨《にら》みつける。これでもかと殺意を込めて。

「だけど、これだけはわかる。お前はロクでもない奴ってな」

「な！」

「ワイの場合やけど」

クウガさんが目の前のババアに向かって、指を突きつけた。

「ワイは親の顔を覚えとるで」

「それが私よ、クウガ！　わかるでしょ⁉　小さい頃だもんね、記憶とは違うかもしれない――」

「ワイを男娼《だんしょう》として売り飛ばそうとしたから、逆に角材でぶちのめして逃げたわ」

そう、クウガの場合は親が食べるものに困ったから、最終的にクウガを男娼として人買いに売ろうとしていた。あいつはそこから逃げて、神殿に拾われ、俺と出会ったんだ。

「あんときは殺せんかったが、そっちから来たのならぶち殺したるわ」

「え、あ、いや」

濃密な殺気がクウガからあふれ出る。あいつの恨みは、俺がよく知ってる。

俺に話すときも、思い出したときも、いつだってあいつは悔やんでた。なぜ殺さなかったのか、と。親殺しにならなかったのだから俺はそれで良かったと慰めたさ。くだらない人間のために手を汚さなくて済んだとな。

「でも、親ではないんやったら、ここで逃がしてやっても、構わへんのやけど」

クウガの体から発せられた殺気が収まり、剣にかけていた手を離す。

「言っとくけど、ここにおるもんは全員が親を殺されたか親に恨みを持っとるんやで。それなのに親を名乗って甘～い汁を吸おうなんて考えておるなら、やめとけ。……他のもんはワイと違って、腰の剣に手を伸ばしておきながらやめるなんて悠長なこと、せんのやからな」

その言葉に驚いたバカどもは改めて俺たちの顔を見て、途端に後ずさりして怯《おび》えた表情を浮かべる。俺の顔にはきっと、ハッキリと憎悪が浮かんでいるだろう。

こいつらは、俺たちの触れてはいけない部分に触れていたのだと理解したはずだ。

「で？　リルの親だから、なんだ、と？」

もったいぶった言い方をするリルだが、その声が震えている。眉間に皺《しわ》が寄り、目は爛々《らんらん》と憎悪に輝いている。目の前のババァが怯えた笑いを浮かべて後ずさる。なんとか誤魔化したいのは見て取れる。

「い、いや、冗談よ、冗談……か、勘違いだったわ！　私はこれで！」

それだけ言うと、ババァは逃げていった。

「わっちの親は殺されてすでにおらんぇ。大切な両親は盗賊に殺されてもうた。大切な思い出は胸に、言葉は頭に、愛情の証《あかし》は生きたこの体でありんす。それを汚すのは……わっちへの宣戦布告ととっても？」

アサギを見れば、ババァの方へ一歩踏み出していた。俺にはわかる、あれは蹴る前の予兆だ。散々見てきたから。

何か言えば、即刻頭を砕く上段蹴りが放たれるだろう。それがわかったからこそ、

「ひ、ひぃぃぃぃ！」

このババァも逃げ出した。逃げた二人を見て、他の奴らも目の前の俺たちを見る。

全員が身構えて、すぐにでも攻撃ができる体勢だ。

「じょ、冗談だよ。冗談」

「あ、あたしの勘違いだったわ！　じゃあね！」

二人を皮切りに、全員逃げていく。蜘蛛《くも》の子を散らすように城から出て行く。

その背中を見ながら、俺は大きく溜め息をついた。

――淡い期待なぞ、最初からなかった。もしかしたら生きていたのでは、とか……あるいは本当は優しい親だったのでは、なんて夢想すらしない。この頭に未《いま》だこびりつくように残る、あの鬼畜どもの顔。憎しみを持ってしか思い出せない忌々《いまいま》しい過去。

これで良かったんだ。あのバカどもを追い払い、後顧《こうこ》の憂《うれ》いを断つ。これが最善だ。

「大丈夫ですか、ガングレイブさん」

俺の背中に声が掛かった。未だ昂《たか》ぶる気持ちを抑えながらそちらを見れば、そこにはシュリがいた。見られていたのか。できればこんなところは見られたくなかったのだが。

「……ああ、シュリか。見苦しいところを見せたな」

俺は深呼吸をして、気持ちを落ち着けようとする。このまま話してもいいことは一つも

ない。今だけでいい、心を凍《い》てつかせてでも平常心を保たねば。

「えっと、その……」

「言っておくがシュリ」

俺はシュリが何か言いたそうにしているのを遮って言った。

「俺たちには、本当にもう親はいない。本当にだ。反論の余地はなく考慮に値することもなく、親はいない」

もう、あいつらは死んだ。この世にはいない。

「それは」

シュリがそれでも何かを言おうとしていた。

——すまない、シュリ。

今はどうあっても、冷静に話せないようだ。

「シュリ。今度ああいう奴が来たら問答無用で追い返せ」

俺はそのままシュリに背を向け、足早に執務室に向かった。他の奴らも何も言わずにその場から去って行くのが横目に見える。同じ気持ちなんだろう、触れられたくないところに触れられた怒りが沸いてきて止まらない。

そのまま執務室に戻った俺は、ドカドカと床を踏みしだいて椅子に座る。

「おかえり。どうだった？」

執務室に残っていたエクレスは俺の様子に驚いていたが、すぐに真顔に戻った。

「わかってるんだろ」

「まあ、なにがあったのかどういうことだったのか、一目瞭然かなって感じはする」

「なら聞くな……。お前は聡《さと》いんだろう。そこら辺の機微にも通じているだろうが」

俺の返答に対して、エクレスは本棚から資料を探しながら答えた。

「そりゃあね。ボクも母親を父親に追放された身だ。父親には恨みしかない。愛された記憶もないから同情もない。君たちが親を恨む気持ちってのは少しはわかるつもりさ」

「なら」

「でも、ボクのそれとは比べものにならないほどに——君たちは激情を抱いた。だろ？」

……そうかもしれない。俺は両手で顔を覆い、それから天井を見上げた。

「お前の怒りも、相当なものだろ」

「それでもボクは、父親が生きている間に決着を付けたからね。もうそこまでの激情はないのさ。とはいえ、未《いま》だに地下牢《ちかろう》に閉じ込めて会いにも行かないのだけど」

エクレスはおどけた調子で言った。言われてみれば、こいつはこいつなりに親との因縁に決着をつけていた。結局殺さないという結論ではあったが、こいつなりの終わり方は見えているのだろう。そして、エクレスはさらに蕩《とろ》けたような顔をして、体を抱きしめるように腕を回す。なんか色っぽいが、

「それもこれもシュリくんのおかげだね……ああ、思い出すと体が昂《たか》ぶる」

今は切にやめてほしいものだ。仕事に支障をきたす。

「さて、お前ののろけと俺の怒りはここまでにして、仕事の続きをしようか」

「休憩がてらシュリくんに会いに行ってきていい？」

「仕事の続きをしようかと言った直後にそれは、あまりにも酷《ひど》すぎないか？」

顔を紅潮させるエクレスに、俺はピシャリと言った。なんでこいつはシュリのことになると、ここまで暴走するんだろうなぁ。シュリのことだからか。どうしようもねぇな。

俺は大きく溜め息をつき、机の上に置かれていた書類に目を通した。

「さて、あんな奴らがいるとわかったんだ。関係各所への確認は必要だろうな」

「で、具体的に彼らは君に何を求めたのかな？　金？」

「金と地位と家」

「小物にありがちな、わかりやすい欲望だ。ボクの方からも、街の露店とかにそういう輩《やから》が現れていないか、確かめておこう」

「頼む」

そこから俺とエクレスは淡々と仕事の続きを始めた。結局、アーリウスは現れなかった。自室で自分の気持ちに整理をつけてるのかもしれないな。そっとしておこう。

てしまうとはな。

「これで今日の分の仕事は終わりか……」

嫌なことを忘れるように俺は仕事に没頭していたが、気づけば外が暗くなっていた。なんとまあ、自分でも情けなくなるような逃避の仕方だ。まさか、仕事でこんなに遅くなっ
「エクレス、長々とすまなかった。今日はもう終わりにしよう」

「おや、やっとかい」

エクレスは戸棚へしまっていた書類から手を離し、右手で左肩をポンポンと叩《たた》く。

「全く……一心不乱に仕事をしているから、終わろうなんて言いにくかったじゃないか」

「ああ……本当にすまん」

「まあこっちも溜まってた仕事を終わらせてもらうにはちょうどいいと思ってね。黙ってた。あと少し、まだ仕事をするようだったらさすがに止めていたけど」

「そうか」

そうだな。思い返してみれば、今日だけで大分仕事は片付いた。明日明後日《あすあさって》、休みをもらってもいいぐらいには進んだことだろう。

「飯は……さすがにこんなに遅くなると、シュリも困るか」

「困るだろうけど、シュリくんならきっとまだ厨房《ちゅうぼう》にいるだろうさ。……ボクも食事を取りっぱぐれててね。お腹空《なかす》いたよ」

「そうか。俺からもシュリに頼んで、何か用意してもらおう」

俺は苦笑いして、椅子から立ち上がる。どうやら腰にも疲れがきていたらしい。背中の辺りから尻にかけて疲労感と違和感がある。俺は椅子から離れて体を伸ばし、凝り固まった筋を解《ほぐ》す。

「おお……背中と腰がゴキゴキ鳴るな」

「それに慣れたら後は地獄だよ。事務仕事、領主としての机上の仕事で受ける腰と背中の負担は、戦場のそれとは質が違うからね。油断したら杖《つえ》なしでは歩けなくなるくらい、腰痛が酷《ひど》くなる」

「それは怖いな。どうすれば予防できる？」

「適度な運動、適度な休憩。これしかない」

「だよなぁ。じゃ、さっそく休憩といこうか、シュリのところで」

「失礼します！」

雑談をしながら部屋を出ようとした俺とエクレスの前に、ノックもせずに書記官が駆け込んできた。額には汗をかいて息を切らし、慌てている様子だった。

普段ならここでノックもせずに入るな、と言うのだろうが俺はそれを思いとどまる。

「どうした。なぜそんなに慌ててる？」

「そうだね。今は礼はいい、急ぎの案件ならすぐに言ってもらえるかな」

俺とエクレスがそう言うと、書記官は襟元《えり》を整えてから顔を上げた。

「それが、昼間に来た連中が街で詐欺やタカリをはたらいて、とんでもない被害が出ていることが判明しました！」

「なんだと⁉」

俺は驚き、怒りが込み上げる。知らないうちにそんなことをやっていたのか。

「詳しく言え！」

「それが、店からの使いが城へ来まして、『ここの領主様の親族を名乗る方が派手に買い物や食事をして請求はこちらにと言うので、確認に来ました』とのことです」

「あいつらぁっ‼」

まさか本当にやりやがるとは！　俺は近くにあった戸棚に拳を叩《たた》きつけた。ガチャン！と大きな音がして戸棚の天板が壊れてへこむ。だけど、今は気にしてられない。

俺はエクレスの方を向いて言った。

「エクレス！　ガーンとアドラへ指示出しを頼む！」

「え⁈　あの二人にかい⁉　何をさせる気さ！」

「二人はこの城下町の地理に慣れている！　捜させて捕まえて、落とし前を付けさせるんだよ！」

「はぁ⁉　彼らは今シュリくんの弟子だ、そんなことはもう」

「早くしろ！　ロクでなしどもが逃げちまう！」

　俺はそう言うと書記官を押《お》し退《の》けて歩き出す。すでに遅い時間だが、ガーンたちはまだ城内にいるはずだ。

「おい！　そこのお前はリルたちを呼べ！　緊急事態だ！」

「え⁉　あ、はい！」

「そこのお前は城下町に行って、昼間に来た奴らが何をしていたのか調査をしろ！　人数を集めて、できるだけ正確な情報をたくさん集めろ！」

「わ、わかりました！」

　俺は要点が抜けてしまっている指示を、通りがかった書記官や警備兵に命じていく。彼らは困惑しているが、それを訂正している時間はない。そのまま俺は城の裏手にある広場に足を踏み入れる。そこではピュン、と鋭く風を切る音が鳴っていた。

「クウガ！」

「お？　なんやガングレイブ」

　そこには上半身裸になって稽古《けいこ》に励む、汗だらけのクウガの姿があった。

　やはりここにいたか。報告は受けていたからな、ミトスが来てから一緒に稽古をしているのだということは。だからここにまだいるのだろうと思って来たのだが……正解だ。

「緊急事態だ。すぐに動いてほしい」

「……何があったんや？」

クウガはすぐに持っていた木剣を下ろし、椅子に置いていたタオルで汗を拭う。

そして服を掴《つか》み、着始めた。

「昼間来たアホどもが、どうやら城下町で詐欺やら無銭飲食をしたらしい。そのツケの請求が来た」

瞬間、クウガは木剣を再び掴んで振った。ピ、と鋭すぎる風切り音と共に俺の顔に風圧が叩《たた》きつけられる。クウガは、ハッキリと不機嫌な表情を浮かべていた。

「嘘《うそ》でもあいつらのことを話題に出すべきやないし、冗談にしては笑えんぞ」

「本当の話だ。あいつらを捕まえるためにすぐ動く必要がある。協力してくれるか」

「当たり前や！　喜んでするで！」

クウガは木剣を投げ捨てて歩き出した。俺も一緒に城の中を歩く。

「そんで、ワイは何をすればええ」

「クウガは部下と一緒に城下町をしらみつぶしに調べろ。すでにガーンとアドラを城下町に送って調査を始めさせている」

「はぁ？　あいつらをか？　シュリはなんと言っとる？」

「今はそんなことを考えていられん。早くしないと被害が広がるし、俺の評判も下がる」

そうだ、この事件は急いで対処しなければいけないんだ。なんせあのアホどもは俺たちの親族を詐称《さしょう》していた。それで悪事を働けば必然、俺たちの評価が下がることに直結する。業腹《ごうはら》だがそういうことだ、クソが。俺は歩きながら城の広間に出て、街を指さす。

「だからクウガ、早めに捜索を頼む。こっちでも随時情報をまとめてあいつらの位置を特定するように尽力するから」

「わかった、が。ガングレイブ」

「なんだ」

「お前、ちょっと落ち着けよ」

クウガはしかめっ面をして俺に言った。

「連絡の方法は？　情報を集めるというのと、あいつらを捜索して捕まえるというのは、平行して別々に行わなあかんことや。その連絡網の構築は？　ワイの他に誰が捜索を開始しとる？　まだワイだけか？　誰と連携を取りゃええんや？　それと」

「今はそんなことはいい!!　すぐに捜しに行ってくれ！」

俺が怒気を込めて言うと、クウガは呆《あき》れた顔をして首を振った。

「ガングレイブ、もう一度言うが落ち着けよ？　ワイは命令通り出動するが、細かく連絡を取るように頼むで。……今回は外で休んでる非番の部下を駆り出すから、用意が整ったら城で仕事をしとるワイの部下を連絡役にせぇ」

「ああ、わかってる」

「わかっとらんから言っとるんやがな。じゃ、ワイは出る」

クウガはそう言うと、城の外に向かって走り出した。

俺はその背中を見送った後、急いで城の廊下を歩く。そしてすれ違う人物全員に指示を出していく。連絡役、調整役、捜索隊……考えることは山積みだ。

「話は聞いてるか?! 俺の偽の親族が街で悪事をはたらいてるからその後始末を付ける! お前は他の兵士を伴って街中を捜索しろ!」

「了解しました!」

「お前とお前は一緒に来い! 連絡が来たら情報の精査をする!」

「はい!」

そうやってすれ違う人間に細かく指示を出し続け、ひたすら情報収集と捜索を進めさせる。

しかし、いくら時間が経《た》っても発見の報告がない。廊下を歩きながら次々指示を出している俺の元に来る情報は、あのバカどもがどの店でどんな悪行をしたかという、被害報告ばかりだ。俺は内心焦ったよ。

「マズい……! 時間が経ちすぎた、もしや街から逃げてるかもしれん!」

俺は廊下を歩きながら呟《つぶや》く。傍《そば》には書記官がいて、そいつが運ばれてくる情報の書類をまとめてくれていた。それを持ったまま歩き、話を続ける。

「領主様！　あいつらがツケにした店のリストができました！」

「よし持ってこい！　……払う義理はねぇが、金の計算だけはして払える準備はする！　全部あいつらに賠償させようにも、無理かもしれねぇからなクソが！」

　俺は悪態をついて吠《ほ》える。本当のことだが、あいつらがあちこちでツケにして逃げているのなら、支払い能力はない。そして支払えない以上、あいつらを野放しにした俺たちに責任がある。

「払わず無視すりゃいいんだろうが、それじゃあ領民は絶対に納得しないからな！　金額にもよるが、店に大損害を与えてるかもしれないからな……！」

「わかりました……っ！」

　書記官も怒りの顔をしている。同じ気持ちらしい。嬉《うれ》しいよ、意思を統一できてな……クソが。こんな形で意思の統一なんてしたくなかったわ。だがそれも利用させてもらう。

「まだあいつらは見つからねぇのか！」

　しかし、状況は無情だった。未《いま》だに見つからない。報告が来ない。そうしていらついていると、いつの間にか食堂に来ていたらしい。ちょうどいい、ここには大きい机もある。人が集まるには適しているな。いつの間にか掃除もちゃんとされている。シュリがやってくれていたのだろうか、後で褒めてやろう。

「それが……いつものスラムにはいないみたいで」

「せしめた金で高級な宿にでも泊まってるんだろ！　しらみつぶしに調べろ！」

「捜索の範囲は広げているのですが何せ利用した店が多い……その調査だけでも人手が」

「そんなもんはどうでもいい！　まずはあいつらの所在を突き止めて捕まえろ！　話はそれからだ!!」

食堂を臨時の執務室にするつもりで、書類をこっちに持ってこさせる。それと、連絡員もこちらに来させるように指示を出す。

「ガングレイブ様！　利用した店をまた発見しました！」

「またか！　それよりあいつらを見つけろ！　他の奴らにも命じてやらせるんだ！　クウガとテグとアサギにも、絶対に見つけるように伝えておけ！」

段々と人が増え、入ってくる情報も増えてくる。被害に遭った店の増加に頭を痛めながら、作業を続けた。

「あの、ガングレイブさん」

「なんだ!?　居場所を突き止めたか?!　それともまた迷惑をかけた店が判明したか!?　それ以外なら今は邪魔だ！　後にしろ！」

「あ、はい」

なんか話しかけられた気がするが、今は構っている余裕はない。戻ってきたクウガにも指示を出し、次の書類にも目を通してあのバカどもがどこにいるのかを、必死に推測する。

これ以上被害を広げてたまるもんかと目を見開き、瞬きも忘れ、指示を出し指示を出し指示を出し……。

「ガングレイブさん」

と、また誰かが話しかけてきた。聞き覚えのある、優しい声だった。

しかしそれに構ってる余裕はない！

「なんだ!? 今日の業務なら後回しだ！」

「ガングレイブさん」

「うるさい！　こっちの事件の方が重大だろう！」

さっきからうるさい奴だな！　一瞥《いちべつ》もせず、俺はキツく言い渡すことにした。

「邪魔を」

「ガーングレーブ」

と、思っていたら俺の前にガチャンッ！　と乱暴に皿が置かれた。

さすがの俺もそれには驚き、顔を上げると……そこには何やら肉と野菜を炒めたらしい料理が。濃いめの味付けなのか、全体的に茶色い。

思わずそれを置いた人物の方へと視線を向けると……そこにいたのは……シュリ？

「な、んだこれ、え？　シュリ?」

俺が何かを聞く前に、シュリは用意していた匙《さじ》で料理の肉と野菜を多めにすくい、

「さーん！ こーれを一食ーべまーしょっ!!」

と言って、俺の口の中に突っ込んできやがった！

「なんだお前これぇ!?」

ああ、そういえばシュリにこんなことをされるのは何度目だったかな……なんて考えがちらりとよぎったのだが、それは今考える事じゃねぇや。俺は目を見開いて驚き、口の中に突っ込まれた料理をびっくりしながら二回ほど噛《か》んで飲み込む。

旨い。

それしか言葉が出てこなかった。胃にどっしりと入って力が湧いてくるようだ。濃いめの味付けが舌に長く残り、あまりの事態に動けなかった俺の頭に、ひたすら美味《おい》しいという実感だけを与える。ようやく動けたとき、俺は思わず怒鳴ってしまっていた。

「何をするんだシュリ！」

「何をしてるんですかガングレイブさん？」

「え？」

怒鳴ったつもりだった。怒るのは俺のつもりだった。

だからこそ、俺はシュリの剣呑《けんのん》な雰囲気を感じ取り、怒りが引いて冷静になっていく。

思わず手で顔や頭を触り、俺が自分が何をしていたのかをゆっくりと実感していく。

俺は、混乱のあまり滅茶苦茶な行動をしていたんじゃないかと！

そうだ、冷静になれば……いくらでも落ち着いて考えられ、

「落ち着きましたか？　ガングレイブさん」

「え、あ、ああ」

と、思考に没頭する前にシュリに話しかけられ、その思考を止められる。

「じゃあ、それを食べてください」

シュリは料理を指さしてから、俺の肩に優しく手を置いた。

「さあ、食べてください」

「いや、あのな、今は忙しくて食べてる暇は」

「食え」

シュリが再び、ゆっくりとした動作で匙《さじ》を掴《つか》む。

「さあ、食え」

「お、おい……」

シュリの目が、笑っていない……!!　口は三日月のように口角が上がっているのに、目は全く動いていない、俺の目をジッと見ている……！　怖い！

「さあ」

「わかった！　わかった……食べるから、それをくれ。確かに旨かったからさ……」

このままシュリのペースに巻き込まれても仕方がない。

俺はおとなしく匙《さじ》を受け取り、料理を口にしようと皿に手を伸ばす。本当に、何かかけてあるのか、強烈といえるほどの旨そうな匂いがする。なんだ、これ？ 考えるのは後にしよう。後にしてばっかだな、俺。内心笑いながら、料理を口に運んだ。

「……旨いな」

今度はゆっくりと、肉と野菜とソースの旨みを味わって食べる。濃いめの味付けなので、疲れた体や空腹によく響く。体の内側に無理やり力を押し込まれて、体を動かす活力と気力が湧いてくるようだ。そこで俺は、ようやく気づいた。

「そういや俺……腹減ってたわ」

「はい」

俺の独り言に、シュリは優しく相づちを打ってくれた。俺は腹が減ってたんだな。それすら気づかないほど、怒りと動揺をまき散らして部下を混乱させて、迷惑をかけていた。

「それにも気づかないほど、慌ててたんだな……俺は」

料理を味わえば味わうほど、自分がどれだけバカをしていたのかがわかる。それを実感させられる度に、心の中で燃えさかっていた激情が鎮火していく。

ようやく落ち着いた俺は顔を上げ、他のみんなの顔を見た。

全員が疲れていた。当たり前だ、俺の滅茶苦茶な指示に従って、それぞれが自身の判断も加えて最善を尽くそうと頑張ってくれたんだ。俺が……あのとき、あのバカどもを容赦

なく捕らえていれば、こんなことにはなってなかったのにな。

「みんな！」

俺は慌ただしく動く書記官たちに声を掛ける。

全員が何事だと俺の方を見るが、俺はできるだけ冷静に穏やかに言った。

「腹、減っただろ。手が空《す》いたものからシュリから朝食を受け取り、随時食事を取ってくれ。食べたら作業を再開してほしい」

全員が疲れて腹を空かしていたんだろう、安堵《あんど》した顔をした。

「「「はい」」」

書記官たちがそう返事をすると、さっきまでの慌ただしさは静まる。

俺はシュリの方へ視線を向けて、目尻を下げた。

「ということだ、シュリ。すまないが、みんなにすぐ朝食を作ってやってくれないか」

「問題ありません、了解しました。仕込みは前日に終わらせているので、あとは他の料理人さんたちが来てくれれば、みんなに食事を配れるでしょう」

「わかった、頼むぞ」

俺はそう言うと、手元の書類に目を通しながら料理に手を伸ばし、食べ始める。

その間にシュリは厨房《ちゅうぼう》に引っ込み、仕事を開始してくれたようだ。料理をする音が聞こえる。……そうだ、音だ。音が聞こえる。さっきまでは激しく打つ自分の心臓の音と、騒がしく仕事をする書記官たちの声しか聞こえていなかった。回りの音すら聞こえなくなるほど、余裕がなくなっていたのか俺は。そう考えると、他の奴らに申し訳なく思う。

そうして運ばれる書類に目を通していると、シュリが大皿に料理を盛ってやってきた。机の上に大皿と小皿を用意し、書記官と話をし始める。

俺はもう一度料理を口に運び、用意してくれた料理の味を楽しんだ。

書類を読んでいくうちに、対応する策も湧いてくるな。

「ガングレイブさん。どうですか、回鍋肉《ホイコーロー》のお味は」

「おお、シュリか」

そんな俺に、シュリが話しかけてきた。さっきまでと違って、俺も大分余裕を持って受け答えができる。

「本当に旨い。忙しくて腹が減ってたから、ちょうどこんな濃い料理が欲しかった」

俺はそう答えながら、シュリが言った回鍋肉という料理を食べ続けた。

「豚肉から出た脂の旨みが野菜にも移ってるから、野菜も旨い。何より、この甘辛い独特な味付けがたまらないな」

旨い、としか感じなかった俺が、気持ちが落ち着いたことでようやく味を感じることができている。だからだろう、顔の強張《こわば》りが消えてる感じがした。

「うん、やっぱり豚肉が旨い。それに合わせた濃い味付けである甘辛さが、豚肉の旨みをさらに引き出している。野菜と一緒に食べると、さらに際だって旨い」

「実はこれ、忙しそうだったので急いで作ったものなんです……」

シュリは反省するように顔をしかめていた。

「調理過程を省いたので、また今度、手間暇かけて作ったものをお出ししますよ」

「これ以上に旨いのか？」

「ええ、美味《おい》しくできると思います」

「それは楽しみだ。また今度、頼むよ」

俺はもう一度料理を食べ続けて、シュリに言った。

ほんとに旨いなこれ。さっきも言ったとおり、豚肉の脂の旨みが野菜に移ってる感じがする。野菜も歯ごたえがあるし、食べ応えがあるな。何より肉と野菜類の味を繋《つな》いでいる、このかかっているソース。これが甘辛く、見事に味を調えている。

味は濃いのだが、ただ食材の味を潰して食べられるようにしたものでは、決してない。この味付けによって、食材の旨みをとことんまで引き出し、後を引いてやみつきにさせてくれるんだ。

シュリはこれを、調理過程を省いたものだと言った。もしこれがシュリの納得する手間暇をかけたものだったとしたら、どれほど美味しいのか？　はは、期待が膨らむな。楽しみだ。そんなことを考えていた俺だが、シュリの咳払《せきばら》いで意識を引き戻される。

シュリの顔を見れば、心配そうな顔をしていた。

「ガングレイブさん……今回のこの騒ぎは、その……」

「聞いたんだろ？　そこら辺の奴から」

「……ええ」

「全くバカなことをする奴もいるよな」

「え、ええ。そうですね」

「俺たちも、あんなことには毅然《きぜん》と対応すべきだった。というか逃がすべきじゃなかったんだ。あそこで捕まえて、しかるべき刑罰を与えるべきだった」

シュリは居心地が悪そうな顔というか、気を遣っているような感じがする。

しかし俺はあっけらかんとしたものだ。もう、なんか怒りに振り回されている感じはない。穏やかな気分だ。笑い話にできるほどに。

「そうだ。その場で捕まえて対応しなかったからこうなった。全ては俺の甘さと青さからくるミスだ。この場にいる他の誰のせいでもない」

「なら、ガングレイブさんは改めて何をしようと思っていますか？　逃げたあの人たちを捕まえるために、どのような対処を？」

「ああ、そうだな。まずは門の封鎖をする。……それはしたな。次は追跡。東門から出たと言ってたから、クウガを向かわせた。そこはあいつに任せよう。あいつなら追跡も得意だ。……いや、追跡ならアサギとテグが適任だな。あいつらも向かわせよう」

「他の人たちが街に潜んでる可能性は？」

「ああ、それは……カグヤとアーリウスに任せる。あの二人と部隊の人間を使う。命令を出しておこう。あの二人なら市街地の捜索も問題ないだろう。カグヤは人のツテを辿《たど》るのが上手いし、アーリウスなら魔法を使った捜索もできる」

「迷惑をかけたお店には？」

「リストを作っている。話には……リルとオルトロスを向かわせよう。怒っている店主が相手でも、オルトロスなら外見で静まらせられる。そこでリルに謝罪と賠償の話をさせればいいだろう。こんな形の謝罪はそのままにしておくと良くないから、後日俺からも直接謝罪をしておこう」

ああ、どんどん考えが浮かんでくる。シュリがちょうどよく相づちを打ってくれるため、俺も考えを整理しやすい。そうだ。初めからこうするべきだったんだ。一人で抱え込まず、一人で解決しようとあがかず、頼るべき人を頼ればよかった。

上に立つ人間が冷静さをなくせば、そのしわ寄せは部下が負うことになってしまう。

冷静さは、絶対に失ってはいけないのだ。

「となれば、もう少し組織だった行動が必要だな。そこの、ちょっといいか？」

「なんでしょうか」

俺は近くにいた書記官を呼び止めた。

「頼みがある。次から戻ってくる連絡員には、どこで情報を集めたのかを報告させてくれ。……いや、違うな。正確には、どの範囲を調べたのか、どういう足取りを調べたかを報告させてほしい」

「わかりました」

「それとクウガとアサギが戻ってきたら、食事を取るように言ってほしい。頼んだぞ」

俺はそう言うと、再び書類の方へ意識を戻した。本当に、今は頭の中にすんなりと情報が入ってくる感じがする。頭の中が澄み渡り、冷静に考えることができるんだ。

「シュリ」

だから俺は、シュリの背中に声をかけた。視界の端で皿を片付けようとしたのが見えたから呼び止め、俺はシュリへ目を向けずに言う。

「もう少し、ここにいてもらえるか。独り言や愚痴を聞いてもらいたい。そうしてくれれば、この仕事も早く終わる」

「わかりました」

数瞬だけシュリは黙っていたが、すぐに近くにあった椅子に座ってくれた。

「いいですよ。僕は聞きながら、これからの料理の献立とか考えてますから」

「そうか」

その後、シュリの元にやってきたガーンやアドラは、シュリと一緒に厨房《ちゅうぼう》へと引っ込んで仕事をしてくれた。ほんと、俺は落ち着きをなくしていたんだな。心底そう思うよ。

だから――。

「ようやく見つけたか」

空が完全に明るくなった時間帯……他の書記官たちが疲労と睡魔で机に突っ伏して寝ている中、俺はクウガからの報告を聞いた。

「おう。捕らえて地下牢《ちかろう》にぶち込んだで」

「じゃ、会いに行くか……」

さすがにこのままにしておくわけにもいかん。やらかしたことへのツケはちゃんと払ってもらわないとな。俺は書類を机の上に置いて立ち上がる。その書類は、あの偽親《にせおや》たちが騙《だま》した店と、そこで何をツケにしたのかを調べたリストだ。これは相当酷《ひど》いことをやってたんだって一目でわかるもんばっかりだ。もはや今となっては笑いしか出てこない。

「他の奴らは？」

「全員寝とるわ。疲れたんやろうな、一晩中あちこち駆けずり回ってあのバカどもを捕らえようとしてたわけやし。……もう少しお前が冷静に指示を出して計画的に、組織的に動いてたら、ここまでかからんかったと思うがの」

「それに関しては、本当にすまなかった」

俺はクウガに向かって頭を下げた。事実だからな。俺が落ち着いて対処しようとすれば、必ずクウガたちは応えてくれたはずだ。確信を持って言える。

これほど時間と労力がかかったのは、全て俺の責任だ。

「次からはこんなことがないようにする」

「そうしてもらえりゃ助かるわ。じゃ、行こか」

「ああ」

俺たちは食堂を出て、地下牢へ向かう。全員捕らえたという話だから、今頃ぎゃーたらと騒いでいる頃だろうよ。

「そういえば、前領主と正妃のレンハも地下に捕らえたまんまだったな」

「ああ。食事と世話はちゃんとワイの部下がしとる。逃げ出さんようにな」

「……一か月過ぎたんだ。そろそろ、本格的な処遇を決めないといけないな」

別に忘れていたわけじゃない。俺は問題がまだたくさん残っていることに頭を痛めて眉間を指で押さえるが、苦悩は減らん。困ったもんだ。前領主であるナケクと妃のレンハは、一か月前の事件のあと地下牢に捕らえてある。困ったことに、どういう処遇や処罰……というか、どう扱えばいいのかわからないんだなこれが。

ハッキリ言えば、とっとと処刑した方が早いし良いというのはわかってる。ナケクをそのままにしておくと、俺に反発する勢力の旗頭にされる危険性が高い。非常に高い。

だけど何も考えず、さっさと処刑したらこれはこれで混乱が大きいだろう。

俺の立場は、一応テビスたちの後ろ盾を得てエクレスたちから領主の座を譲られた、新米の領主だ。土地を統《す》べる領主なんだ。そのはずだ。しかし、テビスたちの動きはあまりにもいきなりだった。効果的でありすぎた。だから反発も大きい。

特にあの話し合いのときに来ていた貴族が中心となって、俺に反発する派閥ができている。これが頭痛の原因でもある。

「……だが、今は処遇を考えるべきじゃない、かな」

「そやぞ」

クウガは呆《あき》れたように頭の後ろで手を組んだ。

「今は、人の親族を騙《かた》って好き勝手バカやりおった犯罪者を、どれくらいの量刑で裁くかを考えるべきじゃ。前領主たちの処遇を考える、それも大事なことであるが優先順位っちゅうもんがあるやろ」

ぐうの根も出ない正論だ。俺は思わず苦い顔をしてしまったが、それでも素直に頷《うなず》く。

クウガの言うとおりだ。物事には優先順位がある。

ナケクたちのことも重要だが、その前にやるべきことがあるんだからな。

「さて、その問題のバカどもはどうしているかな」

俺とクウガは地下牢《ちかろう》へ続く階段を下り、灯《とも》された魔工ランプの明かりを頼りに進む。

そういえばここにシュリが捕らえられていたんだっけか。随分と昔のように感じる。

さて、階段を下りきって最初の地下牢。そこを覗《のぞ》いてみると問題の奴らがいた。

「よくも面倒くさい揉《も》め事を起こしてくれたな。このバカどもが」

俺が憎々しげに言い放つと、牢屋の中にいた者たちが蠢《うごめ》いた。

全員が、その身に合わないような豪奢《ごうしゃ》な服を着ている。しかしその割に髪はボサボサ、体はボロボロだ。その薄汚さが、豪奢な服との相性の悪さを証明している。

そう、ここにいるのは偽親《にせおや》たちだ。全員を同じ牢屋にぶち込んでいるので、中は狭くて窮屈だろう。だが、配慮してやることなど決してない。

「お前らのせいで俺たちは凄《すご》い迷惑を被《こうむ》ったぞ」

「が、ガングレイブ……」

その中の一人のおっさんが、俺に近づいてくる。

そいつは牢屋の鉄格子を掴《つか》み、媚《こ》びるように笑みを浮かべていた。

「お、お前が覚えてないだけなんだ……。俺はお前の生き別れた親父なんだよ。な？　だから……」

「俺の親父は」

おっさんの話を遮り、俺は淡々と言った。

「俺の親父はな、俺を殺そうとしたんだよ。この戦乱の中で、食い物に困ってた頃だ」

俺の言葉に、おっさんは固まってしまう。

「というか、俺に食い物はよこさなかった。母親も黙認してた。自分たちだけが生き残るために食い物を独占して子供の俺によこそうとしなかった。俺は生き残るために、必死でそこらの畑から作物を盗むしかなかったんだよ。そんで、最後には山に捨てられたな」

思い出しても、心が痛くなる。あの辛《つら》い日々。

神殿の孤児院に入る前、何もわからず親を慕っていた幼い頃。生き残るために必死になった。

「だけど、山に捨てられたのが幸いした。木の実はいくらでもあるし、運が良ければ獣も捕れた。そして、川を見つけて魚も捕った。全ては生き残るために……俺は狩りの方法や食べられる山菜を必死に覚えたんだ」

忘れることは死に直結する。忘れることは許されなかった。

食べられる山菜、狩りの仕方、魚の捕り方、寝床の確保、雨風のしのぎ方、夜の警戒の方法……一つでも忘れて怠れば、幼かった俺は死んでいただろうよ。

だから、必死に覚えた。忘れないように、必死に頭に刻みつけるように毎日を過ごした。

そうして俺は記憶力を鍛えていったんだ。最終的に、山から下りる頃にはこの記憶力が抜群に良くなってしまっていたんだ。

一度見聞きしたことを、忘れることができなくなるほどに。

「戦《いくさ》の騒ぎが去ったから村にこっそり戻ったが、俺はそこで親の死体を見たよ」

俺は自分の手のひらを見る。

「未《いま》だに覚えてる。自分の親を、自分の手で埋めたあの日のことを」

あの感触は、忘れることはできない。暑い晴れた日のことだった。山から下りた俺は、こっそりと自宅を見に行った。親はいるだろうか、生きてるだろうか、と。

しかしそこにあったのは死体だけだ。苦しそうな顔をして死んで、モノになった親。

俺はそんな両親を、埋めた。適当に大きな穴を掘って、二人をそこに入れて土を被《かぶ》せた。

そして、そこらにあった石を乗せて墓にした。暑い、晴れた日のことだった。

「他の奴らも同じだ。自分の親についての記憶があるんだ」

俺はもう一度おっさんたちを見て、冷静に伝える。

「お前たちが金目当てで何をしようと無駄だ。諦めろ。今回お前たちがこちらに与えた損害に対する処罰は、後ほど伝える」

「た、頼む……」

「何を頼むんだ」

俺はできるだけ穏やかに聞いた。

「何を、頼むんだ？」

「そ、れは……その……」

「おおかた、出来心だとか金を払うから許してくれとか、あるいはまた、お前が覚えてないだけで俺が本当の親なんだとか、そんなところだろう？」

俺がそう言うと、鉄格子の向こうのおっさんは絶望したようだった。

だろうな。ここではもう、そう言うしかないもんな。許されるはずがないんだが。

「お前たちの罪は重い。領主の親族を騙《かた》り、詐欺を働き、多くの店に多大な損失を与えた。必ずその罪にふさわしい罰を与える」

「んだよ……お前なんて成り上がりだろうが!!」

とうとうここでおっさんの化けの皮が完全に剥《は》がれたようで、俺に向かって唾を吐き散らかしながら叫んだ。顔を嫉妬と怒りで歪《ゆが》ませ、目を剥《む》いて殺気をほとばしらせている。

「たまたま運良く領主の座についただけの孤児が!!　ちょっとくらい分け前をもらってもいいだろうが!!　お前だけいい思いをしやがって、この親なしのクズ野郎が!!」

「そこまでや」

そのおっさんの鼻先に、クウガは剣を突きつけた。

動けば殺すという、明らかな意思を感じさせる切っ先を突きつけられ、おっさんは怯《おび》えて口を閉じる。そんなおっさんに、クウガは冷たく言い放った。

「確かにガングレイブもワイらも運が良かった。それは事実や。否定しようがない」

「あれを運が良いというのか？」

「運がええやろ。全てはシュリに出会ってからここに繋《つな》がるまでの流れを、運が良かったと言わんでどないする？」

ぐ、とクウガの言葉に俺は反論の余地を潰されてしまった。

クウガはそんな俺に構わず、おっさんの顔を睨《にら》みつける。

「まあ、そういうことや。ワイらは運が良かった。だけどな、ワイらとお前らの違いはなんやと思う？」

「……」

おっさんは何も言えずに黙っていた。わからんだろうな。

「それはな、ワイらは幸運が来るように日々努力して生き残って、幸運が舞い込んできたらがっちり離さず掴《つか》み取ってきたからや。お前らのようにボーッと生きていつか幸運が来たらええなぁなんてのんきなことはしてこんかった。幸運を掴むために行動してきたからや。天から食べ物が降ってきますようにって口を開けて空ばかり見上げてるようなお前らと、食べ物を手に入れるために血反吐《ちへど》にまみれて這《は》いずり回ってきたワイらとが、同じなわけないやろ」

クウガは剣を翻《ひるがえ》し、鞘《さや》に納めた。チン、と軽い音が周囲に響く。

「そういうことや、ワイらとお前らの違いなんて。ワイらの幸運のおこぼれに与《あずか》ろうなんざ、百年早い。おとなしく罰せられるときを待ちぃや」

クウガはそのまま、地下牢《ちかろう》を出る階段の方へと向かう。

「ほら、ガングレイブも行くで。これ以上ここにいたって仕方なかろう」

「あ、ああ」

おっさんたちが項垂《うなだ》れている中、俺は思わず地下牢の奥に目を向けた。

そして俺は見てしまった。奥からジッとこちらを見ている人物を。

前領主のナケクだ。ナケクが俺の方をジッと、睨《にら》むでもなくかといって目を逸《そ》らすわけでもなく、俺を見つめているんだ。視線を感じるからそちらを見て、それを見つけてしまったわけだ。……逃げるわけにはいかないな。

「ナケク殿」

俺は震える足を叱咤《しった》して、ナケクに近づく。

正直に言おう。怖い。睨まれているわけじゃないが尋常じゃない雰囲気を醸している彼に、できれば話しかけたくない。だけど逃げるわけにはいかない。

彼の牢の前に立つと、ナケクはことさら俺の目を見ていた。

「牢での暮らしは……どうだろうか」

「……」

「あ、いや、その……皮肉じゃない。待遇や食事に問題はないかとか、そういう話だ」

必死に取り繕うように話す俺に、ナケクはゆっくりと口を開いた。

「ガングレイブ殿」

「は、はい」

「娘と息子たちは、元気だろうか」

……それは、ナケクが見せた親の顔だった。最初にあった頃のような領主の顔ではなく、純粋にエクレスたちを心配している。俺はそれを見て胸を突かれた。

「ああ、元気だ」

「そうか。貴族の派閥がエクレスたちを傷つけていないか」

「今のところは、俺たちへの嫌がらせが主でな。あいつらを害する動きはない」

これは本当だ。俺への嫌がらせとして派閥の人間が職務放棄していることくらいで、今のところエクレスたちに何か接触があったという話はない。

「それに、旗頭に祭り上げて反乱を起こすような動きもない。あいつらは……エクレスたちは、毎日を生き生きと過ごしているよ」

「それは……良かった」

ナケクはそう言うと、その場にゆっくりと座った。

「私は間違っていたのだな」

「それは」

俺は答えに窮した。確かにナケクは間違っていただろう。

自分の領地をグランエンドに売り、レンハの暴走を黙認した。

「間違っては、いた」

だけど、領主になってわかることもある。自分の実力を過大評価も過小評価もせずに考えた場合、戦乱の世の中を渡る力が自分にないと判断した場合、大きな力に頼るのは自然の流れだ。

だが頼る先を間違えた。レンハを信用するべきではなかった。

結果論でしかないが、結果だけ見ればそうなるだろう。

「だけど、俺は領主の立場を与えられて、あんたのことを考えない日はなかった」

俺はナケクと同じように座り、彼と目線を合わせた。

今度は、俺が彼を見て話すべきだと思ったんだ。

「辛《つら》い立場で、辛い現実で、それでも領民と子供を守るためにどうすればいいかを考えて、自分には戦乱の世の中を渡るような狡猾《こうかつ》さも冷酷さもなかった場合……庇護《ひご》を求めるのはおかしくない……と思う」

「……その通りだ」

ナケクは俯《うつむ》いた。

「私では、この乱世を生き抜くことはできない」

「だが子供たちは優秀だろう」

「子供たちは確かに優秀だ。しかし、あの二人の能力が一人に与えられていたらと、何度も悔やんだものだ」

「……」

俺は眉をひそめて、話の続きを聞く。

「ガーンにも悪いことをした。あれの不幸は、全て私に責任がある。末の娘フィンツェもそうだ。私の弱さのせいで、幼い頃に離ればなれになってしまった。不幸は人の能力不足に起因するものがほとんどだ。だからこの不可避で無慈悲な必然は全て、私が悪い」

「じゃああんたは、それを償うために何ができるんだ」

俺が問うと、ナケクは顔を上げて俺の目を見る。俺は続けて言う。

「俺は、俺の至らなさのせいで死んだ、今までの全ての部下の命を背負って……この領地を統治するつもりだ。ここに至ることなく死んでいった奴らの夢も何もかも背負う。そして、あっちの牢屋《ろうや》にいるバカどもにつけいる隙を与えてしまった俺自身の甘さも、ここで終わりにする」

偽親《にせおや》どもがいる方の牢屋を親指で示して俺は言った。

「この世のほとんどの不幸が当人の能力不足による不可避で無慈悲な必然……俺もそう思う。だが、それは言い訳に使っていい言葉じゃない。自分のせいで死んでいった奴らに言っていい言い訳にはならない。自戒だ。あくまでも、自戒だけで使うべきだ。エクレスたちの不幸はあんたの能力不足のせいじゃない。レンハや派閥の問題だってあっただろう？」

俺は立ち上がり、ナケクを見下ろした。ナケクが小さく見える。シュリが豚の丸焼きを供したあの日見た背中が、姿が、大きさが、縮んでいるように。

俺はそうはならないぞ。拳を握りしめ、ナケクに示すように突き出した。

「エクレスとギングスとガーンに関しては任せろ。あいつらはもう、俺の欠かせない部下だ。俺の足りないところを補ってくれている。

エクレスは女性に戻りつつある。ギングスはレンハの呪縛《じゅばく》から解かれて生き生きと日々を過ごしている。ガーンは生きがいを見つけて毎日を精力的に活動している。

あんたの撒《ま》いた不幸は、もう終わってる。だから安心しろ」

俺の言葉に、ナケクは驚いた顔をしていた。目を見開き、信じられないことを聞いたような顔をしている。

そして、言葉の真偽を俺の顔から悟ったのだろう。俯《うつむ》いて肩を震わせていた。

「そうか……あの子たちは自分の道を、取り戻したのだな」

「どうだろうか。俺の主観だけだが、これからそれが本当だとわかる日が来るだろう」

「頼みがある、ガングレイブ殿」

ナケクは居住まいを正し、俺に向かって頭を下げた。

「あの子たちを頼む」

その小さな背中には、今まで背負っていた領主としての柵《しがらみ》はなくなっていた。だから小さく見えたのだろう。しかし、代わりに見えるのは……ただただ我が子を案じる父親の背中だった。その背中を見て俺は思う。俺にまだ両親がいた頃、俺の両親はこんなふうに俺のために頭を下げてくれる人だっただろうか、と。

いや、ない。なかった。いつだって自分本位で子供なんて二の次だった。

だから、エクレスとギングスとガーンをほんの少しだけ羨む気持ちが湧いてくる。

こんな風に子を愛し、子のために頭を下げることのできる。そんな親が欲しかったと。

俺は鉄格子越しにナケクの前に膝を突き、その背中に手を置いた。

「安心しろ。任された」

俺がそういうと、ナケクの背中が震える。泣いているのだろうが、気づかないフリをする。それが領地を奪って領主の座についた俺ができる、この人への誠意だと思うから。

「ふぅ……」

俺は地下から出ると、一息ついて歩き出す。

長かった。この騒動はかなり長かった感じがする。疲れた。

「話は終わったかいな」

廊下を歩いていると、俺を待っていてくれたクウガがいた。

俺を見ると壁に預けていた背を離して腕を組み、クウガはさらに続ける。

「ケリはこれでついた、かの」

「ああ、終わった。偽親《にせおや》騒動はこれで終息……だと思う」

「それならええ」

クウガは難しい顔をして視線を天井に向ける。

「それならええ、んやけどな」

「何か引っかかることでもあるのかよ」

「んー……まあな」

何度か言い淀む様子を見せるクウガだが、要領を得ない。

「なんだよ、ハッキリ言えよ。もどかしいな」

「なら、ワイの憶測を言わせてもらってもええか？」

クウガは釈然としない顔のまま、俺を見る。

「あいつら、なんでワイらが孤児って知っとるんやろうな」

「……あ？」

俺はクウガが何を言いたいのか一瞬わからず、呆《ほう》けた声が出てしまった。

だってそうだろう。俺たちが孤児なんて話はちょっと聞き込みをすればわかることだ。

わざわざ疑問に思うことなんてないはず。

「そんなもん、城にいる俺の部下に聞き込みをすりゃわかるだろ。それに傭兵《ようへい》なんて、だいたいが食い詰めた奴か夢見がちなアホがなるもんだ。そんなに疑問に思うことかよ？」

「そやな……そうなんやけどな」

「なんだよ、何が引っかかるんだ」

「いやぁ……なんやろな」

クウガはバツの悪そうな顔をして、後ろ頭をガシガシと掻《か》く。

「なんとも、タイミングが良すぎる気がしてならんのや」

「タイミングが良い？」

「ああ、せやろ？　お前が領主となって一か月。貴族の派閥がワイらの邪魔をし始めて、その影響が出始めとる中でお前の足を引っ張るような事件が起こったんやぞ。どうも偶然にしては、いいタイミングで起こりよったなと……なんとなくやけど」

俺はクウガの言葉を聞き、思案してみる。

「確かに俺の足を引っ張るにはちょうどいい事件だな。時期もいい。だけど……これを貴族の派閥が仕組んだと？　あいつらを金か何かで釣って暴れさせた、と……」

言われてみれば、可能性はなくもない。俺はハッキリ言って、出自が良いとは言えない。両親は死んでるし故郷は戦火で消えた。そして神殿の孤児院で過ごして傭兵として活動していた。生まれが卑《いや》しいと言われることは想像できる。

　そんな俺の生まれを利用して足を引っ張る。確かに有効な手立てだ。

「……言われてみれば確かに、そう考えることもできる」

「せやろ？」

「しかし証拠がない」

　そう、そこが問題なんだ。俺が苦い顔をして言った言葉に、同様に苦い顔を見せるクウガも同じ事を考えていたんだろう。

「だからお前も釈然としないというか、はっきり言えなかったんだろ」

「まあな……証拠も何もない、ワイの想像だけやったからな。なんかきな臭く感じただけや」

　と、ここでクウガが目つきを鋭くして俺を見つめる。

「よくお前もあったやろ？　傭兵《ようへい》としてのっていうか……戦場で、理屈じゃなく働くような勘っちゅうやつがよ」

「わかるよ」

　俺は大きく頷《うなず》く。

「お前の勘だって鋭かっただろ、クウガ。そんなお前が言うんだ、何かあるかもしれないと構えた方がいい」

「まあ、忠告を聞いてもらえて良かったわぁ」

俺とクウガは同時に、疲れたように体を伸ばした。クウガはさらに肩を回し、俺は思わず欠伸《あくび》が出てしまう。徹夜作業のため、想像以上に疲れているらしい。というか、こんなバカげた事件なんて想像できるわけないんだけど。

「ふわぁ……なんか眠くなっちまったな」

「ワイもや。一眠りさせてもらうで」

「そうしろそうしろ、今日は許可する。ところでシュリからチラッと聞いたんだが、お前……まさかミトスと寝てないだろうな？　そういう関係になってないよな……？」

「そんなわけあるか!!　誤解するにしたってほどがあるやろ……」

クウガは困ったような顔をしていた。珍しい、こいつがこんな顔をするとは。

まあ、こいつのことだ。女の扱いに困ることはないだろう、と思ったのだが。

「ワイが負けたらキスをしてくれっちゅうんで、全力で勝つようにしとるわ」

「頼むから負けるなよ」

扱いに困ってるし、とんでもねぇことになってた。

「お前が負けてミトスとキスをしたら、あのヒリュウが魔剣騎士団を連れてすっ飛んでくるだろうから、絶対に負けるな」

「せやな。あれがお義兄《にい》さんとか勘弁やわ」

「ガングレイブさーん、クウガさーん」

と、俺たちが馬鹿話をしていると廊下の向こうからシュリが歩いてきた。

お盆を脇に抱えている。

「お疲れさまです。どうしました？」

「なんでもないわ。ちょっとした雑談や」

クウガが笑みを浮かべて誤魔化すのに対し、シュリは怪訝《けげん》な顔を見せた。

「なんか隠してます？」

「なぁんも隠しとらん」

「本当に？」

「本当に」

「……はぁ……そこまで言うクウガさんは口を割らないのはよくわかってるので、これ以上追及しません」

「助かるで」

ハハハ、と快活に笑うクウガに困ったような笑みを見せるシュリ。二人を見て、俺はようやく日常が戻りつつあることを感じた。領主として歩み始めて手に入れた普通の日常。

それが当たり前になっていく感覚に、胸が躍るようだ。これから始まり続いていく日常、そして夢へと向かう足が弾むように進む感覚。ああ、素晴らしいな。

「で、ガングレイブさん。大事なお話があるんですけど」

と、ここで現実に引き戻される。シュリが真剣な顔をして俺の目を見る。

真っ直ぐに、逸《そ》らすこともしない。いつも大事な場面で見せる目だ。

「大事な話？　ここでする話なのか」

どうやら本当に真剣な話らしい。シュリは頷《うなず》く。ここでする真剣で大事な話とはなんなのか。俺にはわからないが、こいつがこんな目をするときは大概本当に大切なことだ。

過去にはそれを無視して蔑《ないがし》ろにしてしまった結果、いろんな事件があったし起きてしまった。今度は聞き漏らすまい。

「聞こう。なんだ？」

しかしシュリは真剣な顔のまま喋《しゃべ》ろうとしない。むしろ口を堅く引き結んでいる。

なんだ、どうした？　クウガと顔を見合わせるが、わけがわからず首を傾《かし》げるばかり。

が、シュリが唐突に後ろを指さした。

なんだ？　とそちらを見れば……廊下の曲がり角から銀色の髪がチラリと見える。

「ああ、なんだエクレス関連か。話というのは」

なんだ、と続ける前にシュリが必死に首を横に振った。違う、と言いたそうだ。エクレスではない、ということか？　しかし……あの髪の長さはあれか、アーリウスか。なるほど、間違えるなってことか。

「間違えた、アーリウスか。すまない」

「はい、そのアーリウスさんに関してなのですが」

シュリは何度か言い淀んでから、意を決したように口を開いた。

「ガングレイブさんは、国を手に入れましたよね」

「まあ……簒奪《さんだつ》に近いが」

「それは別にいいんですそれは問題ではないんです……!!」

早口でまくしたてたシュリは、そこで深呼吸した。どうやら気持ちを落ち着けているらしい。いったいアーリウスのどんな話のために気持ちを落ち着かせる必要があるんだ？

「いいですかガングレイブさん」

「ああ」

「約束を、覚えてますね？」

…………——あ。

「そういうことか……」

言いたいことを理解した。クウガはまだわけがわかっていないし、シュリは安堵《あんど》してるし、この場が混沌《こんとん》としてきた。ああ、そうだな。忘れていたわけじゃない。毎日が忙しくて、それをアーリウスに言う場面がなかったんだよな。

だけど、これ以上待たせるわけにはいかないな。

「すまんな、シュリ。大変な役割をアーリウスから押しつけられたんだろ。俺が国を手に入れたら結婚しようって約束を忘れてないか確認しろ、とか」

「……」

「すまんて。そんな顔を逸《そ》らしながらも責める目をするなよ……」

怖い怖い。シュリから明らかに不機嫌な雰囲気が漂ってるよ。怖いな。

シュリとしても、わざわざ俺に「結婚の約束覚えてます？」なんて聞きたくなかったんだろうな。だからさっきから俺から顔を背けつつも、横目で俺を睨《にら》んでるんだもんな。

ああ、だけどまあ、そうだな。これ以上延ばすわけにもいかないか。

俺はシュリの横を通り過ぎ、廊下の曲がり角まで歩く。

俺が近づいてくるのがわかったのだろう、チラリとのぞく銀髪がびくりと震える。

「アーリウス」

俺が呼びかけても返答がない。仕方がないな、本当に。

「アーリウス」

もう一度呼びかけながら、今度は曲がり角から顔を覗《のぞ》かせる。アーリウスが怯《おび》えたような顔をしていた。子供のころから何度も見てきた、ちょっと不安になってるときの顔だ。

「忘れてたわけじゃなくて、その……すでにお前は俺の妻で、俺は最高の嫁を迎えたつもりになってた。結婚式も何もしてなかったのにな。本当にすまない」

「それで」

俺の苦笑いを浮かべながらの言い訳に、アーリウスは俺に面と向かって言う。

「どうなんでしょうか？」

短い言葉。だけど、そこにはアーリウスの不安や聞きたいことの全てがこもっているのがわかる。結婚してくれるのか、それとも自分ではダメなのか。アーリウスはこういうときには途端に自己評価が低くなる。心配することなんて、何もないのにな。

「ああ、改めて言わせてもらうよ」

俺はアーリウスの右手を取り、両手で包むようにして握る。

「アーリウス。俺と結婚してくるか？　あの日の約束を、今こそ果たしたい」

正直、俺の方が不安があった。

ここに来るまでに、アーリウスには不甲斐《ふがい》ないところをたくさん見せたからな。

俺の方こそ、アーリウスのことになると不安になるんだから、お互いさまだ。

アーリウスは俯《うつむ》き、肩を震わせていた。

「私で、いいですか？」

「お前がいい」

俺はハッキリと答える。

「俺は、お前とずっと一緒にいたい。どうだろうか」

「答えは決まっています」

アーリウスは顔を上げ、俺にとびっきりの笑顔を向けてくれた。

「私の方こそ、よろしくお願いします」

その言葉に、俺は安堵《あんど》の息を吐いた。

ああ、全てはここに繋《つな》がって。ここに辿《たど》りついたんだな。長い長い旅路だった。死にかけ、殺されかけ、それでも生き残って俺はとうとう妻をもらえるほどに成り上がることができたんだ。喜びで叫びたい。その気持ちを必死に抑えて、俺は頷《うなず》く。

「ああ。それで――」

「それでは、結婚式は早めにしましょうか」

俺が口に出す前に、いつの間にかシュリが近づいて俺たちの隣に立っていた。

そして、満面の笑みを浮かべている。ちなみにクウガの方を見れば、そっちもニヤニヤと笑っていた。

「早めに？」

「ええ。ちょうど時期もよろしいですし」

「時期がいい？」

なんのことだ、と俺が聞く前にシュリが答える。

「ええ。来賓《らいひん》がこの城に逗留《とうりゅう》してますから」

「……お前、まさか」

俺は戦慄《せんりつ》した。まさかこいつ、まさか……!!

「ええ。テビス姫たちに来賓《らいひん》としてお言葉をもらったら場も盛り上がるんじゃないかと」

「絶対にダメだっ」

俺は間髪《かんはつ》容れずにシュリの言葉を否定する。

必死だった。あいつらに俺の結婚式をめちゃくちゃにされてたまるか!

「ロクでもないことになるのは目に見えてるだろうが」

「だそうですがどうですアーリウスさん？　王族の方に派手に祝ってもらえる結婚式、とても良い思い出になると思いますが」

「やりましょう」

「アーリウス!?」

嘘《うそ》だろ、アーリウスが真顔で賛成しやがった。

俺は慌ててアーリウスの両肩を掴《つか》み、必死の形相で言う。

「いいか、落ち着いて考えろ。確かに王族に祝辞をもらえる結婚式なんて、普通じゃありえない、そこは認める。だけど相手が相手だぞ。このことにまた何か貸し一つとか言われたら、後が大変だろうよ」

「浪漫《ロマン》に代わるものはありません。ぜひともやりましょう」

「ダーメだこりゃ」

俺は諦めてアーリウスから手を離した。彼女の目ん玉の中に星が散らばってると言えるほど、輝いている。こいつ、浪漫ってやつのために今後起こるだろうあらゆる面倒ごとを、背負い込もうとしてやがる。無理にでも止めるのが賢明なんだろうけどなぁ……。

「ああ、王族に祝われて挙げる結婚式……とても素晴らしいものになるでしょう！　私の夢がまた一つ叶《かな》うなんて……生きてて良かった……！」

こんなキラッキラな目を見せられたら、止められん。

そんな風に諦めている俺に、クウガが苦笑いを浮かべて近づいてきた。

「ガングレイブ、ここはもうアーリウスのためにやっちょった方がええぞ」

「その心は？」

「……変に結婚式で女の意見を無視すると、後々の結婚生活でいらぬしこりを残す可能性があるからの」

なるほど、もっともだ。

「で、お前の本当の意図は？」

「あのテビスだのなんだのの王族たちが、孤児院出身で傭兵団《ようへいだん》の団長をしていたガングレイブとアーリウスの結婚を祝う姿を想像すると、溜飲《りゅういん》が下《さ》がる」

「やはりか」

こいつ、俺たちの結婚式を利用してテビスたちに嫌がらせをしようとしてやがるっ。

俺は嫌そうな表情を浮かべる。さらに頬を指で掻《か》いてから言った。

「結婚式は部下たちだけ出席してもらって静かに小さくやればいいじゃないか……」

「その意見は、普段の僕なら賛成してます」

そこにシュリが割り込んでくる。

「僕の国でも最初に金がかかりすぎるような盛大な結婚式をやった新婚夫婦は、その後の金銭感覚の違いから別れる事例が多いと聞くので……結婚式は小さく、家族や付き合いのある親戚と本当に親しい友人だけを招いてやるのが、その後の新婚生活を円満に過ごす秘訣だと父さんから聞きました。最初は小さくそこから末広がりに、と」

「ほう」

俺は感心したように息を吐いた。言われてみればなるほど、確かにそうだと思う。結婚式に金をかけすぎると、その後の生活だって大変だろうに。

何よりもシュリの口から父親の話が出たのが意外だった。こいつは普段、家族の話をする奴じゃないからな。父親からそういう価値観を引き継いでるんだというのがわかる。

シュリはここで皮肉な笑みを浮かべていた。

「まあ金をかけて盛大な結婚式をしても上手くいく家庭はありますが……。そういう夫婦は元々、それだけ金をかけてもその後の生活に支障がないくらいの資産家ってのが前提ですからねー。要するに夫婦となる二人の経済力次第なんですよ。ほんと、金のある奴が羨ましい」

「お前何かあったのか」

「かつての同僚に、料理人なんて道楽で、実家は金持ちみたいな嫌な奴がいただけです」

ああ、こいつは相当嫌な目に遭ったんだな。なんというか、皮肉な笑みに見える表情の端々に、怒りがこみ上げてるのがわかった。なんというか、何も言えなくて俺は困惑するだけだ。シュリがこんなに言う相手だ、相当嫌な奴だったんだろうなぁ。

「で？　普段のお前なら小さく済ませる結婚式を、なんで今は大きくやることに賛同したというか、テビス姫たちを呼ぶことを提案したんだ」

「こう、上手くは言えないんですけど」

俺が聞くと、シュリは難しい顔をして答えた。

「今回は派手にした方が良いと思ったんですよ。ガングレイブさんは領主になったんだから、それくらいはしとかないと今後が大変じゃないかと……そんなことを思ったんです」

「……ああ、なるほどな。確かに、お前の言うとおりだよ。領主の結婚式が地味で小さかったら、逆に後が大変だろうな」

シュリの言葉に、こいつが何を言いたいのか俺は理解した。理解して、頷《うなず》いた。

そりゃそうだ。言われてみればそうだ。俺はすっかり失念していたよ。

俺はもう領主なんだ。身内の親しい人間だけで開く結婚式なんて、できるはずがなかったんだよな。権力には、権威というものが必要になる。要するに、俺は偉いんだぞと周囲に認めさせなければいけない。

それは武力であったり、暴力であったり、知力であったり、魅力であったり、財力であったり、形は様々だが……強力な力の集合体を周囲に喧伝《けんでん》することで権威は生まれる。そうでなければ、領主なんてやれない。兵士は好き勝手やるだろうし、貴族だって、舐《な》めてかかってえげつないことをするだろう。組織を暴走させないための枠組み、その枠組みを維持する力。これがあるからこそ権力が成り立つ。

さて、それを考えたら結婚式はどうなるだろうか？　格好の権威のお披露目会だろう。

「シュリ、お前の言うとおりだ。確かにもう、俺たちの結婚式は地味で小さく終わらせるわけにはいかないな」

「はい」

「そして、テビス姫たちが来ている今を利用するという考えは賛成だ」

「はい」

「良いことを言ってくれた。感謝する」

俺はシュリの肩をポンと叩《たた》いた。悔しい話だが、領主という立場を俺が横からかっ攫《さら》ったという風説は消えていない。むしろ押しつけられたんだが、そんなもの周囲の無責任な噂《うわさ》好きからしたら関係ない。

一介の傭兵団《ようへいだん》団長が大国の王族の後ろ盾を得て、縁もゆかりもない領地の領主の座を得たというのが事実であるのだが、その過程についてなんて、気にもされないんだから。

だからこそ、俺たちの結婚式を派手にしようと思っても、周辺の領地などからお偉いさんが来ることはない。簒奪者《さんだつしゃ》、卑《いや》しい身分の男、成り上がって調子に乗ってる、などと思われてるだろう。招待状を送っても、誰も来ないだろうな。一応有力者には送らねばならんだろうが。

だが、今は状況が良い。今この城には、シュリを目当てに四か国もの大国の王族、首長が来ている。これを利用しない手はない。普段なら遠方だからとか縁がないとか格が低いとか、いろんな理由で断られるだろう相手が城に逗留《とうりゅう》しているのだから。

「ということでシュリ、お前に頼みがある」

「なんでしょうか？」

「その説得はお前がしてくれ」

残念なことだが、俺から要請してもあいつらは了承しないからな。

俺はニマァっと笑って、シュリに顔を近づけた。

「お前しかできないからな」

「ちょっと待ってくださいよ⁉　僕にできると思ってるんですか⁉　こういうことは、正式な招待状だの要請だのを、ガングレイブさんの方から」

「俺からやっても、あいつらは来ない」

シュリの鳩尾《みぞおち》に、俺は右手の人差し指を突き立てた。

その感覚に不快感を覚えたシュリの顔が、さらに嫌そうに染まる。

「お前が胃袋を掴《つか》んでるから、お前から頼んでくれ」

「いや僕から言っても無駄では」

「お願いします、シュリ」

と、ここで隣からアーリウスも口を挟んできた。俺がシュリから離れると、アーリウスはシュリの前に立つ。胸の前で祈るように手を組んで、シュリに頭を下げた。

シュリは慌ててアーリウスの両肩を掴み、その姿勢をやめさせようとしている。

「待ってくださいアーリウスさん。そんなことをされましても」

「悔しいですが、確かに私とガングレイブからあの人たちに頼んでも無駄だと思います」

「そんな……」

そんなことはないとシュリは言おうとしたが、その前にアーリウスが顔を上げて言う。

「そうなんです。私もガングレイブも偽《にせ》の親が出てくるほど舐《な》められてますので」

「……ううん……」

「だから、シュリならできるからこそお願いしたいのです。どうか、どうか……」

「あーあー！　わかりました！　わかったから頭を下げないでください」

　ここまで言われたらシュリも断れなくなったらしく、困ったような笑みを浮かべて言った。そしてアーリウスに向かってドン、と胸を叩《たた》く。

「成功するかどうかわかりませんが、できる限りのことはやらせていただきますよ」

「ありがとうございます」

「構いません、お二人のためです。ねぇ、ガングレイブさん」

　俺もまた、シュリに向かって軽く頭を下げた。

「ああ、頼んだ……シュリ」

「はい！　ではさっそく行ってきます」

「え」

　今からか？　と聞く間《ま》もなくシュリは走って行ってしまった。

　その後ろ姿を見ていたクウガが、唐突に快活に笑い出す。

「ハハハ！　ああいうところはやっぱり、シュリじゃなぁ。のぅ、ガングレイブ？」

「そうだな」

　クウガの言うとおりだ。あいつの行動は唐突なところが多いが、なんだかんだで誰かのために速攻で動く。シュリらしさがよくわかるな。

　……さて、結婚式か。俺は難しい顔になる。身内だけの小さな結婚式ではなく、外国の来賓《らいひん》も招く大規模な結婚式。

エクレスから領主の結婚式とはどういうものなのかよく聞いて、段取りを考えておかないとな。万が一でも粗相があってはいけない。

「アーリウス」

「？　なんでしょうか」

アーリウスは俺に不安そうな様子を見せる。

「俺、必ず結婚式を成功させるから」

が、俺の言葉を聞いてアーリウスは一瞬驚いた顔を見せるが、すぐに笑みを浮かべた。

「はい、楽しみにしてます」

「おう、楽しみにしてろよ」

七十三話　押しかけ弟子とウ・ア・ラ・ネージュ 〜シュリ〜

「さってと、説得といっても何からすべきか」

どうも皆様こんにちはー。シュリです。

さてさて、僕は現在厨房《ちゅうぼう》で思い悩んでいるところです。きっかけは、ちょっと前にガングレイブさんからお願いされた、結婚式にテビス姫たちを来賓《らいひん》として呼んでくれというものです。

最初は無理だと断りましたが、これでもかとアーリウスさんからお願いされたので根負けして受けました。というか僕が提案したことだから、最終的に僕が責任を取るだけの話だけどね！　そして、厨房の椅子に座って机に頬杖《ほおづえ》を突き、床を見つめながら方策を考えているところなのです。

「どうやって来てもらえばいいのか……？」

「いつまで悩んでんだ」

そんな僕に、ガーンさんは両手の調理器具をてきぱきと片付けながら言いました。

すっかり厨房仕事が板に付いてきたようで、手際が良い。教えたかいがあったよ。

「引き受けちまったのなら仕方ねぇ。さっさと本人たちの前に行って、頼んでこいよ」

「いや、ま、そうなんですけど……普通に料理人とその料理を食べる人の間ならともかく、こんな形だとどういう顔で会いに行けばいいのか、全くわからなくて……」

「手土産に好物を作って持っていって、ついでに頼む。それでいいじゃねえか」

「いや、相手は王族と首長ですよ？　いつもと違う形で会いに行ってお願いしても、聞いてもらえないでしょう」

「それでもあいつらなら、結婚式に出てほしいと言ったら出てくれると思うけどな。お前の頼みなら断らない気がする」

「そんなバカな」

僕はケラケラと笑いながら、ガーンさんの冗談を流しました。

だってさ、相手は大国の王族たちよ？

「いくら料理を気に入ってもらってるからっていっても、結局は料理人と王族とでは、話すための格が違いすぎるような」

「そこら辺、あいつらは承知の上でお前の話を聞いてくれるだろうさ」

「その自信はどこから来るの？」

僕の問いに、ガーンさんは調理器具の片付けを途中でやめました。どうしたの？　と聞く前にガーンさんは僕の対面に椅子を持ってきて座ると、腕を組みました。

「普通さ、料理を気に入ってもらってるからって、ここまで王族が料理人に親しくしようなんて思わないはずなんだよな」

「はい」

「なのに親しくしてる……ように見えるのは、少なくとも料理の味だけでなく、料理人としての生き方とか人間としての価値を認められてるからだろうさ」

まぁ、言われてみればそうかなぁ。僕は思わず納得した顔で頷《うなず》いていました。

あのテビス姫たちがそう認めてくれてるからこそ、僕なんかの話を聞いてくれてるんでしょうね。そうでなければ、一般人の僕なんかと話すらしなかったでしょう。

「そういうことなら、そうだと自信を持って話をしに行くとしましょうか」

「そうしろそうしろ。こういうのはとっとと話を終わらせるに限る。ところで結婚式はいつ頃挙げる予定なんだ？」

「あ」

ガーンさんからの指摘に、僕は今更ながらハッとしました。そうだ、その話は聞いてなかったじゃないか。いつ頃挙げるのかわからないと、話しようがないじゃないか。

こんな、まず最初に決めるべきことを失念していたとは……恥ずかしいな！

「言われてみれば、教えてもらってないし決まってませんでした……」

「おいおいしっかりしろよ。相手方だって、日時が決まらないと返事のしようがないだろ。まさか、テビス姫たちのような立場の人間を、時期が決まってない予定のために何日もここに引き止めるわけにはいかないだろ」

「一言一句、その通りでございます……」

僕はガーンさんの指摘に、項垂《うなだ》れて肯定しました。否定も言い訳もできる余地はない。

「だから、もう一度ガングレイブたちと話し合ったらどうだ？　日取りだけじゃなく、どれくらいの規模にするのか、どのような内容にするつもりなのか。そこを詰めないことには話は始まらないぞ」

「そうですね。よし、まずはガングレイブさんに詳しく聞いてきます」

「終わったらとっとと仕事に戻ってくれ。そうでないと、俺たちもシュリがいないと困るからな」

「わかりました」

僕は立ち上がり、厨房《ちゅうぼう》から出ようと足を進めました。しかし、出ようとしたところで別の人と鉢合わせをしてしまう。思わず道を譲ろうと体を動かしましたが。

「おお！　シュリ殿、ようやく会えましたな！」

「え？　……あ、ゼンシェさん？」

そこにいたのは、以前オリトルにいたときに会って、一緒に料理談義をしたゼンシェさんでした。オリトルの宮廷料理人で料理長でもある偉い人です。

以前、出会ったばかりの頃はとげとげしい態度を取られましたが、三不粘《サンプーチャン》を作った際に実力を認められて、そのまま仲良くさせてもらった経歴があります。

そのゼンシェさんですが、実は今の今まで会えませんでした。

話には聞いてたんですよ。ゼンシェさんが来ていらっしゃることは。ミトスさんが来てることから、ゼンシェさんも同行しているとは耳にしてたんだけど、今まで会えなかったのです。なんかよくわからないけど、そんな偶然ある？　てくらい会えなかった。

会いに行っても会えなかったくらいだからね。

そんなゼンシェさんが目の前にいることに、僕は驚きを隠せませんでした。

「お久しぶりですゼンシェさん！」

ともあれ、料理人仲間に再会できたことはとても嬉《うれ》しいですね。向こうは年下の料理人程度にしか思っていないかもしれませんが、僕にとってはこの世界において数少ない知り合いの料理人なのです。思わず興奮して、ゼンシェさんの右手を両手で握りました。

「会いたかったですよ、ほんと！　なんでか会いに行っても会えないし偶然でもすれ違うことすらなかったので、会いたくないのかなと思ってましたよ」

「そんなことはないですぞ、シュリ殿」

ゼンシェさんは僕の両手に、さらに自身のもう片方の手を重ねてきました。

「私もあなたにお会いしたかったですぞ。しかし、今まで許しを得られませんでしたので……泣く泣く隠れておりました」

「は？　許し？」

なんだ許しって？　わけがわからないって顔をして、ゼンシェさんから一歩後退して手を離す。するとゼンシェさんが悲しそうな顔をしておりました。

「私は、あなたを師だと思っております」

「そんな。あなたの方こそ素晴らしい調理技術を持っておいでだ。あの日の料理談義、忘れたことはありません」

「いえ、あのとき……三否粘《サンプーチャン》を出されたときから、私にとってあなたは師なのです」

むずがゆいな。こんな立派な地位と実力がある人にそう言われるのは。思わず照れくさくって頬を掻《か》いてしまうほどに。

「ですが、私は少々興奮しすぎておりました。あなたに再び会うために、今回の遠出に無理を言って付いてきたのです」

「ああ、だから」

そうなんだよな。ゼンシェさんは相当地位の高い宮廷料理人のはずなのに、こんな話し合いのために付いてくるなんておかしいと思ってたんだよ。

いや、そりゃミトスさんは王族だ。王族には旅路の間にも相応《ふさわ》しい料理が求められるのでしょう、だからゼンシェさんが帯同してもおかしくないと無理やりにでも考えることができる。でも、オリトルには王位継承権一位で次期国王のヒリュウさんとか、他の王族の方もいるわけでしょ？

なのに末の妹の遠征の付き添いにゼンシェさんが付いてくるっていうのも……不思議。

ようやくその答えがに得心がいった僕は、思わず納得して頷《うなず》いていました。

「かなり無茶したんでしょ」

「かなり無茶いたしました」

「やはりか」

悪びれもしないゼンシェさんに、今度は困惑しそうだ。この人、こんな無茶苦茶な人だっけ？

「あなたに会えるという興奮のままでしたので、ミトス様から落ち着くまであなたに会うことを禁じられていました。ようやく今日、許しを得たということです」

「そうスか」

僕は心の中で考える。

（あまり深く考えるのはやめておこう）

こういう場合、理性で判断しても無駄だ。本能で受け入れておこう。

「……あ！　そういえばゼンシェさん。お願いがあるんですが」

「おお、なんでしょうか。私で解決できることならなんなりと」

「そこまで気負わなくても……」

なんなのこの人の忠犬ぶりは。怖いよ。目がキラキラしてる。

「実は……」

僕はそこから、簡単にあらましを説明しました。結婚式を執り行うこと。そのためにミトスさんたちに出席してほしいことを。

簡単に簡潔に説明し、僕は頭を下げて頼みました。

「なので、ミトスさんと対談できる算段を付けていただきたいのです。結婚式の詳しい日取りはすぐに確認いたしますので、どうか」

「一つ、聞いてもよろしいですかな」

ゼンシェさんは先ほどまでの好々爺《こうこうや》のような雰囲気とは打って変わり、真剣な……仕事前の料理人のような顔になりました。

「結婚式というからには、相当な量の料理と食器、そしてそれを配膳するための給仕、料理を作り続ける料理人、場を仕切る進行役などが必要となります。私が確認している現状は、そういった人材が全て職務を放棄して城にすら来ておらず、残った料理人とあなたが食堂で働いているというのですが、それは本当ですかな？」

「あ、はい……」

「情けないことですな」

う、それを言われるとキツいな……。しょぼんとしてしまう。

「日々の業務に追われ、彼らを連れ戻す方法すら考えていないとお見受けしますが」

「その通りです……」

「シュリ殿。あなたの調理技術は卓越しており、私も尊敬するところです。しかし、上に立つ人間として部下を統率できなければ、せっかくの腕も腐らせてしまいますぞ」

「はい……」

いかん、正論すぎて反論できない。泣きそう。

ゼンシェさんは厳しい顔をして言っていましたが、柔和な笑みを浮かべました。

「しかし、今は私がいます」

「ゼンシェさん……？」

「結婚式の料理、私たちも協力いたしましょう」

「本当ですか?!」

ゼンシェさんの申し出に、僕は思わず飛び上がるほど喜んでいました。

「人手不足が懸念材料でしたが、協力していただけるなら本当に助かります！」

「ははは、構いませんよ。ですが、部下の仕事放棄問題は早めに片付けるべきですぞ」

「はい、なんとかします」

僕は頭を下げて言いました。本当、この問題は放置していいものじゃなかったな……ゼンシェさんの言う通りだよ。

「じいちゃん、自分の紹介はまだ?」

そこに、ゼンシェさんの隣にいた少女が口を挟みました。

今まで気づきませんでしたが、どうやらゼンシェさんは少女を伴ってここに来たみたいです。少女は不満そうな顔をしていました。

「自分はいつまでも放置されて喜ぶ人間じゃないっち」

「おお、おお、すまんかったなミナフェ。すっかり話し込んでいた。シュリ殿、紹介させていただきますぞ」

ゼンシェさんは少女――ミナフェと呼ばれた子を僕の前に立たせました。

「この子はミナフェ。私の孫です。ぜひシュリ殿に会わせたくて、今回の遠出に参加させました」

「はぁ」

「この子の才能は私も認めるところです。あの三不粘《サンプーチャン》を一番に再現して、城で供するようにしたのもこの子なのです」

「へぇ!」

その言葉に、僕は思わず感嘆しました。三不粘はかなり難しい料理です。僕が作れたのは、かなり練習したからだ。それをもう再現して作れるようになるとは……思わずその才能に嫉妬してしまいそうになるほどですよ。

僕がそう考えていると、ミナフェは僕の顔をジロジロと観察してきます。

ミナフェは僕よりも背が少し高い。白髪を三つ編みにし、腰まで長く垂らしている。前髪はパッツンにしているのが特徴的だ。顔つきはなんというか、眠そうな美少女って感じ。垂れ眉に垂れ目、どこかのんびりとした印象を受ける。

体つきは……なんというか出るとこは出て引っ込むところは引っ込むという、凄《すご》く女性的な体格だ。けど、猫背なので体型の良さが半減してる感じがする。

もう少し胸を張ればいいのになぁ、と思わなくもない。そこだけがもったいない。

そのミナフェは、僕の顔をジロジロと観察してから、僕を指さしてゼンシェさんに言いました。こら！　人を指さすなと教わらなかったのか？

「この人がじいちゃんの言ってた料理人？」

「そうだ、シュリ殿だ」

「あの三不粘を作った？　嘘《うそ》くさいっち」

ええ？

「どうせ、じいちゃんが過剰に持ち上げてるだけっち。自分はそんなの信用しないから。あの三不粘だって、この人が考えたんじゃなくて、自分たちも知らないような民族料理をあそこで作ってたまたま認められただけ。この人がそんな料理人とは思えないっち」

うっ。地球で覚えた料理を得意げに作ったという点では当たってるから、反論できない。しかしゼンシェさんは違ったようで、怒った顔をしてミナフェに言いました。

「こりゃ！　この人は私だけじゃなくてあのテビス姫も認める料理人だぞ！　失礼なことを言うな！」

「だって所詮は傭兵団《ようへいだん》の田舎料理っち。自分はこの人が、そんなにご大層な人間だとは全く思えない」

なんとまぁ、なんとなんと……僕は思わず笑みを浮かべていました。

「失礼したシュリ殿。どうも孫は才能はあるんだがそれを笠に着るところがあって……」

「いえ、なんというか……会ったばかりのゼンシェさんを思い出しましたよ。いやぁ、そっくりだ」

「これはお恥ずかしい。そんなところは似なくてもよかったのに」

僕とゼンシェさんはわははと互いに笑い合いました。

が、それが気にくわないのかミナフェは垂れ目で不機嫌そうに睨《にら》みます。

「お前がそんなご大層な料理人だとは思えないっち。証明しろ」

「証明とな」

ミナフェは僕に敵意むき出しして言ってくる。いやぁ、ここまで喧嘩《けんか》を売られるのも久しぶりだな。久しぶりすぎて心が躍ってくる。だけどミナフェはそんな僕に構わず、ニヤリ

と笑って言いました。

「自分と勝負だ」

「勝負、とな」

「自分は三不粘《サンプーチャン》を、お前以上に完璧に作れる。その自分とどっちの方が素晴らしい菓子を作れるか、試してやるっち」

「はぁ」

「もちろん三不粘を作るのは禁止っち。……ククク、どうせ同じように三不粘を作っても自分が勝つっち。そっちが作れる最高の菓子もどうせ三不粘だろ。それ以外で勝負と言われても困るだろ。もうする前から勝負が決まってるようなもんだ」

ええ……？　自分で料理勝負を言い出しておきながら、いきなり条件を付けてくるとか……しかも、僕が作った三不粘を僕以上に完璧に作るって言われても……。僕は困惑しっぱなしでした。ふとゼンシェさんの方を見れば、呆《あき》れたような笑みを浮かべている。これは……自分の孫に対してちょっと意地悪してる感じだ。今の状況で僕のことを説明しないのも、それが理由かもしれない。

「おうおう、好き勝手言ってくれるじゃねぇか」

「聞き捨てならん文言が聞こえたがな」

そんな僕の後ろから、ガーンさんとアドラさんが剣呑《けんのん》な雰囲気で出てきました。

振り返って見ると、掃除や片付けを中途半端なところで投げ出してこっちに来てるようです。なので、僕は苦い顔で言いました。

「ガーンさん、アドラさん。せめて片付けを終わらせてから」

「黙ってられるか」

「こっちは師匠を舐《な》められとるけ、黙っちょることなんぞできんぞっ」

ガーンさんもアドラさんも怒りをあらわにして言ってくるので、それ以上何も言えなくなりました。仕方ねぇ、後で自分で片付けるか……と、疲れた顔をして思いました。

だけど、どうやら三人はこれでさらにヒートアップしたらしく、バチバチと火花を散らすように睨《にら》み合います。

「ケケケ！　こんな料理人の弟子なんてたかが知れてるっち。どうせ片付けとか洗い物以外は無難なことしか教わってないんだろ」

「今はまだそのときじゃねぇってシュリから言われてる。それにこいつの仕事っぷりは一番近くで見てるからな、見て盗むにも苦労するほどだぞっ」

「どうせお前の腕が大したものじゃないからっち。当てにならないなぁ」

「このクソアマっ」

子供のような下らねぇ口喧嘩《くちげんか》だなぁ。一緒にいるのも恥ずかしいわ。ていうか、次から次へとガーンさんとアドラさんの口から褒め言葉が出るから、気まずいし照れくさいし逃げたい。

　ちょっと離れようかと思っていたら、僕の肩を横からゼンシェさんが掴《つか》んできました。

「ど、どうしましたゼンシェさん？」

「この者たちに師匠と呼ばれておるようですが、シュリ殿は正式にこの者たちを弟子に迎えておられるのですか……？」

　なんか泣きそうな顔でゼンシェさんが言いました。

「私はあなたに弟子にしてもらいたかったのに、先に弟子を迎えたのですか？」

「あなたを弟子にするなんてとんでもない！」

　どこの世界に宮廷料理人を弟子にする一般人がいるんだ。そんなことをしたらとんでもない混乱が起きてしまうだろうにっ。それに……と、僕はゼンシェさんに苦笑を浮かべながら言いました。

「僕にとってゼンシェさんは……こう、なんというか……認めてもらえて嬉《うれ》しい、同じ料理人仲間というか知り合いというか……弟子にするしないとか、そんな話では」

「嬉しい限りですシュリ殿……！」

　ゼンシェさんは僕に頭を下げました。

「そう言っていただけて私も嬉しいですっ。出会い頭にあれだけ失礼なことをした私を、料理談義をしてもらえただけでなく仲間だと思っていただけるとは……！」

「僕にとってあなたは尊敬する人ですよ、ゼンシェさん」

「ええ、その言葉に報いることのできるよう、精進《しょうじん》を重ねましょう」

良かった、ゼンシェさんは満足そうにしてる。僕も内心胸を撫《な》で下ろしました。

弟子に、なんてできるわけがない。僕にとってゼンシェさんは、尊敬できる料理人だ。

あのオリトルでの一夜。この人は貪欲に、そして柔軟に僕の話を聞き、自分のものにしていたのです。確かに最初はあんな酷《ひど》いものでしたが、やはり根っこは料理人なのです。

未知の技術と新しい料理を前にして、その技術を全て手に入れて自分のものにし、味を極めて料理の聖《ひじり》に至ろうと欲する職人。その姿に、僕は年を取ってもこうありたいと思ったのです。目標とする姿を見せてもらった。

だから、料理人仲間というのはむしろ僕の方からお願いしたいくらいの、望んでいた関係性だったりする。

「シュリ！」

そんなことを考えてると、ガーンさんが怒ったような顔でこちらを振り向きました。

「こいつはダメだ！　お前の料理で黙らせてやってくれ！」

「ええ……？」

黙らせろって……そんな無茶な。しかしアドラさんも同様に苛《いら》ついた顔をしており、僕に言ったのです。

「どうもこいつぁシュリを舐《な》めきっとろぅ！　師の料理で見返してくんちぇ！」

「ん？　自分は構わんっち。もともとそういう話だったし」

ダメだ、完全に子供の喧嘩《けんか》になってしまってる。そんな話をまともに受けたら、絶対にロクでもないことになる。僕が断ろうとする前に、ゼンシェさんが口を開く。

「シュリ殿はお困りだ！　そんなに急《せ》くもんじゃない！」

おお、助かる。まさかここで助け船とは、

「ちゃんと日取りと判定人を決めて準備してから行おう」

前言撤回、助け船ではなかった。

「えええええ？」

「シュリ殿、良い機会です。あの孫の鼻をへし折ってやってください」

「えええええ？」

「頼むぞ、師匠！」

「えええええ？」

「頼んだ、シュリ！」

「えええええ？」

「お、ようやくその気になったか。じゃあちゃんと勝負方法を決めるっち」

「えええええ？」

僕を完全に置いてけぼりにして話が進み、四人がさらにヒートアップしていく。

もはや止めることすらできねぇわこれ。どうしてこうなった。

僕は、ガングレイブさんに結婚式の日取りを聞きに行きたいのに。

「話は聞かせてもらった！」

ここにさらに混乱の火種どころかガソリンやナパーム弾をぶちまけて、混沌《こんとん》の炎を巻き上げたのが唐突に厨房《ちゅうぼう》に乱入してきたテビス姫でした。

その隣にはげんなりした様子のウーティンさんがいました。ごめん、同情する。

なんかいつも大変なことに巻き込まれて……なんというかお疲れさまです……あとでチャーハンを持って行って労《ねぎら》ってあげよう。そうしよう。

そんな同情心がわき上がってくる中、テビス姫はことさら楽しそうに言います。

「うむ、料理人二人がバチバチと争うならば、己《おのれ》の腕を競って雌雄を決すのが道理よな！そして判定人が必要、うむうむ道理である！」

「これはテビス姫様！　わざわざこちらまで出張っていただくとは……」

「気にするなミナフェとやら。妾《わらわ》もたまたまここに立ち寄ったまで。そして料理勝負するのに必要とあらば、妾も協力することやぶさかではない」

「そんな、テビス姫様直々《じきじき》に⁉」

「その通りよ。妾の舌と見識を以《もっ》て、その勝負の判定人を引き受けよう」

すげぇ立派なことをテビス姫が言っていて、ミナフェが感動してますが……僕がウーテインさんの方へ視線を向けると、僕の視線に気づいたらしく疲れた顔で首を横に振りました。あれはきっと、そういうつもりでは全くなかったけど、楽しそうだからあえて巻き込まれてやろうっていう野次馬根性だったと伝わってきますね、けっ。

「シュリ、あれは多分勝負にかこつけてお前の料理を食べたいだけだぞ」

「それは光栄なのですが、一国の姫様が何をしてんだ、って気分になるのは避けられませんね」

ほんと、何やってんだよテビス姫。あなたはとっとと国許《くにもと》に帰って仕事をしなきゃ駄目だろうに。隣に立ったガーンさんもげんなりとした顔をしてる。

アドラさんなんて、雲行きが怪しくなってきたからか、後ろの方で仕事に戻って我存ぜぬって感じを装ってる。諦めろ、巻き込む。

僕はおそるおそる、テビス姫へ言いました。

「あのテビス姫さま。僕は別に勝負するとは言っておりませんが」

「そういえばシュリよ。お主《ぬし》は妾《わらわ》に何か用事があるのではないかの？」

「え」

用事？　用事とはなんだ？　唐突にテビス姫から話を振られ、僕は困惑していました。

用事とは何のことだ。いや、あったわ。確かに用事があった。結婚式に来賓《らいひん》として出席してくれないかなぁ、て確かに考えてた。さっきまでのことだけど、忘れてたわ。

え？　でもその話はテビス姫がここに来る前、どころかゼンシェさんが来る前にしてた話だよ？　なんでそれをテビス姫が知ってるの……？　どこでその話を聞いてたの？

まさか……！

「テビス姫様。もしかしてずっと厨房《ちゅうぼう》の前で、ここに入る機会を窺《うかが》ってました？」

「そんなことはないぞい」

ぷい、と可愛く顔を背けたテビス姫を見て、僕はウーティンさんへ視線を送りました。

「窺って、ました」

「ウーティン⁉」

唐突な部下の裏切りに、さすがのテビス姫も驚いていました。

「姫、さま。なんというか、その、ここで誤魔化し、続ける、のも、見苦しいかと」

「うぐ……！　う、ウーティンよ、お主シュリが絡むと途端に人間くさくなるのぅ！」

「そんなことは、ありません」

今度はウーティンさんがそっぽ向いちゃったよ。

「ということなのでミナフェ。別にテビス姫様は、僕たちのために審査員だか判定人だかをするために来たわけじゃないですから」

「そんなことはどうでもいい」

「いいの？」

結構大切な問題じゃない?? 動機が不純なんだよ？

だけどミナフェは構わず、僕の胸に指を突き立てました。

「問題はお前が自分の勝負を受けるかどうかだっち。どうなんだ？」

「やる気は全くないんですけ？」

「もちろんやるよのぉ？」

断ろうとしたのですが、その間にテビス姫が立って僕の方へ笑みを浮かべていました。

いいや、目が笑ってない。目が笑ってないし、口元が三日月のように口角が上がってい
て、なんというか魔王に見える。怖い怖い。

「もしシュリが勝負を引き受けてこれに勝利することができるなら、妾《わらわ》は気まぐれでシュ
リのお願いを聞いちゃうかもしれんのぅ」

「……やっぱり随分前から話を盗み聞きしてませんでした？」

「そんなことはない」

もう一度ウーティンさんの方を見ようと僕が視線を外すと、

「そっちを見るでない！ ウーティンも反応するでないわ！」

と、怒られました。

「ああ、まあ……お願いを聞いてくれるなら、やりましょうか」

「こういう形にしておいた方が、テビス姫様も話を引き受けやすくていいかなって」

「いいのか、シュリ？」

ガーンさんが不安そうに聞いてくるけど、ここはチャンスと思っておきましょ。

普通に結婚式の話を持っていっても断られる可能性があるけど、仕方がないからお願いを聞いてあげるっていう余地をテビス姫が作ってくれてるので、これに甘えておきましょう。

あとでどれだけの貸しを返す羽目になるのか考えると怖いけど、今は無視だ。

無視だが……正直怖いです。

「わかりました。ミナフェ、勝負を受けます」

「よしきた。お題は『店で出す菓子』。三不粘《サンプーチャン》はなし。勝負の時期は」

「別に今すぐでも構いませんよ」

僕が間髪《かんはつ》容れずに言うと、ミナフェは驚いた顔をしました。

「え、え……いや、こういうのは互いに料理を考えて準備する時間が」

「お客様が求められるのなら、すぐに料理をお出しするのも料理人の仕事なので。これが公式の大会ならともかく、あくまでも個人間での勝負。僕は菓子のレシピも材料も、全て頭に入ってます。練習の必要もありません。今すぐにでも勝負はできます」

「いや、それは、いや」

「その意気やよし！」

僕の言葉に戸惑うミナフェに対し、テビス姫は嬉《うれ》しそうに手を叩《たた》きました。

「その通りよな！　シュリの言葉が正しい！　料理人は、いついかなる時でも腹を空《す》かせた客のために料理を供する、それが使命よ！　うむ、うむ！　妾《わらわ》も自国で大々的な大会を開催するときもあるが、その場合は確かに準備期間を設けるわ。それで良い〝大会のため〟の料理を作るのじゃからな。しかし今回は違う。あくまでも私闘、そして意地の張り合いである。ならば、その勝負に相応《ふさわ》しい様式もあろうな。ウーティンよ！」

「はい。姫、さま」

「他の者たちも呼んで参れ。シュリとオリトルのミナフェが勝負することと相成った、願わくば立会人を頼むとな」

「日時、は」

「明日とする。今すぐ勝負しては、城の食材を把握しておるシュリが有利すぎるからの。自国の大会では一か月二か月の準備期間を設けるが、今回はその限りではないからな。また、事前の下ごしらえまでは認める」

「かしこまり、ました」

そう言うとウーティンさんは俊敏な動きで厨房《ちゅうぼう》から出て行きました。ミナフェは呆然《ぼうぜん》としておりましたが、すぐに気を取り直して口元に笑みを浮かべています。

「ク、クク！　自分で自分の首を絞めるか」

「別にそうでもない……ですけど」

「ククク、三不粘《サンプーチャン》を作れないのは大きな枷《かせ》だろうねぇ。それに比べて自分は常に、城で最新の菓子料理を学んで研究している。負ける可能性はない」

「はぁ」

僕が気の抜けた返答をするのが気に食わないのか、ミナフェはズカズカと厨房に隣接する冷暗所へ足を運ぼうとしていました。

「食材は何があるのか見せてもらう。何があって何が作れないのかわからなくては、さすがに自分でも勝負ができない」

「お好きにどうぞ」

冷暗所へミナフェが入っていくのを見て、僕は大きく溜め息をつきました。

そんな僕へ、ニマニマと笑いながらテビス姫が話しかけてきます。

「どうかの、シュリ。勝ち目はあるかの」

「自信はあります。勝負に絶対はありませんが」

そうだ。こういう料理勝負なんて、初めてじゃない。そして勝負に絶対がないことは、そのときに学んでる。僕は厳しい顔をしながら返答しました。

修業時代、色んな店に修行で雇ってもらっていた頃。賄《まかな》いを作るときなんて、同期に負けないようにあれこれと工夫を凝らしていました。

調理技術、味覚のセンス、盛り付けのテクニック……とはいえ、賄《まかな》いで凝りすぎても先輩たちから時間を無駄にするなと怒られるので、限られた時間と限られた食材でできる限りのことをして同期と競っていました。

味をみる先輩たちだって嗜好《しこう》の違いなんていろいろある。そのとき上手く作れても、先輩の好物を作った同期の奴が勝つなんてことも珍しくない。

「けど、やるからには全力でやりますよ」

「うむ、楽しみにしていよう。ときにシュリよ」

「なんでしょうか？」

僕が気持ちを引き締めると、テビス姫は微笑を浮かべながら僕に聞いてきます。

「妾《わらわ》にお願いしたいこととはなにかの」

「……今言っても、勝負の本質から外れるのでは？　それを聞いてもらえるのは、僕が勝ってからのはず。それと、本当は聞いてたのでは？」

「いやぁ聞いてはおらぬし問題はない。〝聞く〟だけじゃ。〝聞き届ける〟わけではない」

「ひでぇ詭弁《きべん》」

どこまでが本当かわからないけどまあいいや。僕は後ろ頭を掻《か》きながら言いました。

「このたび、ガングレイブさんがアーリウスさんと結婚することが決まりました」

「まだ結婚しておらんかったんか……？」

「その反応はよくわかるんですけど、自分の国を手に入れるまでは結婚式はしないって約束だったので。まあ端《はた》から見たら、もう結婚してるようなもんですけど」

「難儀な夫婦じゃのぅ……」

テビス姫が呆《あき》れた様子で呟《つぶや》きました。うん、僕も随分と難儀な二人だと思ってる。

「で、結婚式を挙げようって話になったんです」

「ふむ」

「で、結婚式は盛大にやらないと領主として威厳がないぞと」

「ふむ」

「で、それなら来賓《らいひん》も招こうと」

「ふむ」

「で、テビス姫様たちに出席していただき、お言葉をいただければ良いのではと」

「それをガングレイブが考えたのか」

「僕が発案しました」

「意外じゃのぅ……シュリがそんな考えを巡らすとは」

テビス姫が驚いた顔をしていましたが、まあ僕自身も普段だったら思いつかないだろうなとは思ってたので。

「で、妾《わらわ》たちに頼みたいと」

「はい」

「勝負に勝てたら、妾から他の者を説得して進ぜよう」

テビス姫はそう言うと、大きく溜め息をつきました。

「一度決めた事よ。覆すつもりはないわ。本当は最初から最後まで聞いておったけど」

「やはり」

「まあ、気にするな。妾は妾で準備がある。ではのー」

テビス姫は颯爽《さっそう》と厨房《ちゅうぼう》から去っていく。ほんと、嵐みたいな人だよ。楽しい人ではあるんだけどね。

「ということなのでゼンシェさん、勝負を受けます」

「はい。……私も人間ですので、孫が勝つと思いたいのですが」

「もちろんです」

「それでも、シュリ殿が勝たれるでしょう。どうかあの子の天狗《てんぐ》になっている鼻をへし折ってやってください。あの子はまだ伸びる、ここで満足して立ち止まってほしくはないのです。あの子のために、シュリ殿が勝ってください」

ゼンシェさんが頭を下げる姿を見て、僕は彼の肩に優しく手を乗せました。

「僕がどれだけやれるのかわかりませんが、やれるだけやります。勝ちます」

「では、お頼み申し上げます。私もミナフェと一緒に食材を見たいのですが、よろしいでしょうか」

「どうぞどうぞ」

「では、これで」

ゼンシェさんは僕に頭を下げると、冷暗所へ向かいました。

さて、残った僕はどうするかな。

「なぁ、大丈夫なのかシュリ」

そんな僕に、アドラさんが心配そうな顔をして聞いてきました。

どうやら仕事はほとんど終わらせたようで、そちらへ視線を向けると綺麗《きれい》に片付けられた調理器具があります。うーん、下働き関連はすでに完璧に近い。ここら辺はガーンさんよりも丁寧で信頼できる。ガーンさんは精力的に調理技術を学ぼうと努力をしてるのはわかってるので、そこら辺はアドラさんよりも上です。

いや、今はそこは問題じゃない。そこを考えるときじゃない。

「問題はありません。向こうが勝負を仕掛けてくるのなら、面倒くさいですが受けて立つのも一興でしょう」

「でも、その……なんていったがか、そう、さんぷーちゃん？　とかいう菓子は禁止という話なんじゃろ？　それ以外で何を作るんじゃ？」

「あー……まぁ作るのは決まってます」

実のところ、口では渋っていたのですが、もし勝負を受けることになってしまったときに作るべき菓子、というものを頭の中で十数種類は考えていたんです。

向こうは僕が作れる菓子の中で三不粘《サンプーチャン》が最高の菓子だと信じているようなので、とりあえず驚くような菓子が良いだろうと考えて、決めたものがありますので。

しかし、なんで三不粘に関してあそこまで拘《こだわ》ってるんだろうなぁ。

「多分ミナフェは、僕の最高の菓子が三不粘だと思ってるんじゃないかなと。なんでかは知りませんが。だから、あんな喧嘩腰《けんかごし》で三不粘なしなんて条件を突きつけてきたんだと思うので、こっちはそれを踏まえた菓子を作ります」

「勝てるか？」

「勝てます。勝負に絶対はありませんが、今回は自信があります。そのために勝負を明日という急ごしらえにしてもらいましたし、それに」

僕はハッキリと言い切りました。

「三不粘は確かに良い菓子ですが、あれを最高の菓子だと向こうが思い込んでいる限り、僕の勝ちは揺るがないかと」

料理の世界は常に進んでる。料理人のみなさんが鎬《しのぎ》を削り、日夜美味《おい》しい料理を、新しい調理技術を、見たことのない新食材を編み出し続けている。

三不粘も確かに最高の菓子ですが、それと比肩するような菓子は山ほどある。

僕は冷暗所の方を見ながら呟《つぶや》きました。

「あんまりにも舐《な》めすぎでしょ」

そして、僕は城の仕事をするべく、いつも通りの業務に戻るのでした。


次の日。

朝食が済んで片付けも終わった食堂にて、僕とミナフェは向き合っていました。

「準備はできました？」

「万全だ。自分が負けることはないっち」

ミナフェはそう言っているものの、目の下にクマができてるし猫背は昨日より酷《ひど》い。

どうやら昨晩は夜遅くまで、今日作るべき菓子を考えて試作していたに違いない。ちょっと策略を練って次の日と言った僕だけど、罪悪感を覚えそうです。

「それならさっさと始めましょうか」

「楽しみにしとるぞ」

「……しかしテビス姫様」

僕は呆《あき》れてテビス姫の方を見ました。

「本当に判定人を集められたんですね……」

「おうおう、今回のことを説明したら皆、楽しみにしておったぞ」

「こんな楽しいこと、断る理由がないがな」

「そうよね」

「いやー、こういう形でシュリの菓子を食べられるのは俺っち、楽しみだなぁ！」

「まあ、アタシも一応オリトルの人間なので、オリトルの人間がそういう勝負をするのなら見届ける必要があるな、と」

本当に暇人なんだなこの人たち、と思ったのは秘密。

テビス姫、トゥリヌさん、ミューリシャーリさん、フルブニルさん、ミトスさんと、勢《せい》揃《ぞろ》いでした。

ていうかこの人たちが集まって判定をするなんて、この世界のどの料理大会よりもレベルが高いのではなかろうか？　テビス姫の昨日の話だと、どうもニュービストでは大会が開催されているみたいだけど。

さすがにここまで高貴な人たちが集まって料理を判定されると思うと、僕でも緊張してくる。自信はあると言ったけど、正直膝が震えそうです。

だが逃げるわけにもいかない。勝負を延期することも策略を練ることもできない。

これは、最後は自分で決めたことなのだから。

僕は頭を下げて言いました。

「その、今回はこんなことにお集まりいただき、本当にありがとうございます」

「水くさいなぁ！　俺っちとシュリの仲じゃないか！　頼ってくれてもいいんだよ！　こっちだって、例の件では世話になったのだからね！」

フルブニルさんは大げさに身振り手振りして言います。

「さっきも言ったが、俺っちはシュリの菓子を楽しみにしてるからね！　ああ、そっちの君に期待してないって意味じゃないんだよ。もちろん、君もオリトルの職人だ。期待させてもらうよ」

「ありがとうございます」

ミナフェは頭を下げてそう言いますが、横目では僕を睨《にら》みつけていました。視線だけで僕を殺せるんじゃないかってくらい、怒りが浮かんでます。

「……だよなぁ。判定人が明らかに僕寄りだもんなぁ。怒りたくなるよなぁ……」

誰にも聞こえないくらい小さな声で、僕は呟《つぶや》きました。だってさ、明らかにこの人たち、僕の料理を食べ慣れてるんだもん。僕の料理を楽しみにしてくれてるんだもん。

相手にとってみれば、ただただ当て馬にされてるようで気分が良くないだろうね。僕でも怒る。判定人が明らかに相手に有利だとして変更を求める。

だけどそれを言うこともできない。失念しがちだけど、この人たちは王族だ。それも大国。広い領地、高い経済力と技術力などを持つ、国力がとてつもなく大きな国のトップの人たちなんだ。

そんな相手に交代をお願いしたら、不敬とかで手打ちにされてしまうかもしれない。この人たちがそんなことをするとは思えないけど、そんなことが横行しかねないのもこの戦国時代の戦乱真っ只中の世界なんだ。軽く口にできないよ。

「で、ガングレイブさんたちはなぜ壁際でこっちを見てるんですか」

僕がテビス姫たちの反対側の壁を見れば、ガングレイブさんたちが勢揃《せいぞろ》いしてこっちを見ていました。全員が明らかに不満そうな顔か、なんとも言えない悔しそうな顔か、悲しそうな顔をして。

「俺は悲しい」

ガングレイブさんが悲しそうな顔をして首を振りました。

「こんな集まりに関して、俺はシュリから何の報告も受けなかったことが悲しい」

「ごめんなさい」

そういえばガングレイブさんに言うのを忘れてたよ。腰を直角に曲げるくらいに頭を下げて謝ったけど、明らかに許されてないんだよ。

顔を上げてちらと視線をそちらに向ければ、相変わらずガングレイブさんは悲しい顔と、僕を恨むように見る目のセットでこっちを非難してくる。

「俺は、シュリには信頼されてると思ってた」

「し、信頼してます」

「そうか？　それにしては重要なことが何も伝わってないのだが……これは俺が忘れてるだけなのか？」

「ごめんなさい」

「俺は記憶力がとても良い方だと、むしろこの中では飛び抜けて記憶力が良いと思ってる。それを扱う知性や知力に関してはまだ修行中なのは残念ながら否《いな》めない。すまんがな」

「そんなことは決してありません」

こ、これは困った……完全にガングレイブさんが拗《す》ねてる。

「それにしてはなぁ……思い出せないんだよ」

「何がでしょうか……」

「お前から、こんな催し物をするなんて報告をされた覚えが、昨日から今日の今に至るまで、全くないんだよ。おかしいな。信頼してくれてる。記憶力は良い。なのになんでだろうな？」

「本当にすみませんでした」

くそ、面倒くさい拗ね方をしてやがる……！　こっちの良心にチクチクと刺さるような物言いだ、胸が痛い！　そして正直ウザいな!!　ですが、その隣に立っていたクウガさんが呆《あき》れた顔をしながら腕を組み、食堂から出ようと足を動かします。

「くっだらんわ。ガングレイブが火急の用件ちゅうから来てみたら、ただ単に料理の勝負やないか。ワイは行くぞ、稽古《けいこ》をする」

「クウガは、シュリの作る菓子に興味がないの？」

その背中に、リルさんが声を掛けました。

しかしクウガさんは立ち止まらず、手を上げてプラプラと振っています。

「そんなもん、いつもシュリの旨い飯を食わせてもらっとるんやからええわ。明日は要望を出してたアジフライの日やからな、久しぶりに。今から汗を流して腹を空《す》かせて、アジフライを堪能できるように下準備をせにゃあな」

え、そんな理由で稽古をしてたの？

「その気持ち、よくわかる」

わかるの？　そんな納得した表情を浮かべるほどわかるのリルさん？

「自分の好物をシュリが作ってくれるなら、美味《おい》しくいただく準備をせねば」

「そゆことや。じゃあな」

そのままクウガさんは食堂から出ていってしまいました。

楽しみにしてくれることを喜べばいいのか、それともそこまで情熱や執念を見せるクウガさんとリルさんに恐怖を抱くべきなのか。リルさんはクウガさんの背中を消えるまで見つめて「あいつもわかってんな……」みたいな玄人《くろうと》の顔をしてるし。どうすりゃいいんだ。

「わっちは残るぇ」

「アサギさん？」

アサギさんは煙草《たばこ》の吸い殻を小さな吸い殻入れの壺《つぼ》に捨て、新しい煙草を煙管《きせる》に詰めて用意しています。

「シュリは優しいから、わっちらの分も用意してくれるでありんす。きっと」

「ええ……？　多分、量が足りないかと」

「じゃあわっちもええわ。シュリの菓子が食えんならここにおってもしゃあないぇ」

そのままアサギさんは煙管を懐にしまい、さっさと食堂から出て行ってしまいました。

その行動力、尋常じゃなさすぎる。

「アタイもいいわ」

「オルトロスさん？」

「この場にいる顔ぶれを確認するために来ただけだから。顔は覚えたわ」

「……顔を覚えてどうするんですか？」

僕が恐る恐る聞くと、オルトロスさんは僕の耳元に口を寄せてきました。

「どうすると……思うのかしら……？」

「ひぇ」

思わず身震いしてビビってると、オルトロスさんは楽しそうに笑いながら去って行きました。その後ろ姿に、なんか覇気《はき》が宿ってるのがわかる……怖い。

「オイラも帰っていいっスか？」

「おや、テグさんも」

これは意外でした。テグさんも申し訳なさそうに出て行こうとします。

なんかテグさんは残るかと思ってたんですけど。こういうのを傍《はた》から見て楽しむ方だと思ってたんですけど。

「テグさんは、こういうのを楽しむと思ってました」

「その通りっスよ！　オイラだってこういうバカ騒ぎは好きっスから！　でもね」

テグさんは本当に申し訳なさそうな顔のまま言いました。

「先日の偽親《にせおや》騒動の後始末、もうちょっと残ってるっス……」

「それはお疲れさまです。では余った材料でテグさんの分、作って持って行きますね」

「助かるっス」

「そういうことならわっちだって残るぇ!!」

「わ、驚いた」

食堂から去ったはずのアサギさんが、必死そうな顔で戻ってきました。どこにいてどうやって話を聞いて戻ってきたの？　それとテグさんは嫌そうな顔をして言いました。

「シュリはオイラのために余った材料で作ってくれるって言ってるっスから、そこでアサギが出てくる理由なくないっスか？」

「余りで作るなら、わっちだって欲しいぇ！」

「オイラの分だけっス！」

「わっちは諦めない！」

「まあお待ちください」

顔を近づけて威嚇《いかく》し合うテグさんとアサギさんの間に、カグヤさんが割り込みました。

まぁまぁ、と二人を宥《なだ》めるようにして落ち着かせています。

「そんなに喧嘩《けんか》をしていてはシュリも困ってしまいます。ここで争っても仕方がないでしょう」

「わっちだって食べたいぇ、シュリのお菓子！」

「オイラもっス！」

「大丈夫です」

カグヤさんはこちらに視線を向けて、

「どうせシュリのことだから、全員分用意しますよ」

と、言っちゃってくれたのです。え、困ったな……そんなに食材を用意してなかったような……後で食材を確認しないと……。ここで「そんなに食材はないです」なんて言ったらまたテグさんとアサギさんが騒ぐだろうし……仕方ないな。

「わかりました……用意できるだけ用意します」

「それならわっちは文句ないぇ」

「オイラもさっさと仕事を終わらせて戻ってくるっス！　じゃ！」

アサギさんは改めて煙草《たばこ》の用意を始め、テグさんは食堂から走って去って行きました。

ようやく騒ぎが収まったよ……勝負前になんでこんなに疲れないといけないんだよ。

「ガングレイブ、あなたはどうしますか？」

「俺もすまんが仕事があるから執務室に戻る」

「では私も一緒に」

ガングレイブさんとアーリウスさんは話し合い、どうやらここに残らないみたいです。

「え？　ガングレイブさんは残らないんですか？」

僕が思わずそう聞くと、ガングレイブさんは疲れたような顔をして言いました。

「言うべき文句は全部言ったし、菓子は後で作ってもらえるし、俺も仕事が残ってる。となればここに残る理由がない。あとはアサギとカグヤに任せる。」

「任されたぇ」

「わかりました」

「リルは？」

「お前は食べるだけだろ。それに」

ガングレイブさんは溜め息をつきながら、困ったように頬を掻《か》きました。

「本来なら一番にここにいるだろうエクレスとギングスもいないだろ？　あいつらも仕事が詰まってて、泣く泣くここに来るのを諦めてるんだよ。なのに俺までここに残ったら、あいつらに文句を言われるじゃあないか」

「ああ、なるほど」

言われて気づいたんですけど、確かにここにエクレスさんがいない。いつも一緒にいようとする人なので、いないとなんか違和感がありますね。

「ということだ。あとは任せた」

それだけ言うと、ガングレイブさんとアーリウスさんは食堂を去ります。

なんか、応援してくれると思ってたよ。漠然と。

僕は思わず悲しそうな顔になっていたのでしょう、カグヤさんが近づいてきました。

「シュリ。ガングレイブも仕事があるのです。仕方がございません」

「まぁ、そうなんですけど」

改めて言われるとしょげますね。仕事も大変だけど、応援にはガングレイブさんがいてほしかった。そんな僕の内心を見抜いたのか、カグヤさんは噴き出します。

「ガングレイブは、信じてます故」

「？　何をです」

「どうせシュリが勝つと。だから応援の必要はないと思ってるのでしょう」

なんという信頼。僕は思わずガングレイブさんが去って行った方を見てしまいました。

もう姿はありませんが、カグヤさんの話を聞いた後だとこう……信頼しているから任せるみたいな意思が伝わってくるような気がします。

僕は胸に手を当てて気持ちを高揚させる。よし、やるか！

「なら、当然のように勝って、当たり前のように戦勝報告をしましょうか」

「その意気でございます、シュリ」

「よし！」

僕は気合いを入れて両頬を叩《たた》き、気を引き締めます。期待してくれてる人がいるなら、それに応えてみせましょうぞ！

と、気合いを入れ直していたら、服の裾を引っ張られました。

「どうしました、リルさん」

そこには無表情のまま僕を見るリルさんが。なんだよ？

「リルは最初から信じてた」

「？　何を、ですか」

「きっとリルたちの分もあるって」

ゾワッとした。リルさんの笑みに、恐怖を感じる。

これは、信頼じゃない！　要求だ！　食わせろって要求だぞ！

「了解です」

怖いから逆らわんとこ。

どうやらミナフェ側もいろいろ話をしていたらしく、テビス姫たちとゼンシェさんから何か言われたらしいミナフェは僕を見ました。強い目だ。これからこの人と競うわけだ。

「やる気は出たっちか？　自分は十分出てる」

「僕も同様です。やる気に満ちあふれています」

「じゃあ、やろうか」

「ええ、やりましょう」

僕とミナフェは視線をバチバチと交わして、互いにやる気を引き出します。

「では、両者ともにやる気は出たようじゃな」

そんな僕たちを見て、テビス姫たちは楽しそうにしています。

「なら、開始としようか。制限時間は特に定めぬ」

「え？　いいんですか？」

「そりゃそうであろう」

僕の問いに、テビス姫は厳しい顔をして答えました。

「シュリが言ったのじゃぞ。お客様が待つのならすぐにお出しするのが料理人であるとな。そのため、『店で出す菓子』として店と同じように下ごしらえまでは認めると事前に伝えておったはずじゃが」

「あ」

　そういえばそんなこと言ってた。いかんいかん、自分で言ったことだ、忘れてどうする。しかも僕だって食材の選定も下ごしらえもやってるじゃないか。何をボーッとしてたのか。ダメだな、この調子じゃ何かミスをする。

　気を引き締め直さないとな。

「じゃから、制限時間は定めぬ。しかし、妾《わらわ》たちは判定人であり客でもある。ならば妾たちが待ちくたびれるほど、長時間菓子作りをしてもらっては困る。早く、上手に、旨く作ること。これが採点基準じゃな」

「それいつ決めたんです？」

「昨日、シュリと別れた後にすぐに全員で集まって、話し合って決めたわ」

「やっぱり皆さん暇してません？　本国に帰って仕事しなくていいんですか？」

　僕がそう聞くと、全員がそっぽを向いて無視しました。

　間違いねぇ、こいつら仕事をサボってやがるな！　いい気なもんだ！

　しかし、それに対してミューリシャーリさんが溜め息をつきました。

「そうなのよね。一応、国から書類やらなんやらは持ってきて、ここでできる仕事はしているのよ」

「あ、そうだったんですか」

「でもね」

ミューリシャーリさんは鋭い目でトゥリヌさんを睨《にら》みました。

「この人、トゥーシャの世話とあなたの料理を食べるのに夢中で、まともに仕事してくれないの。困ったもんよね」

「そ、それは……」

トゥリヌさんは戸惑ったように狼狽《うろた》えていますが、さすがにそれに弁明できないので、ミューリシャーリさんの唐突に始まった説教を止めることができません。反省しろ。

そんな二人をほっぽって、僕は改めて他のお三方を見る。

「で？　皆様はちゃんと仕事してるんです？　こんなことをしてる場合ですか？」

「こんなこととはなんだっち！　自分とお前の真剣勝負だろぅ！」

「ミナフェはちょっと静かにしてましょうねー」

僕がミナフェの怒りを受け流しながら言うと、三人ともそれぞれボソボソと言い始めました。

「……妾《わらわ》はここに来るまでに、緊急の仕事と予定にあった仕事全部終わらせたもん」

「……俺っちは持ってこられる仕事は持ってきて終わらせてる」

「……アタシはここに来るのが仕事みたいなもんだし、ちゃんと稽古《けいこ》はしてる」

「ハッキリ大きな声で言えないところを見ると、ちゃんとヤバいって自覚し始めてるんだなと思うね」

三人ともボソボソ話すから、これは何かを隠してるな。確実に隠してる。僕がジトーッと見ても、三人ともさらに目を逸《そ》らして黙りこくるのみ。

これは、後で側近の方々にちゃんと怒ってもらおう。そうしよう。

「この勝負が終わったら、ちゃんと仕事をしてくださいね」

「勝負が終わるまではしなくてよいかの!?」

「何を期待してそんなことを言うのか知りませんが、とりあえず勝負を開始しましょう。話が終わらん」

いつまでもこの人たちの勤務態度について突っ込んでたら、話が終わらんわ。

「そういうことなのでミナフェ。締まらない始まり方ですが、僕は勝つつもりでいきます」

「自分も負けんっちね」

「では」

「おう」

「「始めるか！」」

僕たちは同時に厨房《ちゅうぼう》へと入り、所定の場所に就きます。事前に材料を選定し、下ごしらえまではしてる。テビス姫の言うとおり、あとは仕上げをするだけの状態です。

僕は早速用意した材料で残りの作業をこなそうとしながら、横目でミナフェの方を見る。彼女が何を作り、何を用意したのか。料理人としてとても気になっていたからです。

しかし、彼女がしたことはかまどで大鍋に火を入れながら中身を混ぜるだけ。それだけです。

下ごしらえまでのはずだが……いや、これはまさか……。

「この匂い、ちらと見える鍋の中身……まさか……！」

この匂い、あの中身、見覚えがある。確かにあれなら、あとは火にかければ仕上げになる。僕が作ろうとしているものに比べて、遥《はる》かに労力は少ないし早い！

しかしこの世界でまさかそれを見るとは、そしてその食材があるとは！　いったいこの世界はどうなってるんだ！　山岸《やまぎし》くんと同じように、食材を持ってこの世界にやってきた人間が他にもいるってことか！

「ミナフエ、その中身はもしや」

「お？　シュリ、これがわかるっちか？」

ミナフェは驚いた顔をして僕を見ました。

「これは自分が食材から研究開発し、ようやく形になったものだっち。ミトス様に供するために用意していたものを、まさかここで使うことになるとは思ってなかったけどね。それよりなんでシュリがこれを知ってる？」

「それは、僕の故郷でも作られていた菓子だからです」

そう、菓子だ。菓子なんだけど、菓子と言っていいのかどうかわからない。

とある県で作られているのを知り、僕も試しに作ってみた一風変わった料理。

「まさか……特別甘い芋を用意できたのですか」

僕が作業を進めながら聞くと、ミナフェはニヤリと不敵に笑いました。

「ククク！　まさかこれを先に開発している国があるとはな……！」

いや、この世界じゃなくて日本なんだけど。具体的には茨城《いばらき》県。

内心ツッコミたい気持ちを抑え、僕は言いました。

「こっちこそ驚きですよ……それを作るには、特別甘くて上等な芋を上手に焼いて熟成させ、上等な牛乳とかを使わないといけないはずなのに……！」

「わかってるようっちね……！　しかし、自分が先に完成させたという自負はあるっち！　この」

ミナフェは杯に、その飲み物のような菓子を入れました。

「飲む甘い芋はな……！」

やはり、『飲む焼き芋』か！

知ってる人は知ってると思うのですが、茨城県には『飲む焼き芋』という、一風変わったお菓子というか料理というか、ジュース？　があります。

これはサツマイモの中でも、熟成させて特別甘くてねっとりしっとりとなったものを使い、牛乳と、場合によっては蜂蜜を加えて作ります。

作り方は簡単に言えば、焼き芋と牛乳をミキサーにかけて滑らかになるまで攪拌《かくはん》したって感じです。凝るならもっと手間をかけるし甘めが好きならここで蜂蜜を入れたりするぞ。

そうしてできるのが、砂糖が全く使用されていないノンシュガードリンク。熟成させた芋の濃厚な甘さと滑らかな口当たりがクセになる、すっごい美味《おい》しい飲み物なのです。

ちなみに実際飲むなら、温かい方をオススメしとくぞ。僕は温かい方を並んで買って飲んで、凄《すご》い！　と思ったので。冷たい方も美味しいには美味しいのだけど、僕は温かい方が好みでした。

しかし、そんな飲む焼き芋が異世界にあるとは……！　しかもそれを、全く事前に知識がない独学の状態で作るとは!!

このミナフェという人物……僕が思っているよりも遥《はる》かに凄い人なのかもしれませんね！

警戒レベルが最大級まで上がりましたわ！

「そしてこれ、自分はもうできあがりっち！　じゃあね、シュリ！」

どうやら仕上がったらしい鍋を持ち、ミナフェはさっさと食堂の方へと戻っていきました。その横顔は勝利を確信しています。

まだだ。先に出されたけど僕もまだ負けてない。ここから挽回《ばんかい》してみせる！

僕が作るのは、ウ・ア・ラ・ネージュというお菓子です。

これも一風変わったお菓子でして、簡単に言うとメレンゲを茹《ゆ》でた菓子です。

なんのこっちゃと思われるかもしれませんが、まるで雲か霞《かすみ》を食べてるかのような錯覚をする、そんなお菓子です。

ちなみにこれ、フランス語なんだけど日本語にすると卵の泡雪……みたいな名前になる。

さて作っていきましょうか。

材料は卵白、砂糖、塩、ドライフルーツ、卵黄、牛乳、バニラエッセンスです。

「これ、作るのに苦労したし……たまたま見つけたときには驚いたなぁ」

この異世界で作ったバニラエッセンス……こいつを見つけたときには驚いたものです。

そもそもバニラエッセンスの素となるバニラってのは、メキシコとかに生えてる蔓性《つるせい》植物のことです。元々のバニラには香りがありません。バニラエッセンスってのは、このバニラから採取したバニラの豆を使ってるのですが、普通の状態では無臭です。

だけど、このバニラの豆をキュアリングと呼ばれる発酵・乾燥を繰り返すことで、初めて独特の香りが出てくるわけですね。これがバニラビーンズってものです。

これ苦労したなぁ……なんせ発酵・乾燥に関してはほぼ手探りでした。修業時代に話に聞いていただけで、さすがにバニラビーンズの試作はしたことがなかった。

だけどたまたま上手くいった数本のバニラビーンズを今まで保存し、長さを半分にカットしてからナイフで裂いて強い酒に漬け込んで、三か月寝かせてました。

そしてできあがったバニラエッセンス……とうとうこいつを使うときが来た。

さて、では調理を開始します。

まずは卵白を泡立ててメレンゲを作ります。しっかりと泡立てるためには、砂糖を加えるタイミングが大切で、結構泡立ってからです。二～三回に分けて加えましょう。塩は味付けだけでなく、少し入れることで、しっかりと泡立ちます。

いいかい？　メレンゲ作りのコツは、卵白は冷やしておくこと、器と泡立て器をよく洗って油や水気をちゃんと取ること、そして砂糖は一度に入れず分けて入れることだぞ。卵白は冷やしておけばきめ細かな泡に仕上げやすいけど、油や水気が混じると泡立てにくいし、砂糖に至っては一度に入れるとメレンゲが上手くできないからな。

僕が修行していた初めの頃の失敗でいえば、卵白を冷やさなかったうえに僅かな卵黄が混ざってしまって「まあなんとかなるだろ！」とか短絡的に考えて、ひたすら混ぜてもメレンゲにならなかったって苦い思い出があるんだぜ……！

そのときのオカマ師匠の怒りっぷりは凄《すさ》まじく、ギャンギャン怒られて泣いたよ。

さて、メレンゲが泡立ったところでドライフルーツを加えます。泡をつぶさないようにサックリと混ぜ合わせます。　あくまで食感のためだからね。

次にお玉に薄くバターを塗っておき、作ったメレンゲを球状に盛り付けます。

ちなみにお玉は冷やしておきます。こうするとお湯に入れた時にメレンゲが剥《は》がれやすくなって調理しやすいんだよ。

そしてお湯を沸かし、お玉ごとメレンゲを入れます。このときメレンゲはお玉から剥がれて浮きますよ。もしあったらレモン果汁……レモンジュースとかをお湯に加えたら、より固まりやすくなったりするぞ。

そのまま静かに茹《ゆ》でて熱を通す。茹でると元の大きさよりちょっと大きくなりますので、あとは熱が通ったらひっくり返して反対面も茹でます。

茹で加減の確認は表面を指で軽く押してみて弾力があれば十分です。ちなみに加熱不足だとしぼみます。

あとは清潔なふきんなどの上に置き　水分を取って冷やします。

さて、次は表面にかけるカラメルを作ります。砂糖と水を使いますよ。

材料を鍋に入れて火にかけて混ぜ、色が付いたところで鍋ごと水に浸けて、焦げたり必要以上に色が付くのを防ぎます。

できたカラメルをメレンゲの表面にかけます。模様を描くように綺麗《きれい》にかけようね。

最後にアングレーズソースを作りましょうか。

アングレーズソースってのはカスタードソースの一種で、小麦粉を入れないからとろみが少ないのが特徴ですね。

まず卵黄に砂糖を入れて混ぜる。そこに人肌程度に温めた牛乳を少しずつ加えてよく混ぜましょう。

これらを鍋に移して弱火にかけて混ぜながら温め、少しとろみが付いたら、すぐ火から下ろす。そして漉《こ》しておきましょう。余熱でさらに火が通ってしまうのを防ぐためです。

冷めたらここにバニラエッセンスを加える。うーん、良い香りだ。

できたアングレーズソースを深めのお皿に入れ、メレンゲを中央に乗せてウ・ア・ラ・ネージュの完成だ！

「……やべ、時間かかりすぎたかも……」

一通り作り終えてみれば、ミナフェよりも時間は遥《はる》かにかかっている。作り終えて並べられた菓子を前に、僕は焦りが出てくる。

ここまで時間差ができてしまっては、判定人の皆さんの心証が悪いのではないか、と！

しかし作り終えてしまい、時間はもう戻らない。残りの仕上げそのものに行程が多すぎたんだ。ミナフェがまさか、あとは温めるだけで出来上がりの飲む焼き芋を出すなんて、全く思いつかなかった。

「だけど、まだ……！」

僕は皿を持ち、食堂を出る。食堂ではミナフェが自信満々の顔で、飲む焼き芋を他の皆さんに振る舞っているところでした。

いや、あの様子だとおかわりまでしてるんだろう。ちらと見えた鍋の中身が、かなり減っていることからわかる。ここから巻き返せるか？　いや、大丈夫だ。

僕は気合いを入れ直し、テビス姫たちの元へ向かいました。

「お待たせしました、皆さん」

「おお、ようやく来たか！」

テビス姫は喜色満面で、杯に入れられた飲む焼き芋を飲み干しました。

それに釣られたように他の人たちも飲み干し、杯を机の上に置きます。

それを見たミナフェの顔が、ほんの少しだけ曇ったのを僕は見逃さなかった。

おそらく彼女は、自分の菓子よりも僕の菓子の方が心待ちにされていたんだと、ショックを受けているんだと思う。その辛《つら》さはよくわかる。

でも勝負である以上は、僕だって勝ちたいんだ。

「皆さんにお出しする僕の菓子は、こちらです」

僕が皆さんの前に菓子を差し出すと、全員が不思議そうな顔で皿を見つめました。

まあ、傍《はた》から見たら黄色いソースの上にさらに褐色のカラメルがかけられた、よくわからない白い塊《かたまり》ですからね。

「シュリ？　これはなんぞや？」

テビス姫が、僕とウ・ア・ラ・ネージュの間で視線をキョロキョロと、行ったり来たりさせています。

他の面々も同じ感想を抱いているらしく、いろんな角度から見たり匙《さじ》でつついてみたりしていました。まあ、見たことはないだろうな。

僕も地球の日本にいた頃、修行中に一度だけしか見たことがありませんでした。

修業先の師匠が一度だけ作って食べさせてくれた思い出の料理。名前も調理方法も教えてもらえず、ヒントは食べた感想だけ。それだけを頼りに本やネットで調べ、ようやく見つけたのがこれでした。食べたときに受けた衝撃は、三不粘《サンブーチャン》以来でしたね。

「これはウ・ア・ラ・ネージュと呼ばれるメレンゲのお菓子です。どうぞ、楽しんでください」

僕がそう進めると、皆さんおずおずと食べ始めました。得体の知れない、見たことのない料理、食べたことのない菓子……それに対する恐れが見える。

しかし、食べた直後に全員が驚愕《きょうがく》の表情を浮かべます。

「うぉ……」

「これは……」

フルブニルさんとミトスさんの口から漏れる、言葉にならない賞賛の声。

「なんじゃこれ？」

「不思議……」

トゥリヌさんとミューリシャーリさんから出る不思議そうな感想。そして、

「これは……妾《わらわ》は霧《きり》か雲でも食べておるのか？」

テビス姫の驚きと共に出た笑み。そしてもう一度匙で菓子をすくい、口に運びました。

嚙《か》む必要のない菓子なので、テビス姫の口はあまり動きません。

ただ舌の上で転がして、二度三度噛んで、そして飲み込む。

「干した果物が僅かに口に残ることが、この菓子が口の中にあった証明みたいなものよ！なんということよ！　この菓子、まことに口に残るのは味と果物のみか！」

「ほんとう……すごい……」

テビス姫の横で、ミトスさんも驚きのあまり手のひらを打ち合わせています。

「三不粘もすごかったよ……あれも口にしたことのない舌触りと食感だった。とても新鮮だった。

だけどこれは違う。メレンゲを構成する泡の形を口の中いっぱいに感じる！　こんな食感は、今まで出会ったことがない！　口の中にふわっと広がったと思ったらフッフッと泡が弾けて消える！　確かに味はする、風味もある、この敷いてあるソースの味もしっかり

とあるし、食感の補強に加えられた干し果物の噛《か》み心地と味もある！

でもやっぱり、このメレンゲの食感が口の中に広がっては、泡に舌が包まれる！　こんなのは初めてだよ！」

「んー、俺っちとしては……これは本当に不思議な食感すぎて困る……」

「あ、それは俺も思ったわ」

驚くミトスさんでしたが、フルブニルさんとトゥリヌさんは何か複雑そうな顔をしてウ・ア・ラ・ネージュを食べ続けていました。

「美味《おい》しいんだよ、俺っちだってそう思う……だけど、これは……」

「そうなんだよ。歯ごたえも噛み心地も、なんか物足りなさすぎて口の中が迷子になってる感覚がある」

「やっぱり？　なんか、顎の所在に困る感じがする」

まあ、その感想は僕も予想してましたので平静でした。

歯応えってのは、食事において重要な要素です。顎に跳ね返る食材の噛み応え。

柔らかい、心地よい、固い、粘り、滑らか、脆《もろ》い……でもこの菓子はいわば〝弾けて溶ける〟もの。

口の中に残るのは風味と味、それとわずかなセミドライフルーツの食感、それらを包んでいたメレンゲの泡の感触だけという菓子です。

「この菓子は、まさにその儚《はかな》さを表した菓子でもあります」

僕はトゥリヌさんとフルブニルさんに言いました。笑みを浮かべ、かつて修業時代に数多く出会った難しい気性のお客さんにするように、料理の説明を丁寧に、

「この菓子は卵白を泡立てて作るメレンゲに干し果物を加え、茹《ゆ》でたものです」

「茹でる!?」

しようとしたところで、隣にいたミナフェが驚いた声を出しました。驚いたよ、こっちも。なんだよ。

「ええ、茹でました」

「バカな！　ありえないっち！　どうやってそんなこと!?　いや、メレンゲをどうやって湯に浮かべると!?」

「湯にあらかじめ、レモンの果汁を加えておけば固まりやすくなります。お玉を使ってメレンゲの形を作りながら整え、湯にゆっくりと漬けると、メレンゲはお玉から剥《は》がれて浮きます。あと、お玉は事前に冷やしておけばさらに剥がれやすくなります」

僕がそう説明すると、ミナフェは驚愕《きょうがく》に目を見開いたままブツブツと呟《つぶや》いていました。

まるで信じられないものを聞いて、実際にそれを目にしたかのような様子。

「ありえない……メレンゲを茹でるなんて発想、普通はしない……お菓子に入れる材料のようなものを、ここまで主菜として盛り立てるなんて……」

さて、固まっちゃったミナフェはほっとこう。ちなみにゼンシェさんは何か、ドヤ顔で頷《うなず》いている。なんでかは知らない。「さすがはシュリ殿。私が認めた料理人」とか呟《つぶや》いてるようだけど、はっきりとは聞こえない。

もう一度フルブニルさんとトゥリヌさんを正面にとらえ、咳払《せきばら》いを一つ。

「おほん……と、説明したとおりの手順を使ってまずメレンゲを仕上げ、そのあとはカラメルを作って表面に掛けて、味にアクセントを加えます」

「ああ、この茶色いのがそうなんだね！　弾けて溶けて消えるような泡の感覚に甘さと、それを強調するように添えられたほどよい苦みはそれなのか！」

「はい。そして、下にはアングレーズソースを敷いています」

「アングレーズソース？」

「はい。これは卵と牛乳で作るソースです。こういう菓子にはとてもよく合います」

僕の説明に、トゥリヌさんとフルブニルさんは納得したように頷きました。

「なるほど……幾重《いくえ》にも重なった旨さと、それを邪魔せずに潔《いさぎよ》く消える菓子、か」

「じゃけんど、いかんせん食感と量がないのが俺の不満点じゃの！　それ以外は満点じゃ！」

良かった、満足してくれたか。

だけど、トゥリヌさんの隣に座っていたミューリシャーリさんは、ずっと難しい顔をして、ソースを舐《な》めていました。

「シュリ、一つ聞いていい？」

「はい。なんでしょうか」

「今聞いた調理法だと、どうしてもわからないことがあるんだけど」

ん？　どういうことだ？　僕が不思議そうな顔をしていると、ミューリシャーリさんはアングレーズソースを指さして言いました。

「これ、とてもそれだけじゃ説明できないような良い香りがする。今まで嗅いだことのない香りと風味だけど、それがこの菓子とソースの二つの風味を繋《つな》げてさらに味を良くしてる感じ……がすると思うんだけど……だめ、わかんない」

「ミューリシャーリも感じておったか。知らぬのも無理はない、妾《わらわ》もわからなんだ」

テビス姫が難しいような、悔しそうな顔でソースを匙《さじ》でつっつきます。

「確かに今、シュリが説明してくれた内容では納得できぬ何かがこのアングレーズソースとやらにある。味ではない、まさに風味よ」

テビス姫はアングレーズソースを匙ですくい、舌先に乗せました。

それをゆっくりと口の中へ運び、慎重に口の中で転がします。風味を味わい、香りを確かめ、何であるかを知るために。

しかし、テビス姫は残念そうに微笑《ほほえ》みました。

「ダメじゃ、妾《わらわ》でもわからん。何が使われておるのか、さっぱりじゃ」

その様子を見てから、僕は後ろで手を組んで背筋を正し、目を閉じて答えました。

「これは僕がとある花から作った香料です。バニラエッセンスといいます」

「バニラ……エッセンス？」

「はい」

目を閉じたまま制作過程を思い出し、わかりやすい言葉を選びながら僕は続けます。

「このアングレーズソースには、僕が作ったバニラエッセンスが入っています。僕の国の名前で、バニラと呼ばれる蔓性《つるせい》の植物の花を加工した香料です」

「なんじゃ、それは」

「これですね」

僕は懐に用意していたバニラエッセンスを取り出しました。

透明な酒の中に漂う茶褐色の物体を見て、テビス姫の眉がピクリと動きます。

「それが、その、バニラエッセンスというものか」

「はい。バニラの花から種を収穫し、キュアリングと呼ばれる処理で発酵、乾燥を繰り返し、香りを出していきます。

そして香りが出たバニラ……それをバニラビーンズと呼びますが、そのバニラビーンズを強い酒に漬けることで、バニラの香りが移ったこのバニラエッセンスが作られます」

「キュアリングとはなんじゃ？」

「簡単に説明します。まず収穫したバニラの種……莢《さや》を数日、日陰に放置します。そしてお湯を沸かし、これにバニラを入れます。温度はそんなに高くなくていいです。時間もそんなにいりません。時間がきたら、バニラの莢を引き上げてお湯を切り、水気を取って毛布に包み容器に保管。そして日の当たる時間にバニラを出し、雨に濡れないようにしておきます。これはバニラの温度を上げるためで、乾燥させるためではないです。こうすると発酵が進むんです。

　これを何週間も繰り返すとキュアリングが完了し、香りのあるバニラビーンズができあがります」

　僕が一気に説明を終えると、みんなが呆気《あっけ》に取られた顔をしていました。

　正直、僕は内心でしまった！　と思いましたよ。

　なんせ、話した内容はあくまで知識よりのものです。僕も繰り返し行うことで実践は経ていますが、まだ誰かに教える段階じゃない。それなのに中途半端な知識だけを教えることになってしまって、ちょっと申し訳が立たないなと思ってるんです。

　しかし、そんな僕にミナフェが駆け寄ってきました。

「バカな、バカな！　そんなバカな！　そんな方法でそんな、テビス姫様の食の知識にないような香り豊かな香料が作れるなんて、嘘《うそ》っち！」

「嘘《うそ》じゃないですよ、ほら」

僕はバニラエッセンスの瓶《びん》の蓋を開けると、ミナフェに差し出しました。

「嗅いでみてくださいな」

僕がそう言うと、ミナフェは僕の手から瓶を奪いました。

思わず取り返そうと手を伸ばしますが、ミナフェは慎重に香りを嗅いでいます。

どうやら瓶を壊したり無体にしたりする様子もないので、置いておきましょ。

「シュリ」

そうして安心していると、僕の隣に来たリルさんが険しい顔をしています。

「どうしました、リルさん」

「それ、あんまり他国の人間に言っていいことじゃない」

「え？　なんでですか？　まあ僕もまだ試作で完璧に作れるわけじゃ」

「あのね。それはこの領地で取れて作れるなら、新しい商品というか金づるになる」

金づるって。嫌な言い方だな。思わず僕はムッとしました。

「金づるとは、なんか嫌ですね」

「嫌だろうが何だろうが、シュリの意思を離れてるでありんすぇ」

そんな僕に、煙管《きせる》に煙草《たばこ》を詰めながらアサギさんが言いました。

「あのテビス姫も知らない食用香料……他国のお偉いさんによく売れるぇ」

「売れる、ですか」

「シュリとて料理人。商売の心得はありんしょう？　料理における商売の大切さ、よくわかってるはずやぇ」

アサギさんが煙草に火を付けるうちに、僕は気づかされました。

そうだ。僕は料理人だ。しかし、料理人であるからには美味《おい》しい料理を作るだけじゃないんだ。そもそも、なんで僕は料理人を目指した？

決まってる、父さんの店を継ぐためだ。そのために様々な店の味、調理法、経験、そして商売の心得を学んでいたんじゃないか。

売れ筋料理の売り方、作り方、宣伝の仕方、食材の仕入れに原価率、その他諸々《もろもろ》……。

全く、僕はそれを活かせていないじゃないか。すっかり忘れてた。

「すみません、すっかり失念していました」

「そうでしょうね。ワタクシから見ても、シュリのそれは酷《ひど》く拙《つたな》かった故」

カグヤさんもまた、呆《あき》れた顔をしています。そして、指をとある方向に向けます。

「ほら。新しい商売のタネを見つけた人たちが沸き立っています」

その指の方向を見ると、僕はちょっと困ってしまいました。

テビス姫たちが、政治をする顔になってる。

「オリトルでこれを取り入れられる？　ゼンシェ」

「まずバニラとやらを見つけ出すところからだと思われます。作り方は……聞いたとおりならば、研究と試作を続ければじきに結果は出せるかと」

「よし。ミナフェ、菓子の感想は？」

「っ、言葉も、ありません」

ミトスさんたちはそう相談していました。

「俺っちのところでやるなら……工場式農場でバニラを栽培するところからだね。バニラを見つければ研究量産もすぐかな」

フルブニルさんは宙空を見つめながら、思案して呟《つぶや》いています。

「ミューリシャーリ、このバニラってやつを見たことは？」

「ごめん、あの茶褐色の莢《さや》だけだと原型がわかんないかも……」

「じゃろうな。俺もあんな茶褐色の莢……いや、元の色もわからない莢からじゃ、元の植物はわからんじゃ」

トゥリヌさんとミューリシャーリさんは互いに相談し合って、バニラを見たことがあるかの確認をしていました。

僕はそれを見て、改めてやらかしたことを悟りました。

ああ、僕はこういうところがあるんだ。元の世界……地球での常識だから、軽率に簡単に技術を流出させてしまう。

「う……反省します」

「本当だよ」

「全くでありんす」

「反省してください」

「ちょっとは慰めてもらってもいいですか？」

僕が思わず反論しても、三人とも素知らぬ顔をするばかり。クソ、味方がいない。

「シュリよ」

そんなときに、テビス姫が僕を呼びました。

僕がテビス姫の前に立つと、テビス姫は難しい顔をしています。

「いくつか聞こう。このバニラエッセンスとやら、今はどれだけある？」

「今はまだ、ミナフェが持っている分しかありません」

「他の者が作るような予定は？　量産の計画は？」

「ないです」

「ではこの菓子……ウ・ア・ラ・ネージュは他の者も作れるか？」

「いえ、僕はここでは初めて作ったので、他の人には教えてません」

それだけ言うと、テビス姫は額を押さえて困った顔をしました。

「そうか……」

なんだ？　このテビス姫の苦悩の様子はどういうことだ？

気になって思わず聞こうかなと思ったら、テビス姫は顔を上げました。

「では裁定に入ろうかの！」

「えっ」

「皆の者よ、どちらの菓子の方が良いと思ったかの？」

テビス姫が横を見ながら言うと、唐突のことなので全員が驚いていました。

だけど、そこはやはり国のお偉いさん方。あっという間に真剣な顔やら態度やらを示しました。

「俺っちはシュリの菓子を推したい」

まず最初に口に出したのはフルブニルさんでした。思わず心の中でガッツポーズを決める。やったぜっ。

「なんせ味と衝撃が格段に違うからねー。ミナフェの飲む焼き芋も衝撃があったけど、シュリのそれには敵《かな》わない。俺っちはそう思った。

口の中の物足りなさも、そういう菓子だと思えば納得できたよ。儚《はかな》く消えつつも記憶に残る味を提供する……て感じ」

「それはアタシもおんなじ。シュリの方が良いと思う」

おお、ミトスさんも僕を支持してくれるか。ミナフェは悔しそうな顔をしながらも、どこか納得してる感じがする。

そんなミナフェを、ゼンシェさんが肩を叩《たた》いて慰めていました。ミトスさんも、

「いろんな菓子が作られるオリトルの生まれとしても、シュリの菓子は斬新で最高だと思う。三不粘《サンブーチャン》も良かったけど……それに比肩するほどの驚き、そして味もピカイチだった。けどミナフェ、君が悪いわけじゃないよ。普通の菓子勝負なら、君の勝ちだ。相手が悪かっただけさ」

「はい……」

慰められても、ミナフェはそれでも悔しそうだった。

「すまんが俺は、ミナフェの作った飲む焼き芋の方が良いがじゃ」

「私も」

え!? とミナフェは驚いた顔で、トゥリヌさんとミューリシャーリさんを見ました。

逆に僕は冷静そのものです。そういう結果も予想していた。

「な、なんでっち？　いや、ですか？」

混乱しながらミナフェが聞くと、苦笑しながらトゥリヌさんとミューリシャーリさんが顔を見合わせました。

「アタシはシュリの菓子も美味《おい》しいと思うけどね。上品すぎるかなって」

「じょ、上品？」

ミナフェがわからないって顔をしているけど、僕は一瞬でわかった。そしてその可能性と理由に気づけなかったことに、羞恥も覚えてしまう。

「アタシたちって、ほら、山の中か海の傍《そば》で暮らしてるじゃない？　シュリのこんなふうに美味《おい》しいけど上品な菓子を出されても、どう食べればいいのって感じで」

「そうそう、俺も思ったんじゃ。シュリの菓子は美味しい！　しかしこれは〝店で上品に食べる〟菓子じゃろう？　俺んところの店で出すとしたら、杯があればどこでも飲めて楽しめる『飲む焼き芋』っちゅうのは土地柄に合っちょると思ってな。こっちも旨いし、何より腹に溜まって力が出る！　という理由じゃ」

「あ、ありがとうございます！」

ミナフェは喜色満面でお辞儀をしました。

まあ、だろうな。そうだろうな。それを忘れてた。僕の失敗だ。

最初に僕が言っただろうに。店で「出す」菓子だと。

でも僕の菓子は店内で食べることを前提にしてる。こうなると土地柄の問題が出ます。

特にトゥリヌさんたち、アズマ連邦だとそれが顕著でしょう。店でお上品に食べる人を想像できない。そこを失念していた。そして、そこを見事にカバーしたミナフェの飲む焼き芋は見事と言うしかない。

さて、これで最後はテビス姫だ。テビス姫の言葉を聞こうと、全員がそちらに顔を向け

た。テビス姫は困ったように天井を見上げ、そして答えを出したのか、真顔になって僕とミナフェを見ます。

「妾《わらわ》の判定待ちか。……あんまり言いたくないのぅ」

「それを言ったら俺っちたちの結論が意味ないでしょテビス姫。もったいぶってないで言ってくださいよ」

「はぁ……わかった。じゃあ言うぞ」

テビス姫は、溜め息をついて言いました。

「この勝負、二人の負けじゃ」

七十四話　押しかけ弟子とウ・ア・ラ・ネージュ ～ミナフェ～

「じいちゃん、自分の紹介はまだ？」

そういって自分はじいちゃん……ゼンシェじいちゃんの隣から、口を出したっち。

――あれは忘れもしない、自分にとって衝撃の出会い。

その後の人生を決めた、運命の出来事。自分は今でもそう信じてるっち。


自分の名前はミナフェっていうっち。栄光あるオリトルの宮廷料理人にして、料理長ゼンシェの孫娘。自分は幼い頃から祖父によって、ひたすら料理人、菓子職人としての技術と心構えをたたき込まれ、育てられてきたっち。

自分には才能があった。うぬぼれでなく言わせてもらえば、同世代の中では器用で舌の感覚も鋭く、何より祖父の傍《そば》で仕事を見てきたから調理場での動きだってわかってた。

だから、驕《おご》ってはいたと思う。

忘れもしないある日のこと。今まで厳しかったじいちゃんが、いきなり憑《つ》きものが落ちたように穏やかになったあの日。自分は大きな壁を目の前にした。

　自分はその時期、じいちゃんの命令で、城に買い取られる調味料の産地を視察に行ってたっち。

　生産者の顔を知り、その仕事を知り、苦労を知ることもまた料理人には必要だと言われたから。まあそれは理解できるっち。

　しかし驚いたのは、視察を終えて首都に戻ってきたときのこと。

「ど、どういうことっち……これは……？」

　自分が馬車から降りてまず見たのは、街の各所に残る戦闘の爪痕だったたっち。

　幸い被害はそれほど酷《ひど》くはないみたいで、建物の損壊もそんなになかった。

「ちょっ、ちょっといいか？」

「ん？　なんだい？」

　だけど何があったのか、明らかに何かと戦った後のような破壊跡の残る街を横目で見ながら、自分は恐る恐る近くにいた男性に声を掛けた。

「ここで何があったたっち？　なんか街が荒れてるようだけど……」

「ああ、こりゃ街に逗留《とうりゅう》してた傭兵団《ようへいだん》が城と闘技場と街で戦闘をやらかしやがってな……幸い死人はいなかったが、怪我人《けがにん》が出てなぁ」

「はぁ？」

傭兵団が城を攻めた？　闘技場を攻めた？

自分は理解しづらい話の内容に混乱して、右手で頭を押さえたっち。

「ど、いうこと、っちか？」

「ガングレイブ傭兵団だよ。ヒリュウ様の仕事でなんかあったんかなぁ……城に押し入ったあと、何も取らずに逃げ出したんだよ。闘技場では剣魔祭の真っ最中で、そこに傭兵団のクウガって奴が乱入したんだ。んで、ヒリュウ様をぶっ倒してそのままとんずらだ。全く……とんでもないことをしでかしたもんだよ。後片付けも大変だし」

男はぶつくさそう言いながら、瓦礫《がれき》の片付けに向かったっち。その間、自分は背筋が凍るような思いだった。街と、闘技場と、城。城で、戦闘が起こった。

「じいちゃん!!」

気づけば自分は走り出していた。馬車に乗っていけば早いのはわかってたけど、何より自分の足で行った方が良いと思ったからっち。それは正しく、馬車で城に行っていたら、きっと途中の道で止められていたっち。瓦礫処理をしている場所もあったからっち。

そのまま走り続けて、走って、城に着いた自分は驚いた。

門番が立ってない。いつもはいるはずの門番が、今は影も形もないっち。不安で胸が一杯になった自分は、そのまま城の中に走って入る。中でも相当な戦闘があったらしく、城勤めの給仕や大工が割れた窓や花瓶《かびん》、傷ついた絨毯《じゅうたん》の片付けや石畳の床の補修をするために、忙《せわ》しなく働いていたっち。

まさか、そんなまさか。自分は自分の不安が的中してしまうんじゃないかと、涙が出そうなほど怖かった。自分に両親はいない。幼い頃に亡くなって、顔も知らない。

じいちゃんだけが自分の身内だった。

そのじいちゃんが戦闘に巻き込まれて、まさか、その——。

「じいちゃあん！」

自分はじいちゃんを呼びながら階段を駆け上がり、宮廷料理人たちが詰めている厨房《ちゅうぼう》へ向かう。もう涙が溢《あふ》れて止まらず、ただただ息を切らして走る。

嫌だ、死ぬな、生きててくれじいちゃん！

そして自分が厨房の前に立ったとき、不安で膝から崩折れそうだった。なんせ厨房の扉にまで、武器の傷跡が刻まれている。なんか壊そうとしてたのかもしれない。

「じいちゃん!!」

「お？　なんじゃミナフェか」

自分が扉を開いて中に駆け込むと、そこには料理を作っている同僚たちと先輩たち、それとじいちゃんの姿があった。自分の必死な姿を見てキョトンとするじいちゃんの様子に、自分はさらに涙が溢れて溢れて、床にドバドバと水滴を落とした。

「じ、じいちゃぁぁあん……っ」

「おわ、なんじゃミナフェどうした⁉」

自分はもう堪《こら》えきれず、じいちゃんに抱きついて胸に顔を押しつけたまま、泣き続けた。

不安で不安で仕方がなくて、死んでるんじゃないかと思ってしまって。なのにじいちゃんはいつも通りであっけらかんとしてたから、安心して力が抜けそうだったっち。

「迷惑かけたっち」

「いや、それは構わん。すまんかったな、心配をかけたみたいで」

その後、自分は人目も憚《はばか》らず泣いて、泣き疲れて顔を上げたときには周りからニヤニヤ見られてた。自分はそれに気づいて顔を真っ赤にしながらじいちゃんから離れ、厨房の後片付けをしてからようやく対面に椅子を置いて座り、話をしようとしてたっち。

「なんか戦闘があったって街の入り口で聞いて、もしかしてと思ったけど……無事で良かったっち」

「うむ、お前も巻き込まれずに済んだようだな」

「で？　結局何があったっち？」

自分は厨房の机に頬杖《ほおづえ》を突いてじいちゃんに聞いた。

「なんか城と闘技場と街で戦闘があったって聞いたけど」

「うむ……それなんだがな」

と、ここで自分は驚いたっち。じいちゃんが、今まで見たことないほど穏やかな顔をしている。なんか、悟りを開いたというか達観しているというか、前まであったような厳しさが減った感じ。

「どこから話したもんかな……まずその戦闘の原因についてなんだが」

「ふむふむ」

「一人の料理人が原因だ」

「ふむ……ふむっ？」

自分は驚いて体を起こした。

「料理人？　料理人一人のために、ヒリュウ様があちこちで戦闘したと？」

「そうだ」

自分は呆《あき》れたような乾いた笑いを零《こぼ》すしかなかったっち。

「ハハハハ、そんなバカな。バカなことがあるもんかっち」

「本当だ。そして……」

じいちゃんは天井を見上げて、微笑《ほほえ》んでいた。なんか、満足してる感じの笑い方。

「私は、生涯の師と出会ったぞ」

「は？　じいちゃんは宮廷料理人たちの長っち。今更」

「本当だ」

自分が言う前に、じいちゃんは笑いながら言った。

「私は、私よりも、いやこの大陸中の料理人をかき集めても敵《かな》わぬ、神の手を見た」

……これは、本気の目だ。本当にじいちゃんは凄《すご》い人と出会ったらしい。

「それはニュービストの宮廷料理人をかき集めてもっちか？」

それでも信じ切れなくて、自分はちょっとおちゃらけて言った。

自分たちは、ニュービストの料理人は一段も二段も格上の料理人だと思ってしまっているところがある。なんせあの美食姫が、その美食についての知識の全てと財を注ぎ込んで育てさせた上質で良質な食材と、それを日常的に扱う料理人たちを育成している。

だからあの国の料理人は、本当に凄腕ばかりが揃《そろ》っている。

無論、自分だって負けるつもりはない。菓子作りの腕前ならば、ニュービストの料理人だって問題じゃないと自負している。サブラユ大陸の料理人たちが言い合っているそんな話をしても、じいちゃんは何も動じる様子がなかったっち。

それどころか笑みを消し、真顔で言った。

「間違いなく、ニュービストの料理人でも太刀打ちできんだろう」

「嘘《うそ》っ」

「本当だ」

これは、間違いなく間違いのない、本当のことだ。じいちゃんだってこの世界で長年、腕を振るって生きてきた猛者《もさ》っち。旨い料理を作り、王族の方々を満足させ、時として外交のための料理だって手がけるじいちゃんが、遥《はる》か格上と認める料理人。

「そんな料理人を巡って、戦いが起こったたっちか」

「そうだ」

じいちゃんは詳しく説明してくれた。

その料理人は傭兵団《ようへいだん》の料理番。常日頃から戦場にて、傭兵たちのために料理をこしらえて生活をしている者。後からじいちゃんが聞いた話では、その料理人はかのニュービストの美食姫、テビス・ニュービスト様にすら腕を認められたほど。

さらにはニュービストから流れてくる新しい調味料。また、最近二つの民族の長《おさ》の息子と娘が結婚したことによって巨大な国となったアズマ連邦から発売されている、オリーブオイルという新しい油。それらすら、その料理人が一人で作って広めたのだという。

もう、なんか嘘《うそ》くさすぎて自分は頬を抓《つね》ってみた。痛い、夢じゃない。

ニュービストからきたトウバンジャンという調味料は、辛さと旨さが抜群にある調味料だっち。それ単体で料理の味を染めてしまうほどの強さがあるものの、雑に使っても普通の料理が旨くなってしまう。アズマ連邦から発売されているオリーブオイルは、独特の香り高さと驚くほどの滑らかさを持っている。パンに付けても、スープに混ぜても、大概合う。そんなものを、傭兵団の料理番如きが作ったと？

「じいちゃん、さすがにそれは騙《だま》されてるっち。なんというか、こう、他国の研究熱心な料理人やら生産者やらが懸命に研究を重ねた結果生まれたものを、自分の手柄にして吹《ふい》聴《ちょう》してるだけっち」

自分がそう言うと、じいちゃんは厳しい顔つきになったっち。

「それを他の人間に言うなよ」

「なんでっち？」

「調べられたのはヒリュウ様とミトス様だ。その方々の言葉を嘘とは、恐れ多いことだ」

「ひっ」

じいちゃんの言葉に、自分の喉から悲鳴が漏れる。まさかこんなところでヒリュウ様とミトス様の名前が出るなんて思わなかったし、何よりお二人のお墨付きとは思わなかったっち。おお、怖い怖い。自分は体を抱きしめるように腕を回して呟《つぶや》いた。

「そんな奴が、なんで傭兵団なんかの料理番をやってるっちか？　そんだけの力量があれば、どこの国へ行っても、どんな店や職場でも選びたい放題だろうに……」

自分の呟きを聞いたじいちゃんは、それに対して苦笑を浮かべる。

「私も聞いた。直接会ったときに、な」

「で、結果は？」

「簡単なものだったよ」

じいちゃんは両手を広げ、諦めたような笑みで言った。

「自分を最初に助けてくれたのがあの人たちで、あの人たちの夢と行《ゆ》く末《すえ》を見たいから、だと。最初に出会って助けたのが私ではなかったことを、これほど悔やむとは思わなかったな」

「……たった、そんだけ？」

「そんだけだ。義理堅く優しい、普通の御仁だったよ」

もう頭痛がするようで、自分は目頭を指で押さえてうめいたっち。

信じられない。考えられない。それほどの腕前を持つ希少な料理人が、いつ死ぬかもわからない戦場にいる理由が……ただ単に、恩返しと友情のようなものだとは思えない。

普通に考えたら、じいちゃんが腕前を認め、師と崇《あが》めるような料理人ならば、何が何でも手中に収めて料理を作らせるべきだっち。戦場で何かの拍子で死んでしまったら、間違いなく大陸にとっての大きな損失となる。

「じいちゃん……その、話が本当だとしたら……そりゃ何がなんでもこの国に取り込むべきだっち。それこそ、報酬や地位だって保証して」

「それをヒリュウ様が無理やりに行った結果が、市街地での戦闘だ。あの傭兵団《ようへいだん》は、何が何でもあの御仁を手放す気はないらしい」

「傭兵団ごと取り込めば良かったっち。そうすりゃ付いてくる」

「そういうやり方で取り込まれるのを、傭兵団の団長が拒んだんだ」

なんだそれは……ますます頭痛が酷《ひど》くなる感覚がして、自分は強く頭を押さえたっち。大胆不敵すぎる、傍若無人にもほどがある。

めちゃくちゃだ！　自分はそう叫びたかったけど、ただでさえ厨房《ちゅうぼう》では未《いま》だに片付けの作業中。騒ぎすぎたら迷惑をかけるっち。

そんな気持ちを押さえつけた自分は、改めてじいちゃんと向き合った。

「で？　その料理人はここに来て何を作ったたっち？　よっぽどのものを作らないと、じいちゃんは実力を認めないはずでしょ」

「うむ、それなんだが……言葉では説明しにくい。片付けの合間に私が作った試作品を食べてみるか。割と上手くいったものだ」

試作品？　じいちゃんが？　自分がそれを言う前に、じいちゃんは机の上に置いてあった皿を自分の前に出した。それは目には入っていたものの、話の内容に頭が持っていかれて記憶に残っていなかったものだっち。皿の上に乗っていたのは、黄色い塊《かたまり》だった。

なんというか、それ以外に形容できない。本当に黄色い塊でしかない。

「これは？」

自分がそう聞くと、じいちゃんは胸を張って答えた。

「簡単に言えば、卵と油と少々の調味料だけで作る、全く新しい菓子だ。名前をサンプーチャンという」

「サンプーチャン……」

「試しに食べてみるといい」

じいちゃんが匙《さじ》を差し出してきたので、自分はそれを受け取ってサンプーチャンとやらに突き立てて、持ち上げてみる。

ふむ、見た目は普通の黄色い菓子だ。いや、普通というには初めて見るのだけど、変わったところはない。試しに口に入れて、味わってみる。

直後、自分の口の中の感触に驚き、目を見開いた。なんという菓子だっち！　口の中に入れた瞬間から、卵の旨みと甘みがちょうど良い感じに口の中に自然と広がっていく。口の中でとろりとした柔らかさが舌を通り、そのままとろけて消えていく。

そして歯にも口にも、粘っこく残る感触が全くない。貼り付くこともない！

それに気づいた自分は慌てて匙と、皿を見る。間違いない、貼り付いてない！　これだけ粘っこい感じなのに何にもくっつかない、なのに不思議な柔らかさを持っている。

なんだこれ、こんなの全てが初めてすぎる！　自分は驚きのまま顔を上げた。

「じいちゃん、これはっ」

「これがあの人が作った菓子、サンプーチャンだ。なんでも、匙にも皿にも歯にもくっつかないという意味らしい。私も初めてこれを食べたときには驚いた。全く想像したことのない菓子で、ものすごく高い調理技術が必要なものだからな」

「調理、技術？」

「それはまだ、未完成なんだよ」

未完成!?　これが!?　自分は驚いて皿に残ったサンプーチャンを見る。美味《おい》しかった、驚かされた。どこに未完成の要素があるというのか、自分には全くわからなかった。

だが、じいちゃんはことさら悔しそうな顔で腕を組み、サンプーチャンを見つめる。

「それはまだ、油の使い方が甘いんだよ」

「油、が？」

「食べていて思わなんだが？　少し油っぽいと」

じいちゃんにそう言われて、自分は改めてもう一口サンプーチャンを食べてみる。

相変わらずの新食感。だけどじいちゃんに言われたことに気を付けてみると、確かに少し油の感触がある。だけどそれがなんだというのか。初見でわからなかった自分からすれば、何を悩む必要があるのかわからなかった。

「じいちゃん、もうこれで完成じゃないっちか？　自分でも言われなければわからないほどの微量な感触だけど」

「いや、あの人のサンプーチャンには全く、不快な油の感触が全くなかった。私でもわからなかったほど、というより、そんなものを感じさせない完成度の高さだったんだ」

「そんな……」

これほどの菓子を、さらに上手に旨く作る料理人がいる。その事実に、自分の背筋が寒くなるほどの恐怖を覚えたっち。なのにその料理人は今も戦場にいて、傭兵《ようへい》のために腹が膨れるだけの料理を作り、満足している。

なんと歯痒《はがゆ》いことか。なんともったいないことか。

明らかにいるべき場所が違うし、どう考えたってどこかの国の王宮や城の厨房《ちゅうぼう》で腕を振るうべき人材だっち。居場所がわかるならすぐにでも連れてくるべきだろう。

「じいちゃん」

「言いたいことはわかる」

じいちゃんは、自分が何かを言う前に手で制した。

「しかし我が国はそれを……シュリ殿がこの国にいてもらえるための手段を誤った。周辺に迷惑をかけすぎた。そして、ヒリュウ様もそのことを正式に謝罪し、この件は終わった」

「だけど」

「それに」

じいちゃんは楽しそうな顔をすると、サンプーチャンの乗った皿を持ち上げた。

「もう一度あの人に会ったときのために、私はこの菓子を完全に自分の技として修めておかねばな」

「じいちゃん……」

「ミナフェよ。他人事《ひとごと》ではないぞ」

「え？」

じいちゃんはその皿を、自分に向かって差し出した。

「お前もまた、この菓子を作れるようになれ」

「自分が!?」

「そうだ。私の弟子の中で最も努力家で、既存のレシピに挑み続けるお前だからこそ、この菓子を作れるようになるべきだ」

じいちゃんはさらにぐい、と自分に向かって皿を差し出してくる。

盛られているサンプーチャンが僅かに揺れる様子が、自分の目に飛び込んでくるっち。

「作り方も、味も、何もかも、私が目に、頭に、手に、肌に、舌に焼き付けて覚えている。お前なら、ミナフェなら必ずものにするだろう。頼むぞ」

自分はじいちゃんの言葉に、震えながら頷《うなず》いた。

差し出された皿を受け取り、改めてサンプーチャンを見る。その皿の上に乗る、卵の芸術品を目に焼き付けるように。

これを、この新作を、この新技術を、自分のものにする。

じいちゃんには悪いけど、この震えは歓喜のそれだ。誰もものにしていないだろう新作菓子に詰まっている全ての技術を、知識を、自分のものにできる喜び。

知らず知らずのうちに、自分は笑みを浮かべていたっち。


それから数か月。

自分はひたすら、サンプーチャンとやらの試作を繰り返し続けた。簡単な道のりではないことは予感してたけど、ここまでとは思わなかったっち。

なんせ、油と卵を混ぜ合わせる量が繊細すぎるし、卵を加えたあとの混ぜ合わせ方にも苦労したっち。油断したらすぐに失敗するあまりの難易度の高さに、何回、書いていたメモを悔しさで床にたたきつけたのかわからないほどだ。

しかもそれを数か月。たまたま上手くいったものでも、じいちゃんに油のくどさや混ぜ合わせの甘さを指摘される。

出口の見えない長い道のりに、何度も絶望しかけた。何度も挫《くじ》けそうになった。

それでも、自分がただその試作に取り組み続けることができたのは、きっとこの菓子を作れるようになったときに自分はいくつもの壁を乗り越え、料理人としての高みへ近づけるのがわかっていたから。

そしてついに……自分はサンプーチャンを完全にものにした。

「できた……！」

自分は、喜びのあまり震えていたっち。皿に盛られたサンプーチャンは、完全に綺麗《きれい》な形で皿にもお玉にもくっつかない。そして匙《さじ》ですくって口に運んでも歯にもくっつかない。油のくどさもない。

じいちゃんに食べさせてもらった、たまたま上手くいった試作品よりも、風味や卵のとろけるような食感も良い。できた。とうとうできたんだ、自分は!!

「できたっち！」

「できたか!!　ミナフェ！」

時間帯は深夜。連日城の厨房《ちゅうぼう》を借り切って試作し続けていた自分に付き合ってくれていたじいちゃんが、喜びのあまり満面の笑みを浮かべてサンプーチャンを覗《のぞ》き見るっち。

「うむ、うむ！　確かにこれは、シュリ殿が作ったサンプーチャンと寸分違《すんぶんたが》わぬ出来！」

じいちゃんはさらにサンプーチャンを匙ですくい、口に運んだ。

味わうように口を動かし、そしてカッと目を見開いた。

「完璧だ!!　まさに、あのとき食べたサンプーチャンだ！」

「じいちゃん、それじゃあ」

「ああ、お前は完全にサンプーチャンをものにした！」

じいちゃんに改めて言われ、自分は喜びで拳を強く握りしめて達成感に酔いしれた。この数か月は無駄ではなかった！　繰り返し繰り返し続けた努力が実った！

「すまんが邪魔するぞ」

と、じいちゃんと自分しかいない厨房《ちゅうぼう》に、誰かが入ってきた。

誰だ、と思って厨房の入り口へ目を向ければ、なんとそこにはヒリュウ様の姿があるではないか！　自分とじいちゃんは慌ててその場で膝を突き、頭を下げたっち。

「こ、これはヒリュウ様。こんな深夜に厨房にいらっしゃるとは」

「ああ、政務に疲れてな。誰かいて何か甘い物でもあればと思ってきただけだ」

ヒリュウ様は朗《ほが》らかに笑いながら言うが、その目元には疲れが見える。

無理もない。ヒリュウ様はクウガと、「魔人リュウファ」とやらに負けてから鍛錬を積み続け、さらに政務にも精力的に打ち込んでいらっしゃる。

あまりの努力っぷりに周りの者が過労で倒れないかと心配するほどだったたっち。

そんなヒリュウ様が、疲れたからと、甘い物をご所望。

「ん？　……それは、サンプーチャンか？」

「は、はい！　これは私の弟子で孫娘でもあるミナフェが、たった今作ったものです！」

じいちゃんは慌てながら、ヒリュウ様の質問に答えた。

「数か月前より試作を重ね、私が見ても舌で味わっても、かの御仁の作ったものに比べても遜色《そんしょく》のないものができたと思っております」

「ほう、そうか。なら、俺も味わってみようか」

じいちゃんと自分が止める前に、ヒリュウ様は机の上に置かれているサンプーチャンの皿と匙《さじ》を手に取り、口に入れてしまったっち。じいちゃんが慌てた様子で立ち上がってヒリュウ様を止めようとしている横で、自分は顔から血の気が引くような思いをしていた。

なんせ、王族の方々に食べてもらうにはまだ早すぎる。

味の調整も調理手順の確認も、まだ終わってない。何も詰めていない状況でヒリュウ様の口に入れるなんて、普通はあってはいけないっち!! それは宮廷料理人として、料理人としての矜持《きょうじ》だっち。

「ひ、ヒリュウ様！　まだそれは」

「……うん、確かにな」

ヒリュウ様は満足そうに笑っていた。

「あのとき食べたものと比べても遜色がない。俺が保証しよう」

その言葉に、自分は顔を俯《うつむ》けて見えないようにする。

「ありがとう、ございますっ！」

その一言だけで十分だったたっち。

この数か月の努力は、無駄ではなかったのだと。努力は報われたと。思わず涙が溢《あふ》れてしまいそうになるのを必死に堪《こら》えながら、自分は喜びに打ち震えていたっち。

「うむ、旨い。あの日食べた、あの菓子と同じものを……まさか自国の料理人が完全に再現してしまうとはな。誇らしいよ、とても」

「ありがとうございますヒリュウ様。ミナフェも喜んでいます」

「ああ。……そうだ、話をしておこう」

自分が顔を上げると、ヒリュウ様はサンプーチャンを全て食べて終え、厨房《ちゅうぼう》の椅子を引っ張ってきて座る。

「お前たちも椅子に座るのを許可する。大事な話だ」

「は！　ミナフェ」

「わかりました」

自分はじいちゃんと自分の二人分の椅子を用意して座る。じいちゃんよりも少し後ろに椅子を置いて様子を見ようとする自分に、ヒリュウ様が口を開いた。

「傭兵団《ようへいだん》のガングレイブから、手紙が来た」

その一言に、じいちゃんの体が僅かに震えた。自分も涙が完全に引っ込んだっち。

ヒリュウ様は懐から手紙を取り出すと、机の上に置いた。じいちゃんはヒリュウ様から視線を外して、手紙に目を向けている。

「して、なんと？」

「どうやら、あいつらは今スーニティにいるらしい」

「スーニティ……といいますと……確か内政が得意な兄と、外交と軍事が得意な弟が治めている領地でしたかな？」

すげえなじいちゃん。自分は名前を聞いても、すぐにはわからなかったっち。

それも仕方がない。今のサブラユ大陸には多数の国や領地が存在している。それも、砂浜の砂のように多く、いちいち覚えるのが馬鹿らしくなるほどだっち。

そんな聞いたこともないような領地を覚えてるじいちゃんは、確かに料理人でありながら城で働く宮廷料理人としての側面を持ってるんだなって、少し誇らしくなるっち。

ヒリュウ様はそれに頷《うなず》いて、口を開いた。

「そうだ、なかなかのやり手の兄弟だ。どうやら傭兵団は仕事でそこにいるらしい」

「……して、何かあったのですな？　そうでなければ、ヒリュウ様にお手紙を送りますまい。ガングレイブ殿の立場ならなおさら」

「話が早くて助かる。ガングレイブたちは今、向こうで相当な面倒ごとに巻き込まれてしまったらしい。そこでだ」

ヒリュウ様は手紙を指さして言った。

「最悪シュリの身に危害が及ぶなら、こちらで引き取ってほしいと、そういう要請だ」

「それならばすぐにでも向かうべきです！」

じいちゃんはヒリュウ様の言葉に食い気味に答えた。こんなに必死なじいちゃんを見るのは初めてだ。正直自分も興味がある。自分はヒリュウ様が食べ尽くして空にしてくれた皿を見て内心考える。これを作ったという御仁は果たしてどのような奴なのか。大柄な奴なのか、小柄なのか、太ってるのか、痩せてるのか、怖い奴なのか、優しそうな奴なのか。

これだけの菓子を作って、いろんな国のお偉いさんに認められるほどの料理人。

じいちゃんと一緒にサンプーチャンを試作しながら聞いてみたが、どこにでもいてどこにもいないような、普通の外見に普通じゃない雰囲気を持った男らしい。

全く想像できないってことだけはわかったっち。

そんな人間と、もしかしたら会えると思うと胸が弾む。

「ああ、ゼンシェならそう言うと思った」

「ならば」

「ああ、ミトスを派遣する」

じいちゃんは驚いた顔を見せたっち。

「ミトス様を、ですか？」

「ミトスが適任だ。俺とブリッツはダメだ……クウガとテグ、オルトロスと戦っているからな。向こうに悪感情を持たせる。そうしたら引き取る話がおじゃんになるかもな。その点、ミトスは最適だ。シュリと一番始めに交流を持ったし、直接クウガたちと戦ったわけじゃない。ミトス自身もクウガに興味があるようだし、敵対行為を取ることはない」

「いえ、そうではなく。王族の方が自ら向かわれるのは」

じいちゃんがそれ以上言おうとしたら、ヒリュウ様がそれを手で制した。

「これは、政《まつりごと》に直結してる。わかるだろ？　あいつを引き込むことがどういうことなのか。それほど価値があることで、どれほどの意味があるのか。こちらの誠意を示すなら、ミトスを向かわせるのが一番だ」

ヒリュウ様の言葉の端々で、自分の頭の随にまで衝撃が奔《はし》るっち。一国の次期国王、オリトル最強の魔剣騎士団団長がここまで評価するのだと。自分の中で、シュリという男の像が大きく、巨大になっていく。越えられないほどの壁に思えてくる。

自分がそんなふうに衝撃を受けていると、じいちゃんは椅子に座り直して咳払《せきばら》いした。

「おほん……そこまでお考えならば、私が止める理由もありますまい」

「ああ。そこでお前に相談があるんだ、宮廷料理長ゼンシェ」

「なんでございましょうか。私でできることなら何でも」

「助かる。それでミトスを中心に使節団をスーニティに送ろうと思う。護衛、侍女などの世話役の他に……道中の食事、向こうでの食事を任せられる人間を」

「それなら私が行きます!!」

ヒリュウ様の言葉を遮《さえぎ》り、じいちゃんが突然椅子から下りて膝《ひざ》を突いて頭を下げたっち。

あまりの行動に面食らった自分とヒリュウ様だけど、すぐに自分は椅子から立ってじいちゃんの両肩を後ろから掴《つか》んだっち。

「ちょ、じいちゃんなにしてんの!?　ヒリュウ様の前だっち、やめて！」

自分が必死にじいちゃんに言うものの、どこにそんな力があるんだってくらい動かない。

本当に動かない。自分の方が若くて力があるはずなのに動かせない。なんだっちこれ？

「お願いでございます！　ぜひ、私を使節団の一行に加えてくだされ！」

「ダメだ」

ヒリュウ様はそれを一刀両断に断った。そして、すっごく困った顔をしていた。

「お前、宮廷料理長だろ。さっき俺が言ったばかりだろ。城の厨房《ちゅうぼう》で長をやってるお前がなんでじきじきに使節団に加わるんだよ。俺とブリッツが困るだろ」

「それは！　私がシュリ殿にもう一度会いたいからです！」

「そこはもう少し理由を隠そうぜ？　んなこと言われてはいそうですか、なんて快く送り出すことなんてできるわけないだろ」

うん、ヒリュウ様の言うとおりっち。無理というものだ。じいちゃんは城の厨房の頂点だ。当然、外交における食事会の料理だけでなく王族の方々に饗《きょう》する料理だって作る。

その責任者が仕事場ほっぽり出して使節団に付いていくって……。

「じ、じいちゃん……どうしたのさ……前までのじいちゃんだったら、ここが私の仕事場だって誇りを持って仕事してたじゃん……ヒリュウ様の言うとおりだよ、ちゃんとここで仕事しようっち……」

「私は今！　あの人に会っておかねば後悔するんだ！」

「えぇ？」

じいちゃんがグワッとこちらを見たかと思うと、もう目を血走らせるように見開いていたっち。怖い。じいちゃんをここまで狂わせるシュリって何者なのさ。

「仕方ないな。加えよう」

「本気ですかヒリュウ様？」

今のやりとり見てた？　その目、失礼だけど節穴？

「……もうそうなったら止まんねぇだろ……」

だけどヒリュウ様はこちらをちらっと見て、なんか真っ白な笑みを浮かべてる。こう、諦めてるというか悟っているというか……。ああ、ヒリュウ様はおそらく、自分に向かって言ってるんだっち。シュリに出会ったから、こうなってるんだぞって。

「それなら、自分も行きます！」

「ミナフェ？」

思わず自分もヒリュウ様にそう言っていた。じいちゃんは驚いて自分を見てるけど、こうなったら自分がどうにかするしかない！

そんな自分の思いを、ヒリュウ様は感じ取ってくれたらしい。

「ミナフェ、頼めるか？」

と、なんか引きつった笑みを浮かべてた。

「はい」

自分は最後に自信を持って答え、この日の話はこうして終わった。

そこからはあっという間だった。使節団に追随する侍女、世話役、料理人、護衛などの選別と旅程の詰め、さらに必要な物資を集めて、馬車の用意も必要になるっち。

他にもいろんなことがあるんだけど割愛。そもそも自分は料理人だからそこまで詳しくないっち。すまん。

で、一か月くらい準備に費やしてようやく出発するのが普通なんだけど、なんと今回たった三日で出発。多分、ヒリュウ様がじいちゃんに話を持ってくる前の段階で、関係各所に迅速かつ正確に指示を飛ばして急いで準備してたんだと思う。

そして出発し、特に苦労もなく事件もなくスーニティに到着し、とうとう自分はシュリという男と対面することになった。

ミトス様の食事の世話で忙しく……はならなかった。ミトス様はシュリがいるという食堂に入り浸って、シュリの料理を食べているから。

ものすごく悔しいものの、随員たちの食事の用意やなんかで、考える余裕はない。

ちなみに、ここスーニティの厨房《ちゅうぼう》には立ち入っていない。自分たちで調理道具やら竈《かまど》やらを用意し、外に天幕を張って作っている。さすがに他国の領主の城の厨房を勝手に使う気にはならない。

そうしてとうとう、自分はシュリって奴と対峙《たいじ》することになったたっち。

その日、じいちゃんから、シュリって奴を紹介すると言われて付いてきた。

じいちゃんが親しく話す男を見て、自分は随分と面食らったたっち。

というのも、本当に普通のようで普通じゃない男がそこにいた。ここらではあまり見かけない、漆黒の闇のような髪の毛と、平坦で平凡な顔立ち。

服装だってそうだ。見たことのない服を着ている。真っ白なシャツのようなものに藍色《あいいろ》のズボン。宮廷料理人として働いている自分も立場や地位があり、結構な稼ぎを得て良い服を手にする機会があるが、これは見たことがない。

というか、素材そのものがわからんっち。

縫製だって、誰がやったんだそれってくらい綺麗《きれい》だっち。じいちゃんが言ってたことは、確かに本当だったけど……自分はそれよりも気になることがある。

それは確かに見たことのない風体の男だけど、なんというか普通の男にしか見えない。

聞き及んだ偉業から想像できるような人物像とはかけ離れた、普通の優しげでお人好しの男に見える。

だけど……ここで黙っていても何も始まらない。

そして、今に至る。

「この人がじいちゃんの言ってた料理人？」

「そうだ、シュリ殿だ」

「あの三不粘《サンプーチャン》を作った？　嘘《うそ》くさいっち」

シュリは面食らった顔をしてるけど、これが自分の正直な感想っち。

この男は非凡な見た目なのに凡人の雰囲気しか感じない。纏《まと》う雰囲気も何もかもが、平凡なそれしかない。

だけど、それでも自分は内心冷や汗をかきそうだった。

なんせこの男の手、包丁ダコと鍋ダコが分厚い。日頃から努力を欠かさず鍋を扱い、包丁を握り続けた男の手だ。

その手だけでも尋常ならざる鍛錬をしてきたことはわかる。だが、それでも才能のない人間が努力を欠かさなかっただけ、という認識を改められない。

「どうせ、じいちゃんが過剰に持ち上げてるだけっち。自分はそんなの信用しないから。あの三不粘だって、この人が考えたんじゃなくて、自分たちも知らないような民族料理を

「あそこで作ってたまたま認められただけ。この人がそんな料理人とは思えないっち」

シュリは苦笑いしながらも何も言わない。これは、本当のことだったか？

やっぱり、この男からは覇気《はき》を感じない。凄腕《すごうで》の料理人特有の空気がない。

鍛錬の跡が刻まれた手も、凡人として刻んだ努力の跡だろう。それも凄いが、じいちゃんよりも上とはどうしても思えない。

だけどじいちゃんは怒った顔をして自分に言ったっち。

「こりゃ！　この人は私だけじゃなくてあのテビス姫も認める料理人だぞ！　失礼なことを言うな！」

「だって所詮は傭兵団《ようへいだん》の田舎料理っち。自分はこの人が、そんなにご大層な人間だとは全く思えない」

自分がここまで言っても、特に反論もなく怒ることもなく、シュリは笑うばかりだ。

じいちゃんは慌てたようにシュリに頭を下げる。

「失礼したシュリ殿。どうも孫は才能はあるんだがそれを笠に着るところがあって……」

「いえ、なんというか……会ったばかりのゼンシェさんを思い出しましたよ。いやぁ、そっくりだ」

「これはお恥ずかしい。そんなところは似なくてもよかったのに」

シュリとじいちゃんは、わははと互いに笑い合ったっち。

気にくわない。

自分は不機嫌を隠すことなくシュリに言った。

「お前がそんなご大層な料理人だとは思えないっち。証明しろ」

「証明とな」

自分はシュリに敵意むき出しで言う。さらにニヤリと笑って言ってやった。

「自分と勝負だ」

「勝負、とな」

「自分は三不粘《サンプーチャン》を、お前以上に完璧に作れる。その自分とどっちの方が素晴らしい菓子を作れるか、試してやるっち」

どうせ、自分も知らないような田舎料理をシュリなりに作ったものだろう。

ならば、自分もその起源を知ればさらに上にいけるはずっち。だからここは容赦しない。

じいちゃんの前で、化けの皮を剥《は》がしてやる！

「はぁ」

「もちろん三不粘を作るのは禁止っち。……ククク、どうせ同じように三不粘を作っても自分が勝つっち。そっちが作れる最高の菓子もどうせ三不粘だろ。それ以外で勝負と言われても困るだろ。もうする前から勝負が決まってるようなもんだ」

だけども、こっちから勝負を吹っかけておいて情けないけども、ここで三不粘を作られても、自分はまだ未熟……練度不足で勝てる気がしない。

勝てる手段は尽くすべきだ。

「おうおう、好き勝手言ってくれるじゃねぇか」

「聞き捨てならん文言が聞こえたがな」

シュリの後ろから、二人の男が剣呑《けんのん》な雰囲気で出てきたっち。

「ガーンさん、アドラさん。せめて片付けを終わらせてから」

「黙ってられるか」

「こっちは師匠を舐《な》められとるけ、黙っちょることとなんぞできんぞっ」

どうやらこの二人……ガーンとアドラという男はシュリの弟子らしい。だけど掃除を中途半端にしたままこっちに突っかかってくる。

その時点で大したことなどないとわかる。だけどガーンとアドラは自分とバチバチと火花を散らすように睨《にら》み合うっち。

「ケケケ！　こんな料理人の弟子なんてたかが知れてるっち。どうせ片付けとか洗い物以外は無難なことしか教わってないんだろ」

「今はまだそのときじゃねぇってシュリから言われてる。それにこいつの仕事っぷりは一番近くで見てるからな、見て盗むにも苦労するほどだぞっ」

「どうせお前の腕が大したものじゃないからっち。当てにならないなぁ」

「このクソアマっ」

　二人して自分を睨《にら》んでくるが、全く怖くないっち。こんな奴らを弟子に取ってるとは、やはりたいしたことなどないんだろう。

「じゃあ、お前たちは実際何ができるっち」

「は？」

「なに？」

「だから、お前たちはあの男の弟子になってどれくらいか知らないけど、それはそれは素晴らしい指導を受けてるんだろっち？　で？　実際何ができるっち？」

　自分がそう聞くと、二人は何も言えずバツの悪そうな顔をしたまんま黙ってしまった。

　ケケケ、やはりか。

「あの男は指導もまともにできないっちか。格のなさが露呈したというもの。その程度でしかないっちか」

「このクソ女、それ以上言うようなら」

「言うなら、どうなるっち？」

　自分はガーンを睨みつける。

「料理人なら料理の腕で語るっち」

　それだけ言うと、握りしめられていた拳の納めどころがなくなったのか、ガーンが溜め息をついた。何も言えなくなったたっちか。

そしたらガーンは、シュリの方を見て言ったたっち。

「こいつはダメだ！　お前の料理で黙らせてやってくれ！」

そこで師匠を頼るのかっち……自分はその様子を呆《あき》れながら見ていた。

「ええ……？」

「どうもこいつぁシュリを舐《な》めきっとろぅ！　師の料理で見返してくんちぇ！」

「ん？　自分は構わんっち。もともとそういう話だったし」

ちょうどいい。このまま勝負まで話を持っていく。

自分は余裕の表情でそう言うが、シュリはまだ釈然としてない顔をしてたっち。

「シュリ殿はお困りだ！　そんなに急《せ》くもんじゃない！」

シュリが何かを言う前に、じいちゃんが口を開いた。

「ちゃんと日取りと判定人を決めて準備してから行おう」

それも、最高のお膳立てをしてだ。

「えええええ？」

「シュリ殿、良い機会です。あの孫の鼻をへし折ってやってください」

「えええええ？」

「頼むぞ、師匠！」

「えええええ？」

「頼んだ、シュリ！」

「お、ようやくその気になったか。じゃあちゃんと勝負方法を決めるっち」

「えええええ？」

こうして、自分とシュリの勝負が決まったっち。


「で、ここで準備をするわけか」

「まあ、見られないようにするならこうするのが一番だから」

その晩、自分は屋外に用意した竈《かまど》で鍋を火にかけてたっち。

あの後、テビス姫様がやってきて詳しい勝負内容を決めた。ていうか、あの姫様に場の雰囲気も流れも何もかも持っていかれた感じだけど、深くは言わないし突っ込まない。

都合がいいからね、自分にとって。

「それで？　シュリ殿に勝てる菓子とやらのアテはそれか？」

「うん。これなら確実に勝てる」

自分は火加減に注意しながら、鍋の中身を慎重に混ぜる。中身が焦げないように注意しながら、優しく丁寧に。

そして火の通り具合を確認しながら、味見をする。

……うん、完璧だ。

「この飲める焼き芋なら」

自分は自信満々で、じいちゃんに言ったたっち。

この飲める焼き芋は、最近自分が関わった新しい品種の芋を使った新しい菓子。

今までの砂糖を使った甘ったるいクッキーや、クリームを使ったものと比べると、甘みは少ない。だけど自然な甘さと新しい食感を与える、果実水とは全く違う方向の飲み物。

菓子であり、飲み物である。

秘密はまさにその、新しい品種の芋。

芋の研究開発によって生まれたこれは、既存の芋よりも何倍も甘くて、食感はねっとりとしている。

それを見た自分は、ただこの芋を焼いて食べるのではなく、新しい菓子に使えないかと試行錯誤してたっち。

それこそ、クッキーの生地に混ぜたり、芋を成形して果実を練り込んでみたりといろいろやった。やり尽くした。その結果、これを調理して飲めるようにしてしまえば面白いのではないかという結論に至ったたっち。

いや、正直連日の徹夜と試作研究の疲れで頭があっぱらぱーになってしまっただけなんだけどね。それでも、この発想の転換が上手くいった。

調理によって飲めるようにしたこれは、芋本来の優しい甘さと風味を持った、全く新しい菓子……と呼ぶには原型を留《とど》めないほどの飲み物だけど、まあ菓子ができたっち。

この開発によって、芋の苗の生産が急遽《きゅうきょ》決まり、この菓子はブリッツ様に気に入られたっち。

「まあ見てるっち。見たことも聞いたこともない菓子を作るなら、自分の方が上だと知らしめてやるから」

自分が自信満々に言うと、じいちゃんは難しい顔をして腕を組んだ。

「私は、お前のその菓子を菓子と呼ぶべきかは、まだ決心が付かない」

「まだそれを言うっちか……？」

自分が呆《あき》れたように言うけども、じいちゃんは何も答えない。

確かにこれは菓子と呼べばいいのか飲み物と呼べばいいのか、既存の菓子のどれにも当てはまらない新しい形をしてるっち。

初めてじいちゃんに見せたときも、菓子というべきか飲み物とすべきか迷ってたっち。

でも結局、ブリッツ様がこれを気に入ってくださり「新しいものはそういうものだ」と言ってくださったおかげで、これも菓子に分類された。

じいちゃんも受け入れたはずなんだけど。

「まあ聞け。私としても、あのシュリ殿に勝てるとしたらお前のそれしかないだろうと思う。なんせ、わざわざ芋を丁寧に保存して持ってきていたのだから、それを利用しない手はない」

「アルトゥーリアから買ったバカ高い魔工道具じゃなきゃ、保存できなかったたっち」

ここに来て随分と長くなる。その間に芋が腐敗しなかったのは、アルトゥーリアから仕入れた新しい魔工道具のおかげだ。

冷凍保存し、中の食材を腐りにくくするという保存庫。大きい割にはあまり物を入れられない箱だけど、ミトス様が故郷の味が恋しくなったときに作ろうと、オリトルの料理と菓子の食材を持ってきたたっち。

まさかこんな理由で使うことになるとは思わなかったけど。

「ああ……私自身、シュリ殿の菓子をいただいたこともある。それを踏まえても、その菓子しか対抗できんだろう」

「当たり前だっち。これは自分の最高傑作だし」

「だからこそ怖い」

怖い？　自分がじいちゃんの顔を見ると、ことさら困った顔をしてるっち。

何がじいちゃんをここまで悩ませるのか。それがわからず、自分は顔をしかめた。

「何が怖いっち。これは自分の自信作、そうそう負けることなんてないっち」

「それは認める。だけど、あの人は予想の上を行く人だ。既存の発想や常識に縛られないところがある。何をしてくるかわからない」

「ふん、その程度……自分には」

「以前」

自分が言葉を続ける前に、じいちゃんが言葉を遮って言った。

「我が国の菓子屋台祭りで、塩菓子が出たのを知ってるか」

「ん？　いや、知らないっち」

オリトルにおいては、塩菓子とは店を繁盛させることができず砂糖を仕入れることができない、潰れかけの店が出す物という認識が強い。

菓子は甘いから美味《おい》しい物。それが常識だっち。

他にも、『塩菓子を食べてろ』ってのは相手に対する冗談か侮蔑に使われる、そんな意味合いの言葉でもある。

「その塩菓子を作り、ミトス様に認められ、ヒリュウ様の目に止まったのがシュリ殿だ」

「そんな馬鹿な！」

自分は驚きのあまり、お玉で鍋をかき混ぜていた手を止めた。

オリトルでは塩菓子の地位は低い。なのに、それをミトス様とヒリュウ様に認めさせるなんて。

その凄《すさ》まじさを感じながら、自分は知らず知らずのうちに笑みを浮かべていたっち。

腕がなる……闘争心が湧き上がってくる！

「ケケケ……！　それが本当なら、自分の相手に相応《ふさわ》しいっちなぁ」

「ミナフェ」

「じいちゃん」

自分は再び鍋の中身をかき混ぜる。

丁寧に、焦がさないように、ムラができないように、慎重にだ。

「自分は勝つぞ。勝ってみせるっち」

自分がそう言うと、じいちゃんは腕をだらんと下げて笑う。

「期待してもいいのだな、我が孫よ」

「もちろんだとも」

自分は自信満々に答えた。

「勝ってみせるとも」

そして、決戦当日。

「準備はできました？」

「万全だ。自分が負けることはないっち」

シュリの仕事が終わり、片付けが終わった後の食堂で自分とシュリは向き合っていた。

万全と言っても、実のところほぼ徹夜をして料理の調整をしてたから、ちょっと眠いしクセになってる猫背は昨日より酷《ひど》いだろう。

だけど負ける気がしない。自分はそれだけの料理をこしらえたっち。

「それならさっさと始めましょうか」

「楽しみにしとるぞ」

「……しかしテビス姫様」

シュリは呆《あき》れたような顔をしてテビス姫様の方を見た。

「本当に判定人を集められたんですね……」

「おうおう、今回のことを説明したら皆、楽しみにしておったぞ」

「こんな楽しいこと、断る理由がないがな」

「そうよね」

「いやー、こういう形でシュリの菓子を食べられるのは俺っち、楽しみだなぁ！」

「まあ、アタシも一応オリトルの人間なので、オリトルの人間がそういう勝負をするのなら見届ける必要があるな、と」

暇だったのだろうかミトス様は？　と心の中で思ったけど、自分はそっと口に蓋をして黙っていた。

今回の勝負に集まってくださった方々はテビス姫様、トゥリヌ様、ミューリシャーリ様、フルブニル様、ミトス様の五人。

それと壁際に、なんか不機嫌そうなシュリの仲間たちが揃《そろ》っている。そちらは無視していいだろうな。今回の勝負に関係してこないだろうからっち。

しかし、自分は何度も手を握り直して、こっそりと手を後ろに回して服で手を拭う。

実のところ、緊張で手汗が止まらないんだっち。

これだけの方々が集まって判定をする勝負……この大陸で行われるどんな品評会や大会と比べるべくもなく格が高いのは、明らかだっち。

震える手を無理やり押さえ込むように、握りしめる。

「その、今回はこんなことにお集まりいただき、本当にありがとうございます」

「水くさいなぁ！　俺っちとシュリの仲じゃないか！　頼ってくれてもいいんだよ！　こっちだって、例の件では世話になったのだからね！」

シュリの言葉に、フルブニル様が大げさに身振り手振りして言った。

「さっきも言ったが、俺っちはシュリの菓子を楽しみにしてるからね！　ああ、そっちの君に期待してないって意味じゃないんだよ。もちろん、君もオリトルの職人だ。期待させてもらうよ」

「ありがとうございます」

自分は頭を下げてそう言っておく。

だが横目でシュリを睨《にら》みつけていたっち。

「このままだとシュリに有利のままだっちな……!!」

そんなことはないと思ってるけど、この方々はどうやらシュリと懇意にしている様子。じいちゃんから聞いた話は、全て本当だったんだなっち。各国の高貴な方々にも認められるほどであると。

いいじゃないか。

それこそ、自分が戦うに相応《ふさわ》しい。

「しかし、シュリと真っ向勝負をする料理人というのも初めて見たのぅ」

そのとき、テビス姫様が面白そうに、自分にそう言った。

顔を上げてテビス姫様と正面から目を合わせる。

「自分は」

胸に手を当て、堂々と答えた。

「自分はシュリに関する様々な偉業は聞いています」

「ふむふむ！　知ってなお挑むと」

自分の言葉に、フルブニル様が面白そうにしていたっち。正直、自分はこの人に関して良い印象がない。普段のこの軽薄そうな様子や、王になった経緯を思うと、不穏なものを感じてしまうんだっち。

「はい。……ここに来るまでに、じいちゃんから一通り皆様のことを聞いています。そして、それにまつわるシュリの話も、じいちゃんが知るだけのことを」

「それがなんじゃ？」

「だから」

トゥリヌ様は楽しそうな顔をしてこちらを見ている。どうもこの人たちは、自分がシュリに挑むことを面白がってる節があるっちね。

「それが本当なのかを確かめて、本当ならば超えたいと思います」

自分がはっきりとそう言うと、全員が面食らった顔をしていた。

なので、自分はさらにハッキリと言ってやったっち。

「この勝負を、シュリの勝利と信じて面白がってる皆様に、オリトルの料理人も捨てたものではないと証明したいと思っています」

「よく言った！」

「感心したよ」

自分の宣言にテビス姫様は膝《ひざ》を叩《たた》いて喜び、ミトス様は満足そうに頷《うなず》いた。

「そうであるな！　妾《わらわ》もシュリに執心《しゅうしん》しておったが、シュリ以外の才能の芽にも目を向けねばならぬからの。であるならば、そなたがどれだけの実力を保有するか、それを見るのも重要であるな」

テビス姫様はそう言いながら、腕を組んで頷《うなず》いていた。

ミトス様もそれに倣《なら》い、神妙な顔をしたっち。

「確かに兄ちゃ……シュリは相当な実力を持っている。それは今までのことからも明らかだからね。間違いはない。だけど、だからといってシュリだけを贔屓《ひいき》し続けるのも良くない。他の料理人たちのことも、ちゃんと見ておかないとね」

お二人の言葉を聞いて、自分は安心して胸を撫《な》で下ろした。

お気に入りの料理人に対してここまで言ったのだから、叱られるかもと思ったけど、どうやらそうではなかったらしい。むしろ、フルブニル様やトゥリヌ様、ミューリシャーリ様も納得した顔をしているっち。

そうなんだ、確かに才能ある人間がその分野でガンガン道を切り開き、新たな手法や技術を発見して広めていく様子は、見ていて清々《すがすが》しいし頼もしい。その人間を応援したくなる気持ちはよくわかる。

だけど、なら他の人たちを蔑《ないがし》ろにしていいかといわれれば、それは違うっち。

天才が道を切り開きそこに至るまでの道中、その分野の道を整えて方向を定めようと努力してきたのは、いつだって凡人だ。

道を切り開けないまでも、それまでの道を……発見された新しい何かをさらに洗練させる考え方を、積み上げてきたんだ。

シュリがどれだけ凄《すご》いのか、これからわかるだろう。じいちゃんの言うとおり、とんでもない相手かもしれない。

それでも自分は、挑むんだけど。

「ミナフェ」

ふと、隣からじいちゃんが自分に話しかけてきた。体ごとそちらに向ければ、じいちゃんは優しい笑みを浮かべて自分の肩に手を置いた。

「よく言った。ありがとう」

じいちゃんはそれだけ言うと、自分から離れたところに行き、そこに立つ。

「私はここから、お前を見守ることにする。任せたぞ」

「うん、任された」

自分はパン、と手を打ち合わせて気合いを入れ直す。

シュリの方を見る。どうやらあちらも話が終わったようだ。

「やる気は出たっちか？　自分は十分出てる」

「僕も同様です。やる気に満ちあふれています」

「じゃあ、やろうか」

「ええ、やりましょう」

自分とシュリとの間に、視線が交わされる。互いに相手を見やり、気合いをさらに入れる。体の奥から熱が湧き上がってくるようだ。

「では、両者ともにやる気は出たようじゃな」

そんな自分たちを見て、テビス姫様たちは楽しそうだ。

「なら、開始としようか。制限時間は特に定めぬ」

「え？　いいんですか？」

「そりゃそうであろう」

シュリが思わずテビス姫様に聞いていたっち。当然、端《はた》で聞いていた自分も驚いた。

こういう勝負に時間制限を設けない、というのは普通はない。それなら、いくらでも時間をかけて料理を作ることができる。もちろん、常識の範囲内でだけど。

どういうつもりなのか。テビス姫様は厳しい顔をして答えたっち。

「シュリが言ったのじゃぞ。お客様が待つのならすぐにお出しするのが料理人であるとな。そのため、『店で出す菓子』として店と同じように下ごしらえまでは認めると事前に伝えておったはずじゃが」

「あ」

「じゃから、制限時間は定めぬ。しかし、妾《わらわ》たちは判定人であり客でもある。ならば妾たちが待ちくたびれるほど、長時間菓子作りをしてもらっては困る。早く、上手に、旨く作ること。これが採点基準じゃな」

なるほど、確かにシュリは先日、そんな話をしていた。自分もそれを聞いていたっち。

というよりも、そういう話からこの勝負に繋《つな》がったのだから、当然の帰結だとは思う。

であるなら、自分の有利は動かないっち。


「始めるか！」」

自分たちは同時に厨房《ちゅうぼう》へと入り、所定の場所に就く。

昨日のうちに用意した鍋に火を入れ直し、最後の仕上げを行う。

「この匂い、ちらと見える鍋の中身……まさか……！」

すると、隣からシュリが驚いた顔をしてこっちを見ていたっち。

「ミナフェ、その中身はもしや」

「お？　シュリ、これがわかるっちか？」

シュリは驚いた顔をして自分を見ていた。

同時に自分も、内心動揺していたっち。シュリの様子は明らかに自分が作ろうとしているものを理解している顔だ。

どこでこの存在を知ったのか？　それともシュリにはすでにこの菓子の構想があったのか？　いや、今更どっちでもいいっち。

なぜなら、今ここで作ってるのは自分で、完成させたのも自分なのだから！

「これは自分が食材から研究開発し、ようやく形になったものだっち。ミトス様に供するために用意していたものを、まさかここで使うことになるとは思ってなかったけどね。それよりなんでシュリがこれを知ってる？」

「それは、僕の故郷でも作られていた菓子だからです」

故郷？　そういえばじいちゃんはシュリについては、いつも料理人としての側面ばかりを語っていた。

この男の詳しい素性《すじょう》に関して、知らないって感じだったたっち。

しかし……まさか自分が作っていたものが、シュリの故郷ではすでに作られていたとは……。サンプーチャンもまた、その故郷とやらの料理だったのかもしれない。

もしくはただの知ったかぶりか。そう思ったけど、次のシュリの一言でその考えは吹っ飛んだっち。

「まさか……特別甘い芋を用意できたのですか」

シュリが作業を進めながら聞いてくるので、自分はニヤリと不敵に笑ったたっち。

だけど、本当は自分の中で大きな焦りを持っていたっち。こいつは、間違いなくこの菓子のことを知ってる！

この菓子を作るには、シュリの言うとおり特別甘くてねっとりとした芋が必要になる。

他のものではここまで味が出ない。それを知っているとは……！

「ククク！　まさかこれを先に開発している国があるとはな……！」

「こっちこそ驚きですよ……それを作るには、特別甘くて上等な芋を上手に焼いて熟成させ、上等な牛乳とかを使わないといけないはずなのに……！」

まさかそこまで理解されてるとは思わなかった。少し驚いてしまうが、自分はそれでも自信を持って言ってやるっち。

「わかってるようっちね……！　しかし、自分が先に完璧に完成させたという自負はあるっち！　この」

自分は杯に飲む焼き芋を注ぐ。

「飲む甘い芋はな……！」

自分は杯を傾けて中身を飲み、味を確かめる。

……よし！

「そしてこれ、自分はもうできあがりっち！　じゃあね、シュリ！」

これで仕上がりだ！　自分は鍋を持ち、さっさと食堂の方へと戻っていく。

自分はこの時点で、勝利を確信していたっち。それが思わず、顔にも出てしまうほどに。

なんでかって、この勝負は少々変則的だからっち。

普通の料理の勝負や大会ならば、設定された調理時間内に料理を仕上げて、判定人にお出しすることになる。むろん、先攻後攻を想定しておかねばならないけども。

共通するのは調理時間はお互い同じであり、仕上げる時間そのものは同時であることだっち。

だけど今回は違う。時間も勝負の要になる。なんせシュリが自分で言ったからね！

『お客様のためにすぐにお出しするのも仕事である』と！

だから自分は、自信を持ってこの菓子を出せる。心から勝利を確信できる！

実際、自分が厨房《ちゅうぼう》から食堂に出てくると、テビス姫様たちは酷《ひど》く驚いた顔をしたっち。

「もうできたんか？」

頬杖《ほおづえ》を突いてくつろいでいたトゥリヌ様なんぞ、あまりの早さに驚いたのか目を見開いている。

隣に座るミューリシャーリ様も同様であり、こっちはすぐに冷静になっていたっち。

この女性、そうとう肝が据わってるのかもしれない。

「いや、この早さって……確かテビス姫に言わせると、下ごしらえまではしていいってことになってたわよね？　この早さだと、事前に完成させてたのかしら？　それは決まりに違反してるのでは？」

「その心配はございません」

ミューリシャーリ様の疑問はもっともだ。確かにそれに抵触する場合もある。

だけど、この飲む焼き芋は下ごしらえから調理完了までの時間差や行程があまりない。

このことを知っているじいちゃんが、淡々と答えたっち。

「この菓子は、我が国で採れる特殊な芋に調理をほどこして煮こむというものです。煮こむまでが下ごしらえなのです。そして、味を熟成させることが仕上げというのなら、今の段階が正解でございます。じっくり煮こまねば、完成しないのです」

「そういうものなのかなぁ……？」

ミューリシャーリ様はなおも不思議そうに首を傾《かし》げる。言いたいことはわかるっち。

なら、芋を煮こむ前で調理をやめるべきでは？　と言われるのは想定済みだ。

自分はミューリシャーリ様へ、恭《うやうや》しく頭を下げてから言ったっち。

「それに、今回の勝負では店でお客様に出すことを前提にしております。この早さで出すのもまた、勝負の課題に沿っていると思っております」

「まあよいではないか」

テビス姫様がなんだか好戦的な笑みを浮かべながら言った。

「おそらく、ある程度の熟成や準備が必要なのじゃろう。それをした結果、後の仕上げの行程が短くなった、そう思おうではないか」

「ありがとうございます」

「まあ、調理は煮こむ前までで止めて、勝負が始まってから煮こむ、というのもおかしな話よ。店で出すことを前提とするなら、すでに煮こんでおいて、客にはすぐに出せるようにしておくべきじゃろうからな。

そして、妾《わらわ》は先ほどから楽しみで仕方がない。菓子なのに芋を煮こむ、というあまり聞き慣れん調理過程を経ているようじゃからな」

「ああ、それは俺っちも同感だね」

テビス姫様の言葉にフルブニル様もまた、楽しそうに手を合わせていたっち。

「芋ねぇ。芋の菓子なんて、焼くしか思い浮かばなかったよ！　まあ俺っちの国では菓子を食べる習慣そのものが、あまり馴染《なじ》みがないんだけど！」

「そうは言うても、最近では新しい加工食品を開発しておると聞いておるのじゃがな」

フルブニル様はテビス姫様のその言葉に、すこし眉をひそめたっち。

「さすがはテビス姫様、耳が早いことだね」

「しかもシュリが関わっておるそうじゃの。いやぁ、いつかお目にかかりたいものじゃ」

「……そうか、あのメイドか。油断したねぇ、俺っちとしたことが」

「ふふふ、それよりも……すまぬなミナフェ。無駄話が過ぎた。そろそろ、そなたの菓子を出してもらえんか？」

その言葉に、自分は大きく頷《うなず》く。

「わかりました」

　自分は杯を人数分用意し、それに飲む焼き芋を注ぐ。

　そして全員の前に出してお辞儀した。菓子の出来に自信を持って、これで勝利はもらったと確信を持って堂々と答える。

「これが自分の自信作、『飲む焼き芋』でございます」

「これって……」

　ミトス様が杯を手にして中身を覗《のぞ》き、匂いを嗅いで確認し始めた。

「もしかして、研究中の新種の芋を使ってるのかな？」

「はいミトス様。もともとはミトス様がこちらへいらした際、故郷の味が恋しくなられたときにお出ししようと思っていたのですが……」

　自分はここで残念そうに顔を伏せた。

「ミトス様はこちらの料理にも早々に慣れてしまわれたので、苦心しながら保存して残していました。最新式の魔工道具を使って残しておりました」

「これはごめんね！　シュリの料理が美味《おい》しかったからさ！」

　ミトス様が謝罪をくれる。本来ならここで喜ぶべきなんだろう。

　実際、自分は表情を和らげていた。

「いえ、やっとお出しできたので自分としても安心しました」

　穏やかにそう伝えるが、本当のところ自分は内心では悔しくて悔しくて、地団駄を踏みたくなっていた。

そりゃそうだろう。自分たちはミトス様が仕事や旅の最中、故郷の味が恋しくなったときに腕を振るおうと思っていたたっち。

でも現実は違った。シュリの作る料理を食べて満足し、その機会はなかったたっち。

それがどれだけ惨めだったか。それをどれだけ情けなく思ったか。

自分がシュリに勝負を挑んだのも、そこら辺の恨みがあったのかもしれんっちな。

「なので、温かいうちにどうぞ」

「おわ、これ旨いなぁ！」

自分の胸の内をおくびにも出さずに勧めたが、その直後に声があがる。

「旨いのぅこれ！　菓子というとこう、甘ったるいもんなんじゃろうなって思うとったが、これは抜群に良いのぅ」

「アタシも同感ね。芋の自然なコクのある甘さがいいわ……」

トゥリヌ様とミューリシャーリ様から良い感想をもらった！　自分は心の中で拳を握りしめて、喜びを噛《か》みしめていたっち。

フルブニル様もゆっくりと、そして上品に杯を傾けて飲んでいた。ミトス様も同様だ。

テビス姫様は……真剣な顔をして、匂いを嗅いだりゆっくりと舌の上で転がして味を確かめ、味わってくださっているようだ。

当然だっち！　自分の自信作なのだからね！

「はぁ……体の中から温まる、良い飲み物だねぇ」

「芋の品種改良についての報告書は読んでたけど、こういう形に作っていたのは知らなかったよ。うん……美味《おい》しい。ただ砂糖を加えただけでは出すことのできない、くどくなくて胸焼けのしない甘さだ」

よし！　ここまで全員から好印象を抱いてもらっている。自分が横目でじいちゃんを見ると、じいちゃんも満足そうに笑みを浮かべていたっち。

これでシュリに勝てる！　そう思っていた自分だけど、テビス姫様を見て寒気がした。笑ってない。全く、微塵《みじん》も笑っていない。

それどころか眉をひそめ、飲み干したらしい杯の中身をずっと見ていたっち。

「のぅ、ミナフェ。これは良い菓子であるのぅ」

「は、はい！」

そんな顔をしているテビス姫様からお褒めの言葉が出たことにも驚いたが、何を考えているのかわからない様子のままだっち。

「これを菓子と呼んでよいのかわからぬ。果実水と同じく飲み物として考え、菓子と呼べぬと言うのは簡単である」

「は、はい……」

「しかし、得てして新しいものとはそういうものである。既存とは違う、伝統と異なると、そう言って新しいものを撥《は》ね除《の》けることは簡単である。じゃが、それをしてしまえば新たなものも改まったものも生まれぬであろうな。

だから、妾《わらわ》はこれを飲める菓子という新しい形である、と断定しよう」

その言葉に自分は泣きそうになったたっち。目元を手で覆い、涙を必死に堪《こら》えた。

この菓子を知っている同僚からも、これは飲み物であり菓子とは違うと言われていた。

事実ではあるのだけど、自分は菓子の新しい形を模索した上で完成を目指していたから、内心では傷ついていた。

じいちゃんからも迷いの言葉を投げかけられていたから、なおさらだったたっち。

でもテビス姫様の言葉は、そんな自分の全ての苦労を労《ねぎら》ってくれてる気がしたんだ。

頑張りを、認めてくれたと思った。

なんとか涙を引っ込ませた自分は、できるだけ背筋を伸ばした。

「ありがとうございます！」

「うむ、これからも頑張るとよい。それで、聞きたいことがある」

「？　なんでしょうか」

テビス姫様は杯を机の上に置いて、指さして言った。

「この飲む焼き芋、原料となる芋は研究中の新種と言っておったな？」

「鋭意開発中だね。一年以内には流通に乗せられるかな」

その質問にミトス様が答える。助かった、自分がどこまで言っていいものかわからなかったから。

だけど、テビス姫様の顔はさらに苦いものとなっただけだった。ミトス様はそれを見て、不思議そうな顔をして質問をする。

「何かな？　うちの料理人が作ったものに、何か文句でも？」

「文句など一つもないわ。美味《おい》しく、新しく、店で出すにも十分に早いし手軽で、杯の後処理を考えても楽ではある。お題には、十二分に答えておるじゃろうな。しかし……」

「しかし？」

ミトス様が聞いても、テビス姫様はジッと杯を見つめたまま何も言わない。

なんだ？　自分は何かミスをしたのか？

そう考えてみるが、思い当たることはない。自分はここまで、致命的なミスなど犯していないはずだ、そのはずなんだ。

「俺っちにおかわりもらえるかな？」

「俺にも頼むわ」

「アタシも」

だけど、フルブニル様とトゥリヌ様とミューリシャーリ様におかわりを所望されたことで、自分の頭の中からそういう考えは消えてしまった。

むしろ嬉《うれ》しくなってしまった。自分の菓子を、これだけ求められるというのは料理人冥利《みょうり》に尽きるというものなのだから。

「わかりました！」

自分は意気揚々と、杯を受け取って注ぎ、差し出す。

お三方はそれぞれ、味わいながら飲む焼き芋を楽しんでくださってる。しつこいようだが、嬉しいっちね。これだけ楽しんで喜んでいただけるのは、本当に嬉しい。

そして勝利を確信したたっち。

最初にこれだけ好印象を抱いている方々の判定を覆すのは、至難の業《わざ》。

たとえシュリが、話のとおりの料理人だとしても、ここから挽回《ばんかい》するのは無理だっち。

ククク、これで自分の勝利は決まったようなもの。

自分がそう安心していると、厨房《ちゅうぼう》の方から足音が聞こえてきた。耳聡《みみざと》くそれを聞いた自分は、そちらを振り返る。

やはり、そこにいたのはシュリだった。

手には人数分の皿を用意してこちらに向かっている。そのシュリの目線が一瞬、自分の鍋の方へ向いて不安そうになったのを見逃さない。

だが、

「お待たせしました、皆さん」

「おお、ようやく来たか！」

テビス姫様は残っていた飲む焼き芋を飲み干して、喜色満面になったっち。

他の人たちもすぐに飲む焼き芋の残りを飲み干している。

思わず自分は眉をひそめて、みんなに見えないように拳を握りしめたっち。

さっきまで美味《おい》しそうに、嬉しそうに自分の菓子を楽しんでいた人たちが、シュリが現れた途端にこれだっち。

この人たちの中でシュリの評価はそれほどに高い。急いで飲む焼き芋を胃に納めてシュリの菓子を心待ちにするほどに。

あまりにも温度差がある対応の違いに、悔しくてたまらない。

だが、そんな考えもシュリが出した菓子を見て、強制的に鎮められることになる。

「皆さんにお出しする僕の菓子は、こちらです」

そうしてシュリがみんなの前に差し出したのは、白くて丸い何かだった。

黄色いソースの上に乗った白くて丸いもの、さらに上には茶褐色のソースが綺麗《きれい》に線を描いて掛けられている。

あんな菓子は、見たことがない。

今まで生きてきて、あんな形の菓子を見たことがないっち。

なんだ、アレは？　料理人としての抑えられない好奇心がムクムクと胸の中で膨らみ、知らず知らずのうちに視線が釘付《くぎづ》けになっている。

「シュリ？　これはなんぞや？」

テビス姫様もまた、あんな菓子を見たことがないらしく、視線がシュリと菓子の間を行ったり来たりしていた。他の面々も似たような感じだったたっち。

シュリはかしこまると、笑顔で言った。

「これはウ・ア・ラ・ネージュと呼ばれるメレンゲのお菓子です。どうぞ、楽しんでください」

シュリが言った菓子の名前に、自分は必死に記憶を探って似た菓子があったかどうか思い出そうとする。だけど、ない。ないんだっち。当たり前だ。

名前も見た目も、全てがここで初めて見るものなのだから。

シュリの勧めにテビス姫様たちはおずおずと食べ始めたっち。

いったいどういう菓子なのか、どういう味なのか。自分も好奇心一杯で皆様を見ていた。

そして食べた直後に全員に驚愕《きょうがく》の表情が浮かぶ。

「うぉ……」

「これは……」

フルブニル様とミトス様の口から漏れる、驚愕の声。

「なんじゃこれ？」

「不思議……」

「これは……妾《わらわ》は霧《きり》か雲でも食べておるのか？」

テビス姫様たちの驚きと共に出た笑み。

見た目どおり柔らかいらしく、テビス姫様の口はあまり噛《か》む動きがなかった。

とりあえず飲みこむだけっち。

「干した果物が僅かに口に残ることが、この菓子が口の中にあった証明みたいなものよ！　なんということよ！　この菓子、まことに口に残るのは味と果物のみか！」

「ほんとう……すごい……」

テビス姫様の横で、ミトス様も驚きのあまり手のひらを打ち合わせた。

「三不粘《サンプーチャン》もすごかったよ……あれも口にしたことのない舌触りと食感だった。とても新鮮だった。

だけどこれは違う。メレンゲを構成する泡の形を口の中いっぱいに感じる！　こんな食感は、今まで出会ったことがない！　口の中にふわっと広がったと思ったらフッフッと泡が弾けて消える！　確かに味はする、風味もある、この敷いてあるソースの味もしっかりとあるし、食感の補強に加えられた干し果物の噛み心地と味もある！

でもやっぱり、このメレンゲの食感が口の中に広がっては、泡に舌が包まれる！　こんなのは初めてだよ！」

ミトス様の説明を聞いても、自分には全くその味が想像できなかったっち。

なんせ見たことがない。調理手順も材料も見ていない。完成品を見ればだいたい想像できるものが、全くできない！

テビス姫様とミトス様が驚く横で、フルブニル様とトゥリヌ様が複雑そうな顔をしているのが印象的だったっち。

「んー、俺っちとしては……これは本当に不思議な食感すぎて困る……」

「あ、それは俺も思ったわ」

「美味《おい》しいんだよ、俺っちだってそう思う……だけど、これは……」

「そうなんだよ。歯ごたえも噛《か》み心地も、なんか物足りなさすぎて口の中が迷子になってる感覚がある」

「やっぱり？　なんか、顎の所在に困る感じがする」

二人の言葉を聞いて、自分はこの菓子が改めて不思議なものだとわかった。

顎の所在がわからなくなるほど、というより経験したことのない食感と歯応えのなさに戸惑っているんだというのはわかったっち。

「この菓子は、まさにその儚《はかな》さを表した菓子でもあります。この菓子は卵白を泡立てて作るメレンゲに干し果物を加え」

そんな二人に、シュリは唐突に料理の説明を始めた。

信じられなかったっち。料理の技術や秘伝を、こんな場所でひけらかすような、開示するような真似をするなんて思わなかったから。

どういうつもりなのかはわからないけどこれは好機。お人好しなのかバカなのかは知らないが、その技術はもらう！

自分はシュリの言葉に神経を集中させて聞き入る。隣のじいちゃんも同様に、一言一句聞き逃さないようにしている。

だが、次の言葉に頭が真っ白になりそうだった。

「茹《ゆ》でたものです」

「茹でる!?」

思わず自分は叫んでいた。だってそうだろう、メレンゲを茹でるなんて聞いたことがない、試したこともない！

どうやってメレンゲを茹でるというのか!?

「ええ、茹でました」

「バカな！　ありえないっち！　どうやってそんなこと!?　いや、メレンゲをどうやって湯に浮かべると!?」

自分はそれを口にして、同時に顔を赤くしてから拳を背中に回して握りしめた。

あまりにも自分が卑《いや》しくて悔しくて、拳を握りしめて自分の行いを恥じたっち。

勇んで勝負を挑んだ本人が、その対戦相手の料理に使われた秘技を問いただす。そのあまりの情けなさから顔から火が出そうだったたっち。

だけどそのシュリは、自分に対してあくまでも優しく、それをするのが当たり前のように語る。

「湯にあらかじめ、レモンの果汁を加えておけば固まりやすくなります。お玉を使ってメレンゲの形を作りながら整え、湯にゆっくりと漬けると、メレンゲはお玉から剥《は》がれて浮きます。あと、お玉は事前に冷やしておけばさらに剥がれやすくなります」

シュリの説明に、自分は驚愕《きょうがく》に目を見開いたままになってしまった。

ありえない。そんな技法、聞いたことがない。できるわけがない。

そう糾弾《きゅうだん》してやりたかったが、実際に目の前にはその技法で作られたという菓子が供されている。視線が床と菓子の間を交錯する。

「ありえない……メレンゲを茹《ゆ》でるなんて発想、普通はしない……お菓子に入れる材料のようなものを、ここまで主菜として盛り立てるなんて……」

メレンゲそのものが主役のこの菓子。そんな発想、自分にはなかった。

なかったものが、目の前に完成品として置かれている。

動けなかった。動きたくなかった。

自分は、それほどに混乱していたんだっち。

「おほん……と、説明したとおりの手順を使ってまずメレンゲを仕上げ、そのあとはカラメルを作って表面に掛けて、味にアクセントを加えます」

「ああ、この茶色いのがそうなんだね！　弾けて溶けて消えるような泡の感覚に甘さと、それを強調するように添えられたほどよい苦みはそれなのか！」

「はい。そして、下にはアングレーズソースを敷いています」

「アングレーズソース？」

「はい。これは卵と牛乳で作るソースです。こういう菓子にはとてもよく合います」

シュリの説明は続く。トゥリヌ様とフルブニル様は納得したように頷《うなず》いている。

自分もまた、動けないまま聞き耳だけ立てて、その内容を頭に刻もうとしていた。

「シュリ、一つ聞いていい？」

そんなときだった。ミューリシャーリ様がシュリに問うたっち。

「はい。なんでしょうか」

「今聞いた調理法だと、どうしてもわからないことがあるんだけど」

ミューリシャーリ様の言葉に、自分はようやく呪縛《じゅばく》から逃れられたように首を動かした。ミューリシャーリ様は、白くて丸い……ウ・ア・ラ・ネージュというものの下に敷かれているソースを指さす。

「これ、とてもそれだけじゃ説明できないような良い香りがする。今まで嗅いだことのない香りと風味だけど、それがこの菓子とソースの二つの風味を繋《つな》げてさらに味を良くしてる感じ……がすると思うんだけど……だめ、わかんない」

「ミューリシャーリも感じておったか。知らぬのも無理はない、妾《わらわ》もわからなんだ」

テビス姫様が悔しそうな顔をしてソースを匙《さじ》でつついてる。

「確かに今、シュリが説明してくれた内容では納得できぬ何かがこのアングレーズソースとやらにある。味ではない、まさに風味よ」

テビス姫様は再度アングレーズソースを匙ですくい、舌先に乗せた。

それをゆっくりと口の中へ運び、慎重に口の中で転がす。風味、香り、あらゆる感覚を総動員して何であるかを確認してるんだろう。

しかし、テビス姫様は残念そうに微笑《ほほえ》むばかりだったたっち。

「ダメじゃ、妾でもわからん。何が使われておるのか、さっぱりじゃ」

「これは僕がとある花から作った香料です。バニラエッセンスといいます」

「バニラ……エッセンス？」

「はい。このアングレーズソースには、僕が作ったバニラエッセンスが入っています。僕の国の名前で、バニラと呼ばれる蔓性《つるせい》の植物の花を加工した香料です」

再び始まった、シュリの話。全てを聞き逃すまいと、もう一度自分の耳に意識が勝手に集中するのを感じたっち。

「なんじゃ、それは」

「これですね」

そう言うとシュリは、懐に用意していたらしい瓶《びん》を取り出した。透明な液体の中に漂う茶褐色のものだっち。

なんだ、あれは？　見たことがないっち。自分は目を見開くようにその瓶を見るけども、やはり記憶にない。

「それが、その、バニラエッセンスというものか」

「はい。バニラの花から種を収穫し、キュアリングと呼ばれる処理で発酵、乾燥を繰り返し、香りを出していきます。

そして香りが出たバニラ……それをバニラビーンズと呼びますが、そのバニラビーンズを強い酒に漬けることで、バニラの香りが移ったこのバニラエッセンスが作られます」

「キュアリングとはなんじゃ？」

「簡単に説明します」

そこからシュリの説明が行われたが、何一つその説明で理解できるものがなかった。

それもそうだ。聞いたこともない、見たこともない、そんな調味料の話をされても理解できる方が少数派だろう。

シュリが一気に説明を終えても、自分たちは呆気《あっけ》に取られたままだったたっち。丁寧に説明されても理解できなかったし、そしてあっけらかんと技術や製法を公表するシュリの性根が理解できない。

理解できないが故に、自分はシュリに詰め寄ってこう言うしかなかった。

「バカな、バカな！　そんなバカな！　そんな方法でそんな、テビス姫様の食の知識にないような香り豊かな香料が作れるなんて、嘘《うそ》っち！」

「嘘じゃないですよ、ほら」

だけど現物が目の前にある。シュリがバニラエッセンスの瓶《びん》の蓋《ふた》を開けると、自分へ差し出した。

「嗅いでみてくださいな」

シュリがそう言うので、自分はシュリの手から瓶を奪ったたっち。

シュリがこちらに手を伸ばしかけていたが、それに構わず慎重に香りを嗅ぐ。

衝撃的だった。

嗅いだことのない香りが、鼻の奥を直撃したたっち。

シュリが説明した製法をそのまま、その通りに再現すればこの匂いが出せるのだろうか？　そして、この香りを使って作る菓子のレシピはきっともっと増えることだろう。既存の菓子にこれを使うのはどうだろうか？

自分はそんなことを瞬時に、脳内から溢《あふ》れ出るほどに考えを巡らせていた。

「ちょっとアタシにも嗅がせてもらえる？　ミナフェ」

「あ、え？　……あ、はい！」

唐突にミトス様から声を掛けられ、自分は瞬時に反応ができなかったっち。だから慌てててミトス様へ瓶を差し出した。

ミトス様はそれを壊さないように受け取り、少しだけ匂いを嗅いでみている。二度三度と嗅いでみて、そして溜め息をついた。

「はぁ……確かに良い匂いだ。甘く濃厚な香り。確かにこれは菓子によく合うだろうね」

「ミトス様。失礼ながら、私にも嗅がせていただけますか？」

「いいよ、ゼンシェ。ほら」

ミトス様は瓶をじいちゃんに渡した。それを受け取り、鼻の近くで匂いを嗅ぐじいちゃん。ゆっくりと確かめるように嗅いで、そして嬉《うれ》しそうに笑った。

「これは素晴らしい香料ですな。これで菓子を作るのなら、菓子作りの幅は確かに広がりましょうな」

「そうだろうね。じゃあ、ミナフェ」

「は、はい！」

ミトス様は、ウ・ア・ラ・ネージュの皿をこっちに差し出して言った。

「食べてごらん」

「よ、よろしいのですか⁉」

自分は思わず驚きながらミトス様に聞いたっち。

ミトス様の食べかけとはいえ、王族に供された食事に、城勤めの料理人が手を出していいはずがない。なのにミトス様は、さらにこちらへ皿を差し出してくる。

ミトス様は少しだけ笑っていた。

「食べかけで悪いけどね。……シュリとこうして相対した君だから食べてみてほしいんだ」

「それは……」

「同じ料理人として、この菓子から何かを掴《つか》んでほしい。そして、それを国のために役立ててほしい。できるかい？」

途端にミトス様は真剣な眼差《まなざ》しでこちらを見る。

その視線に、自分の背中に火花が散ったようにやる気が湧き上がってくる。

「はい。わかりました」

ここで引いていられない。逃げていられない。意を決して自分は、皿を受け取ってシュリの菓子……ウ・ア・ラ・ネージュというものに匙《さじ》を突き立てた。

「うわ……」

シュワ、と泡が弾けて、サク、と匙が突き立つ感触が匙から指に伝わってくる。

これはなんとも不思議な……自分はそのまま匙にすくった分を口に運んだ。顎を動かし、味わおうと集中する。

だが、そこにあったのは未知の感触だった。

歯応えはほぼない。あるとすれば干し果物の感触だけ。だが、舌触りが独特だったっち。

自分は子供の頃から思っていた。甘くてふわふわしたメレンゲを、満足いくまで食べてみたいって。だけど大人になって、それをするのが馬鹿らしいことだとわかってくる。甘くてふわふわで美味《おい》しいけど、あくまでもそれだけなのだから。その土台となるクッキーやパンの生地と合わさってこそ、メレンゲの真価は発揮される。自分の考えはそう固まっていた。

だけどこれはどうだ。メレンゲを茹《ゆ》でることによりふわふわしてたそれが、ふわふわした感触をできるだけ残しつつも形を感じられるようになってるじゃないか。

舌の上に転がったメレンゲはふわふわしつつも、調理過程で発生した泡の感触がしっかりと感じられるようになっている。シュワシュワしている、とでも言ったらいいのだろうか？　ともかく形容しがたい食感になってるっち。

もちろんメレンゲとして、本来あるはずの淡くて優しい甘さはそのまま残っている。そこに干し果物独特の酸味と甘味、そしてカラメルの香ばしさも合わさり、調和が取れている。

さらに、下に敷いてあるソース……アングレーズソースというのだったかな、まあそれと一緒に食べると味がさらに広がりをみせる。

バニラエッセンスの甘く蕩《とろ》けるような香りと卵と牛乳の優しい味わいのソースによって、ウ・ア・ラ・ネージュは一段階上の味となっていた。

これら全てが渾然《こんぜん》一体となり、ウ・ア・ラ・ネージュとなる。それがわかったとき、自分は敗北を確信したっち。

メレンゲを茹《ゆ》でるという発想、それを実現させる腕、味を調えるセンス。

どれもが自分よりもシュリの方が上なのだと突きつけてくるようだったっち。

「オリトルでこれを取り入れられる？　ゼンシェ」

「まずバニラとやらを見つけ出すところからだと思われます。作り方は……聞いたとおりならば、研究と試作を続ければじきに結果は出せるかと」

じいちゃんとミトス様が何かを話しているが、自分はその間にもう一口食べる。

悔しいけど、美味《おい》しいっち。思わずもう一口食べようとしていたところで、

「よし。ミナフェ、菓子の感想は？」

と、ミトス様から話しかけられた。自分は慌てて皿を机の上に置き、何かを言おうとして迷う。迷って迷って考えて……。

「っ、言葉も、ありません」

これだけだったたっち。本当に、言葉もないとしか言いようがなかった。

美味《おい》しいし新しい。

悔しいが、本当にそれが自分の中にある感想の全てだったたっち。

「そうか」

ミトス様は興味なさそうに一言だけ告げると、再びウ・ア・ラ・ネージュに手を付ける。

それを見て、思わず自分は右手で口を押さえた。

ようやくそのときに気づく、自分が悔しすぎて顔をしかめて皺《しわ》だらけになっていることに。怒りの皺が顔に刻まれて醜くなっていたことに。

悔しすぎて情けなさすぎて、勝負をしかけておきながら屈服しそうな自分に怒りを覚えて、その結果がこんな情けない顔つき。

「ミナフェ」

声をかけられてバッとそちらを見れば、じいちゃんが真顔で背筋を伸ばしていた。

「言葉にしろ」

たった一言。

「言葉にして、ちゃんとミトス様にお伝えするんだ」

さらに一言。

「肩の力を抜け。今は悔しさを忘れろ。私の孫のお前ならできる。やってみろ」

最後に一言。

じいちゃんはそれだけ言うと、目を閉じて頷《うなず》いた。

忘れていた。自分の本分を。自分の役目を。自分の役割を。

この菓子を食べてミトス様の前に立つ以上、言葉にできませんなんて通用しない。

だから、自分は精一杯頭を働かせ、口に出す。

「ミトス様。自分が感じたのは……まず美味しかったのは間違いありません」

「うん」

ミトス様は優しい顔つきで、こちらへ体を向けた。

自分はミトス様の顔を真っ直ぐ見てから、さらに続ける。

「材料や作り方などはシュリが自ら言っていたので、再現に関しては時間をかければ可能だと思います」

「バニラエッセンスに関しては？」

ミトス様の質問に、自分は大きく息を吐いてから続ける。

「バニラ……という花を見つけることが前提となりましょう。それに関しては、ここにいらっしゃる方々が手を尽くされるかと」

「バニラエッセンスの販売や普及に関しては？」

「どんなに優れた調味料、香料であろうとも、それを生産、加工などをする人間がいなければどうにもなりません」

ここで自分は胸を大きく張ってから答えたっち。

「自分たちはバニラエッセンスを加工できる人間を育てて確保する方がよろしいかと」

「ふむ……なるほど。そうだね。その通りだ」

自分の言葉がミトス様にとって良いものだったのか、ミトス様はシュリの方を見ながら言った。シュリは仲間たちから何かを言われてるようだ。

そんなシュリを見ながら、ミトス様はおっしゃる。

「バニラエッセンスという新しい商売道具の大元を担う方が利益は大きいだろうね。だけど、どんなに良いものでも製品化できる人がいなければ宝の持ち腐れだからね～。あっちにはバニラエッセンスの販路を、こちらにはそれを使う料理人を……棲み分けには十分だし、相手方の領分は侵さない。ここらが、一番争いのない納め方だろう」

「ミトス様。バニラというものを見つけた際はどのような対応を？」

「決まってる」

ミトス様はにっこりと笑って答えたっち。

「そのときはそのときで、こっちでもバニラエッセンスの開発に乗り出せばいい。それまでは、別の人たちにバニラの捜索と研究開発を任せちゃおう。あとは、兄ちゃんからバニラエッセンスを少し分けてもらえれば万事解決だね」

「そうですな」

ミトス様のお考えに、じいちゃんも同意を示した。

自分は自分で、それを言い出した本人でありながらちょっと抵抗はあるけど。

こんな乱世の世の中、一つの新しい食材を見つけるためだけに人員や時間、金を費やすのに抵抗があるとは思うっち。魔工工業を確立させつつあるアルトゥーリアや、食材の生産、加工、販売を主な産業とするニュービストなら話は別だろうけど。

そんなことをしてる暇があったら、何かで金を稼いで防衛力を整えるのが一番かも。

だけど、新しい食材や調味料、香料が開発されるかもしれないのなら、そっちに力を入れてほしいと思うのも、料理人としての性《さが》だっち。

まあ、ミトス様の決定と自分から言い出したことなのだから、反対意見は言わないけど。

それに……料理人としてではなくオリトルの国民として、あれだけ荒れて壊れた街並みを見た人間として、戦争の怖さを改めて知った身としては、国の防衛にもっと力を入れてほしいと思ったのも事実だし。

「シュリよ」

自分たちの話が終わった頃に、テビス姫様がシュリを呼んだ。

シュリがテビス姫様の前に立ったけど、テビス姫様は何やら難しい顔をしている。何を話すつもりなのか、何を言うつもりなのか。自分は気になって聞き耳を立てていた。

「いくつか聞こう。このバニラエッセンスとやら、今はどれだけある？」

「今はまだ、ミナフェが持っている分しかありません」

「他の者が作るような予定は？　量産の計画は？」

「ないです」

「ではこの菓子……ウ・ア・ラ・ネージュは他の者も作れるか？」

「いいえ、僕はここでは初めて作ったので、他の人には教えてません」

「そうか……」

テビス姫様によるいくつかの質問に、シュリは不思議そうな顔をして答えていく。この質問の流れに、自分はどこか既視感《きしかん》を覚えてるっち。

その後、テビス姫様が額を押さえて困った顔をするのも、既視感を覚える。

まるで、自分が何か大事なことを見落としているのを、意図して忘れているような。

「では裁定に入ろうかの！」

「えっ」

「皆の者よ、どちらの菓子の方が良いと思ったかの？」

テビス姫様はそう言うと、他の人たちから意見を聞いてく。

「俺っちはシュリの菓子を推したい。なんせ味と衝撃が格段に違うからねー。ミナフェの飲む焼き芋も衝撃があったけど、シュリのそれには敵《かな》わない。俺っちはそう思った。

口の中の物足りなさも、そういう菓子だと思えば納得できたよ。儚《はかな》く消えつつも記憶に残る味を提供する……て感じ」

「それはアタシもおんなじ。シュリの方が良いと思う。いろんな菓子が作られるオリトルの生まれとしても、シュリの菓子は斬新で最高だと思う。三不粘《サンプーチャン》も良かったけど……それに比肩するほどの驚き、そして味もピカイチだった。

けどミナフェ、君が悪いわけじゃないよ。普通の菓子勝負なら、君の勝ちだ。相手が悪かっただけさ」

「はい……」

フルブニル様、ミトス様はシュリの菓子を推す。それは、まあ自分でも当然だと思ってしまった。シュリの菓子はそれだけ凄《すご》かったから。

落ち込んでいると、後ろからじいちゃんが優しく肩を叩《たた》いて慰めてくれた。

その優しさが、少しだけ嬉《うれ》しかった。だが、悔しさはそのままだっち。

「すまんが俺は、ミナフェの作った飲む焼き芋の方が良いがじゃ」

「私も」

え!?　と自分は驚いてトゥリヌ様とミューリシャーリ様を見た。

「な、なんでっち？　いや、ですか？」

震える声で自分が聞くと、苦笑しながらトゥリヌ様とミューリシャーリ様が、顔を見合わせてから言った。

「アタシはシュリの菓子も美味《おい》しいと思うけどね。上品すぎるかなって」

「じょ、上品？」

よくわからなくて黙っていると、ミューリシャーリ様は優しく言う。

「アタシたちって、ほら、山の中か海の傍《そば》で暮らしてるじゃない？　シュリのこんなふうに美味しいけど上品な菓子を出されても、どう食べればいいのって感じで」

「そうそう、俺も思ったんじゃ。シュリの菓子は美味しい！　しかしこれは〝店で上品に食べる〟菓子じゃろう？　俺んところの店で出すとしたら、杯があればどこでも飲めて楽しめる『飲む焼き芋』っちゅうのは土地柄に合っちょると思ってな。こっちも旨いし、何より腹に溜まって力が出る！　という理由じゃ」

「あ、ありがとうございます！」

自分は喜色満面でお辞儀をしてたっち。自分の菓子をそんな形で認めてくれるとは、思ってなかったから。トゥリヌ様とミューリシャーリ様が自分の菓子を推してくれたのはそれほど意外だったっち。

このお二方もシュリと懇意にしている。さらにはシュリの菓子は凄《すご》かった。そのうえで自分を選んでくれたことに、心から感謝していたっち。

　さて、これで最後はテビス姫様だ。テビス姫様の言葉を聞こうと、全員が顔を向けた。

テビス姫様は困ったように天井を見上げ、そして答えを出したのか、真顔になって自分とシュリを見たっち。

「妾《わらわ》の判定待ちか。……あんまり言いたくないのぅ」

「それを言ったら俺っちたちの結論が意味ないでしょテビス姫。もったいぶってないで言ってくださいよ」

「はぁ……わかった。じゃあ言うぞ」

　テビス姫様は、溜め息をついて言った。

「この勝負、二人の負けじゃ」

　テビス姫様の言葉は、その場の全員の言葉を失わせるには十分だった。

　フルブニル様は考えるように腕を組んで俯《うつむ》き、トゥリヌ様とミューリシャーリ様は顔を見合わせて、わけがわからないって顔をしてる。

　シュリの仲間たちは菓子を食べたそうに黙ってこっちを見ていたのに、驚いたまま固まっている。

　自分も、じいちゃんも、同様にテビス姫様の言葉に反論すらできなかった。二人に票を与えて引き分け、ではないっち。

どっちも負け。

それがテビス姫様の結論なのだから。

「……あ」

黙ってしまったこの場の全員の中で、ミトス様とシュリだけが理解したように声をあげた。ミトス様は困ったように顔を押さえ、シュリは口を押さえて目を見開いていたっち。

テビス姫様は、まず自分の方へ視線を向けた。

「ミナフェよ。妾《わらわ》はお主《ぬし》に聞いたな？『これの原料は研究中の新種の芋か』と」

「は、はい」

「そして、一年以内に流通に乗せられるとミトスは答えた。そうであるな」

「はい」

テビス姫様は自分から視線を逸《そ》らし、天井を見上げたっち。

「のぅ、ミナフェ。現在流通しておらん、安定供給もできないような新種の芋で店を構えるつもりなのかの？」

!!　その一言に、自分はようやく、致命的なミスに気づいた。

そう、お題は『店で出す菓子』。だから自分は早さを重視した。新しさも考えた。その結果として、研究中の飲む焼き芋を出した。それはきっと、テビス姫様の考えの範囲内だったと思う。

だけど予想外だったのは自分が使った芋が、未《いま》だ市場に流通していない研究開発中の新種の芋で、安定供給はおろか入手すら困難であると言われたことだ。

　店で出す菓子なのに、入手できない原料を使っては話にならない。

早さと新しさの他に目を向けるべきは、その菓子が、いつでもどんなときでも、同じ味と満足感を与えてくれるものかどうかだったっち！

　じいちゃんもそれに気づいたらしく、悔しそうに俯《うつむ》いたっち。

「すまんミナフェ……！　傍《そば》にいながら私がそのことに気づかなかったとは……！」

「いや、じいちゃんのせいじゃないっち……自分も『店の』料理人ではなく『城勤めの』料理人という側面でしか考えてなかったっち……」

　確かにじいちゃんは傍にいて、菓子を見ていながらそれを言わなかった。

だけど一番そこに気づくべきは自分だった。自分が作ったものが、果たして店で出せるかどうか？

　なぜこんなズレが起きたのか。理由は明確だっち。自分は『城で』料理に携わっているからだっち。

　普通の店の料理人ならば、菓子職人ならば、こんな初歩的なことで間違いは犯さない！

「そうだ、アタシが気づいたのもそこだよ」

　ミトス様は苦笑しながら、自嘲しながら言った。

「自分で言ってて忘れるんだもんねぇ。一年以内に流通に乗せられるってさ。言い換えれば、流通に乗せるまで、一年以内は店が出せないって答えちゃってるんだもん。はぁ……ヒリュウ兄ちゃんがいたなら、こんなミスはしなかっただろうなぁ……」

「それは……違います。全ては自分の間違いなのですから……」

自分はそれしか言うことができなかった。ミトス様の責任なんてない、全ては自分が自分の腕に酔いしれて、守るべき条項を見落としていただけなのだから。

しかし、それならシュリは？　シュリはどうなのだろうか？

シュリの方を見ると、シュリは口を押さえたまま顔を青くしていた。

そうなんだ。自分が材料の調達で失格というのなら、

「そして、シュリよ。お主《ぬし》はもっと酷《ひど》いのぅ」

シュリは、もっとダメだったっち。

「まずバニラエッセンスじゃったの。うむ、素晴らしい香料じゃの。しかし、原料をどこで調達するのかもわからん。作り方もシュリしかわからん。これをどうやって使うのかも、シュリしかわからん。普通の商売なら強みじゃろうが、店で出すという今回の勝負の趣旨を考えれば、誰にも手に入れることのできない原料、誰にも周知されていない加工が必要なものを出すのは、失格以前に失敗と言わざるをえんな」

「は、い」

シュリは震える声で、そう返答した。

この場合、シュリの方がもっと酷い。誰も知らないバニラエッセンスというものを作り、それを活用したことは素晴らしいことだと思う。

だけど、自分がダメだと言われたならシュリはもっとダメだっち。なんせ、誰にも手に入らずどうにもできないものを使ってるのだから。

「で？　どうやってバニラエッセンスを流通に？　店に安定供給するための仕組みを作るのじゃ？」

「それは……その……リルさんと、協力、を」

「いったいそれはどれくらい時間がかかる？　ミナフェは、一年以内に流通に乗せるところまで研究と販路は進行しておるぞ。

原料調達の販路、加工のための人員と店の手配、それを売り出す商人との連携……どれもこれも、原料と加工の試作段階からまだ抜けてはおらぬではないか。

一年以内に店を出すなんて話ではない、これから店に関して一から考えねばなるまい」

懇々と話すテビス姫様に、シュリはバツの悪そうに返答する。

さらにテビス姫は、空になった皿を指で弾いた。コツン、と皿が震えて揺れる。

「さらに酷いのはこの菓子じゃ」

「え!?　それは、その、え！」

その言葉は看過できなかったのか、シュリは反論しようと口を開く。しかし上手く言葉にできなくて、詰まるばかりだ。

シュリが何かを言うために頭の中を整理している最中に、テビス姫様はジロリとシュリを睨《にら》んだ。

「旨いよ。確かに旨い。この勝負で驚いたが、ミナフェの飲む焼き芋とシュリのウ・ア・ラ・ネージュはほぼ同格であったよ。それでもシュリの方が完成度が高かった。これは、まだミナフェが飲む焼き芋が研究段階であったからじゃろうな。だからシュリの方が完成度が高く澄んだ味わいの菓子を作れておった。

しかしのぅ。現段階で、この菓子を作れるのはシュリだけであろう？」

「っ」

ここでテビス姫様が何を言いたいのか理解したらしいシュリは、さらに顔を悲しそうに歪《ゆが》めた。続けてテビス姫様は、声色を厳しくして続ける。

「お主《ぬし》は言ったたな。バニラエッセンスはここにある分しかない。これはミナフェと同様の失敗である。しかしまずいのは、この菓子を他の者には作れんことにある。技術力の問題じゃな。それに比べ、ミナフェの菓子は原料の芋があれば他の者にも作れるじゃろう。調理手順も難しくあるまい。

店で出すのに、お主しか作れなんだらお主に何かあったときどうする？　体調を崩した、風邪を引いたなぞ序の口、新しい食材の調達のために遠方に出かけるとか、帳簿整理のために事務所に引っ込むとか、別の店との契約のために仕事をするとか、そういうときになったら店でウ・ア・ラ・ネージュは出せんということになる。ウ・ア・ラ・ネージュを求めて店に来た客に、今日は作れる者が留守だから作れませんなんぞ通用せん言い訳ぞ、シュリ！」

「はいっ」

テビス姫様の声はとうとう怒りが混じっており、シュリは萎縮して頭を下げていた。

「完全な失敗でした……！　僕自身、それに気づけなかったのは未熟以外の何ものでもありません！」

「そうであろうな。それが、妾《わらわ》の理由なのじゃ」

最後に、テビス姫様は椅子から立ち上がりながら言った。

「それこそが、妾が二人を負けだと言った理由なのじゃ」

言葉の重みが、背中にズッシリとのしかかる。テビス姫様はそのまま踵《きびす》を返して食堂の扉の方へと向かう。

「どちらへ行くのかな？」

その背中に、フルブニル様が飄々《ひょうひょう》とした様子で声を投げかけた。

「これだけ場を乱しておいて、はいさようならはあまりにも無体だと思うけど？」

「妾は二人に負けを宣告した。それを、二人に票を入れぬと判断すれば良かろう。つまりは引き分けじゃ。とても情けない引き分けではあるがの」

それだけ言うと、テビス姫様は食堂から出て行ってしまう。

残された自分たちは、何も言えずその背中を見送るばかりだったたっち。


で、結局後片付けや他の人たちへの謝罪を含めて後始末が終わった夜。

「はぁ……」

「はぁ……やっちまったですね……」

自分とシュリは、誰もいなくなった厨房《ちゅうぼう》で一緒に酒を飲んでいた。

残りの食事の準備や仕事の最中は全くしょげた様子を見せなかったシュリだけど、全部の仕事が終わった後に酒を飲みながら悔しそうな、悲しそうな顔をして厨房の椅子に座って愚痴ってるっち。

「全くだっち……自分も未熟以外の何者でもなかった……」

「ミナフェはまだ良いですよ……僕なんて失格要素二つですよ二つ。しかもミナフェのそれより遥《はる》かに酷《ひど》い……料理番として店で働きたいから修業をしてたのに、その経歴やら目的やら夢やらを忘れてたんですから、救えない」

そんな感じでシュリは愚痴りながら酒を乱暴に飲んだっち。

「本当なら、もっと早い段階で気づくべきだった。課題の本質を見るべきだった。でもそれを怠った……情けない」

「うん……自分もだっち」

「落ち込んでいたところで、ミナフェに仕事を手伝ってもらえたのはとても助かりました」

「礼はいらないっち」

自分はあの後、なんとなくだがシュリの仕事を手伝っていた。

じいちゃんも止めずに微笑《ほほえ》ましそうにこちらを見ていたし、ガーンたちも嫌な顔はしたが何も言わなかったので、本当に気まぐれで手伝ったたっち。

そしたら、シュリの料理人としての技術の高さを痛感させられたよ。

動きも指示の出し方も、一流の料理人だった。

なんか、そんな料理人として立派なシュリの愚痴る姿を見るのは、予想外すぎて思わず笑えてくる。

「シュリもそんな感じで愚痴ったり落ち込んだり、人らしいところもあるんだっちね」

「そりゃ人間ですからー。失敗もすれば後悔もありますよ。なんせ」

シュリは酒の入った杯を乱暴に机に置くと、自分へ楽しそうに視線を向けたっち。

「ミナフェに飲む焼き芋を出されたときは、正直負けたって思いましたから。挽回《ばんかい》する、とは思ってましたけど」

「いや、自分もシュリにウ・ア・ラ・ネージュを出されて食べたときには、負けたって思ったたっち」

「いえ、正直なところ……あのテビス姫様の退室の後、少しだけいただいたときには、負けてもおかしくなかったたって思いましたから」

テビス姫様が部屋を出た後、自分はシュリに頼まれて飲む焼き芋をシュリに出したっち。そのとき、シュリが驚いた顔をしてたけど……あれはそういうことか。

「そう言ってもらえると、自分も救われるっち」

「本当に、研究開発中って言っても……もう完成してたも同然です。僕のウ・ア・ラ・ネージュとミナフェの飲む焼き芋は、それだけ拮抗《きっこう》してました。条件が違えば、互いに課題を守っていれば……店で出すということを考えても、ミナフェが勝っていたかも」

「そうか……」

自分は酒を飲み、静かに杯を厨房《ちゅうぼう》の机の上に置いたっち。

「ちなみにシュリは、テビス姫様の課題を守った上で店で菓子を出すなら、どんなものを出すっち？」

「そうですね。クレープなんかが適当でしょう。」

「クレープ？」

自分が好奇心で聞いてみると、シュリにはどうやら、他にも案があったらしい。

しかもその名前は聞いたことがないから、興味が出てくるっち。

「こう、なんと言えばいいですかね」

そこからシュリは、次から次へと不思議な菓子の話を始めた。さっきまで落ち込んでいた様子はどこへやら、楽しそうに菓子の話が出てくる。

クレープ、アイスシェイク、杏仁豆腐《アンニンどうふ》、タピオカ……と、名前も聞いたことがない菓子が、無尽に溢《あふ》れてくる。それも、シュリの口からだ。

その知識の源泉がどこにあるのか、興味が出てきた。テビス姫様に怒られてしょげていたことなんて忘れて、シュリの話を聞き漏らさないように聞いていく。

「……と、いろいろまだあるんですけど、こっちの風土を考えると他に」

「まだあるっちか⁉」

シュリの口からどれほど話が出てきたのか。覚えきれないほどの知識が出てきたのに、まだ限界も何もない感じだっち。

これか。これがじいちゃんが惚《ほ》れた、シュリという男なのか。

恥も外聞もなくじいちゃんが生涯の師と呼ぶ遥《はる》かに年下の男は、凄《すさ》まじい男だっち。

その姿を見て、自分はたまたま勝負で追いすがれただけなんだと実感させられる。

自分自身の未熟さを、これでもかと痛感させられる。

そして、それを楽しそうに語る男の笑顔が、とても眩《まぶ》しかった。

「シュリ」

「っと、なんですか？」

シュリは自分が呼びかけると、話を止めて耳を傾けてくれる。

自分は、自然と言葉を発していた。

「自分をシュリと一緒に働かせてほしいっち」

この言葉は予想外だったのだろう、シュリはポカンとしたっち。

そして慌てたように手を振って答えた。

「いやいやいや！　ダメですよ！　自分はこの領地で料理人として働いているので、今更オリトルに仕官なんて」

「いや、いやいや……そうじゃないっち」

どうやらシュリは、シュリ自身がオリトルに来て料理人として働くことを想像したらしい。でも自分の言いたいことは違う。

自分は恭《うやうや》しく頭を下げて言った。

「自分がオリトルからこっちに仕官するっち。シュリの下《もと》で働かせてほしい、いや……シュリの弟子にしてほしいっち」

「はぁ？」

シュリは困ったように返答し、唸《うな》って迷っていた。

自分でも、いきなりすぎて困るだろうなとは思っている。そりゃ、一日の間に勝負して引き分けになった相手が弟子になりたいなんて困るだろう。

しかも自分は、オリトルから来てるミトス様の料理人。受け入れるには迷いがありすぎでしょ。

それでも自分は引くつもりはない。

「困るのはわかるっち」

「ええ。あなたはミトス様の料理人ですから。さらに、ゼンシェさんのお孫さんでしょう？　いきなりそんな……オリトルからこっちに来るって」

「それも自分がなんとかするから！　だからシュリは一言、自分の弟子入りを認めてくれればいいっち！　そうすりゃ、何とでもなるから！」

「なんともならないでしょう……だいたい」

シュリは立ち上がり、瓶《びん》に入れてあった水を杯に注いでから椅子に戻る。

水を飲んでから、自分の顔を真剣に見つめた。

「なんで自分に弟子入りを？　あなたはすでに素晴らしい腕を持っている……僕に弟子入りする必要なんてないはずでしょ」

「シュリに嘘《うそ》をつくのは嫌だから、言わせてもらうっち」

自分は大きく息を吸って深呼吸して言った。

「自分は、シュリの持つレシピに興味があるっち」

「レシピ……？」

「その頭の中にある、無尽蔵の新しい料理のレシピ。自分はそれを学びたい」

ガバッと頭を下げて、自分は続けた。

「わかるっち！　料理人にとって料理のレシピはそのまま自分の財産！　おいそれと他人に教えていいものじゃない、秘伝のものだってたくさんあるはずだっち！

そんな、自分の知らない菓子のレシピを持つシュリに、それを実際に作ってしまうシュリの腕前に、それを作るための原料や加工法を知ってるシュリの知識に惚《ほ》れこんだっち。

図々しいことを言ってるのはわかるっち、それでも、自分は」

「まあ、いいですよ」

シュリはたった一言、そういうと水をさらに飲む。今更気づいたけど、シュリが水を飲むのは少しでも体のアルコール分を薄めて、自分の話をしっかり聞くためだっち。

そんなシュリが、正直に野望を話した自分に対して優しい笑みを浮かべていた。

「ただ、それなら僕のレシピを受け継いでも仕方ないでしょう」

「というと……？」

「どうせなら、僕の持つレシピを改良してください」

その言葉に、自分の背中に冷や汗が流れた。

ウ・ア・ラ・ネージュでもあれほどだったシュリの知識に、自分が手を加えろという無理難題。それをなんてことない顔で言った。

自分が何も言えないでいると、シュリは困ったような顔をして杯の水を最後まで飲みきった。

「実はですね。僕が持つレシピってのは、その半分近くが、今作れないものでもあるんです」

「それは、なぜか聞いても？」

「単純に材料がない。それと文化が違うからその国の人に受け入れられるかどうかわからない。主に味と使う食材が」

「だから……自分に？」

「ええ。あなたの腕を信頼して僕が知る限りのレシピを、できるだけ教えますから」

シュリは楽しそうに、杯を指で弾いた。杯は傾き、自重で元の位置に戻る。

「あなたは、食べる人に……その国ごとの文化に合わせて、レシピに使う食材、調理法、味付けを考えていただきたい」

「そ、それは……」

「僕から言える条件はそれだけです。どうです？　やりますか？」

シュリの力強い言葉に、自分は反論の余地がなかった。拒絶もできない。

……いや、するつもりなんて最初からなかったね。

「わかった。その条件を受け入れるっち、師匠」

「お願いします。僕もできるだけ手伝いますが、それでも日々の仕事で手一杯になって手が出せないこともあるでしょうが……任せます」

「ああ」

自分はシュリに向かって右手を差し出した。

一瞬戸惑ったシュリだったけど、すぐに意味がわかったらしく手を延ばした。

「では、頼むよミナフェ」

「任されたっち、師匠」

互いに満足する結果を得られ、自分たちは握手を交わした。

と、ここで自分は気になったことがあったから聞いてみたっち。

「そういえばシュリ。なんで他の人にはさん付けなのに、自分には呼び捨てなんだっち?」

同僚にも、他の誰にもさん付けで敬語だったシュリだけど、自分だけにはなんだかさん付けもなく、敬語もそこそこな感じがした。

それが自分としては気になったので聞いたのだけど、シュリは照れくさそうに頬を指で掻《か》いた。

「いやぁ……最初から喧嘩腰《けんかごし》だったし、勝負まで仕掛けてきた相手なら、そこまで敬語もさん付けもいらないかなって、思っただけです。料理の勝負なら特に、そんな感じになってしまって」

「そうか。まあ、自分もシュリにさん付けされるのは違和感があるから、そのままでいいっち」

「じゃ、ミナフェのまま呼ばせてもらいますね」

「敬語もいらないっち」

「……わかったよ。ミナフェ」

そう言って自分たちは笑い合った。これでようやく、シュリから本当に弟子入りを許されたような気がした。

気がしたんだけど……後ろから何やら物音がしたっち。

「誰っち⁉」

自分が驚いて振り返ると、厨房《ちゅうぼう》のドアを半開きにして、そこから顔を覗《のぞ》かせるテビス姫様の姿があったっち。

なんか昼間見た姿とはあまりにも、こう弱々しい感じがしたので目を擦《こす》ってもう一度確認した。やっぱりテビス姫様だったけど。

「妾《わらわ》じゃ……シュリとミナフェが揃《そろ》っておるとは、予想外であったの……その……」

「で？　なんの用です？」

シュリがそう聞くと、テビス姫様はもじもじとドアの陰に隠れてしまったっち。

「いやな、妾《わらわ》も反省しておるのよ。勝負の判定人の代表みたいな顔をしてたくせに、いざ判定をしたら二人して負けなんて言い出して混乱させたのを」

「ええ、まあ僕たちに非があったので当然かと」

「うむ……正直妾の判定としても、二人とも条件次第では勝ち負けが変わっておった」

テビス姫様はドアの陰に隠れたまま、さらに続ける。

「店で出すなら、そのまま出せて美味《おい》しく、後片付けも楽なミナフェの勝ちであったろう。単純に、料理勝負で目新しい菓子というのなら、シュリの勝ちじゃろう。

二人の菓子はそれだけ互角であった。勝負の条件が変われればコロコロと結果が変わるほどに、の。だから、勝負のお題を無視したようなものを出すのは、ちょっと……」

「ええ、僕たちはそれを理解してますから」

「そうじゃろ？　でもの……」

「姫、さま」

と、いきなりテビス姫様の後ろからヌッとメイドが現れた。

無表情で何を考えてるのかわからない、けど美人顔のメイド。そのメイドがたどたどしい口調で話し出したっち。

「正直、に、おっしゃった、ほうが、よろしいか、と。姫さ、まは、勝負の判定、云々《うんぬん》、よりも、二人の菓子は良かったのに、あんな言い方をしたこと、後悔してらっしゃ、ると」

「ちょ、黙っておれウーティン！」

テビス姫様が慌てたようにウーティンと呼ばれたメイドの口を塞ごうと跳ねる。けど、メイドはそれを躱《かわ》すと、滑らかな足取りで自分たちの前に立ち、綺麗《きれい》にお辞儀をする。

「このウーティン。姫、さまの無体な、言い分を、代わりに謝罪いたし、ます。申し訳、ありませ、んでした」

「いや、テビス姫様のおっしゃったことはもっともですし僕は納得していますので、謝罪はいりません」

「あ、自分もです」

自分とシュリがそう返答すると、ウーティンは顔を上げてテビス姫様の後ろに戻った。

「姫さま。要件、の、一つは、片付き、ました。残りは、姫さまの口、から」

「わかっておるわ！」

「残りの要件？」

シュリの質問に、テビス姫様は咳払《せきばら》いを一つしてから答えた。

「……他のものたちに、ガングレイブの結婚式に出るよう要請しておいたわ」

「え!? でもそれは僕が勝負で」

「どっちも負けであるならどっちも勝っていたと解釈しておれ」

バツが悪そうな顔でテビス姫様は告げて、そっぽを向く。

なるほど、これはこの方なりの謝罪の仕方なんだなってのは理解できたっち。

理解したシュリは、優しく微笑《ほほえ》みながら頭を下げた。

「ありがとうございます、テビス姫様。これでガングレイブさんも、盤石《ばんじゃく》の構えでこの土地を治めることができるでしょう」

「うむ、そうじゃな」

「これから大変だよ、ミナフェ」

「え」

シュリに話を振られた自分が拍子抜けした顔をしてると、シュリは頭を上げて言った。

「だって、こっちでの初仕事が結婚式で出す料理や菓子、配膳や給仕なんだ。激務だぞ〜……覚悟はできてる?」

「できてるっち」

自分は迷いなく答えた。それに満足したらしいシュリは、うんうんと頷《うなず》く。

「良かった良かった。これで優秀な人手が一人増えた。本当に助かるよ」

「話が終わったのならばシュリよ。妾《わらわ》に菓子を出してもらえるかの」

「えっ」

テビス姫様はそう言うと、意気揚々と厨房《ちゅうぼう》の椅子の一つに座って腕を組む。

そしてこっちを睥睨《へいげい》して、にかっと笑った。

「いやの～判定として食べたけども、やはり二人の菓子は素晴らしかったわ！　妾だって判定人として人を集めたり結婚式に出席するよう取り持ったであろう？　妾も非はあったけど、その分は菓子で払ってほしいのぅ」

「姫、さま。この時間、での、菓子などの、飲食、は、お体に悪い、です」

「うるっさいわウーティン。お主《ぬし》、妾の命令で勝負のときに護衛から外されて仕事をさせておったから、恨んどるじゃろっ」

「そんな、ことは、ありま、せん」

「話は聞かせてもらった！」

テビス姫様とウーティンが言い争っていると、なぜか天井から声が聞こえてきた。

驚いて全員が天井を見上げると、そこにはなんとシュリの仲間の青髪の少女が天井に張り付いてこちらを見下ろしているではないか。

「なんじゃリル、そこにおったのか」

「リルさん、天井から下りてきてください。埃《ほこり》が落ちる」

「え？　言うことそれ？」

みんな、もっと他に言うべきことがあるでしょ？　なんで天井にぶら下がってんだとか、どうやって天井にぶら下がってんのかとか。そういうこと山ほどあるでしょ？

「ミナフェ」

そんな自分の混乱を見透かしたのか、シュリが優しい目をしてたっち。

「これがガングレイブ傭兵団《ようへいだん》、これが新しい領主……ガングレイブさんの下《もと》で働くってことです」

「何ひとつ理解できないけど、反論も疑問も無駄だってことだっちね？」

「はい」

ああ！　シュリが諦めたような疲れた顔で笑っている！　これが、こんなのがシュリの日常だったっちか⁉

弟子入りしたこと、初日から後悔するとは思ってなかった。

リルさんは天井から落ち、器用に厨房《ちゅうぼう》の床に着地した。膝で衝撃を受け止めつつ、両手を床に突いて衝撃を分散させる。

そして俯《うつむ》いていたリルさんがガバッと顔を上げると、言った。

「ふ、リルのことを忘れてもらっては困る」

「忘れてませんしいつから天井に張り付いていたのかは質問しません。なので単刀直入に聞きますが、なぜここに？」

「シュリは大事なことを忘れている」

忘れていること？　シュリの顔を見ると、何やら思い出したらしく手を叩《たた》いた。

「ああ！　そういえばリルさんたちに菓子を振る舞うのを忘れてましたね」

「ボクのことも忘れてないかな？」

今度は普通にドアから入ってきた人物が、シュリに言った。

「エクレスさんも……なぜここに……」

「仕事が忙しくてシュリの勝負を見に来ることができなかったからね。領主の座は捨てたにもかかわらず、政務でガングレイブがこき使うんだよねぇ。困ったよねぇ。困ったし疲れてるんだよねぇ」

なんかこのエクレスって人、怖い。シュリに対して優しい顔をしてるんだけど、他へ向ける目に熱が一切感じられない。シュリにしか興味がないって目をしてるっち。怖い。

「隣の人は？　シュリくん」

「えと、勝負をしたミナフェです。僕の弟子になりました」

「ほほぅ！　弟子とな！」

「弟子、か」

「弟子、ねぇ」

三者三様の様子でシュリを見る面々。怖い、何この人たち。普通、こんなギラついた目

を人に向けるもんじゃないっち
「ミナフェ」

そんな中でも、シュリは優しい笑みを浮かべていた。

「これがガングレイブの下《もと》で働くってことです」

「骨身に染みてわかったたっち」

よくわかった。シュリは何やら女難《じょなん》の相《そう》があるようだ。

この三人の女性たちの胃袋を掴《つか》んでしまったばかりに、シュリはこれからも苦労するんだろうなぁってのがよく伝わってくるっち。

「まあそれはよい。ほれ、菓子を出せ」

「姫さま、だか、ら、この時間、の菓子は、体に」

「今は見逃せぃウーティン！」

「リルは昼間食べ損ねた菓子を所望する。二人のものを！」

「じゃあ、ボクもいただこうかな。疲れたし」

そう言いながら注文してくる三人に、シュリは苦笑しながら答えた。

「わかりました。ミナフェ」

「なんだっち」

「手伝ってもらえる？」

その要望に、自分は力強く頷《うなず》いた。

「わかったっち。師匠」

シュリに弟子入りした以上、こういう事態も受け入れないといけないんだろうなぁ。

自分はこれからの苦労や修行の日々を考え、ちょっと楽しそうだなと思って笑った。

「任せたよ弟子」


食王シュリ・アズマの下《もと》で働いていた部下の一人がかつて、こう聞いたことがある。

「あなたにとって四人の弟子の方々の中で、一番手を焼いたのは誰でしょうか」

その質問に、シュリ・アズマは苦笑しながら答えた。

「ガーンさんは真面目すぎて困った。アドラさんは気が付けばどこかへ炊き出しに出かけて行方がわからなくなって困った。優等生な二人でもそんな苦労はあった。だけど、一番手こずった弟子はミナフェだろうね」

かつて、オリトルで宮廷料理長をしていたゼンシェの孫にして、次期料理長とも言われていたミナフェ。彼女はシュリ・アズマにとって、とても苦労した弟子とのことだった。

彼女はシュリ・アズマが残したもの、受け継いだもの、そして引き継いだレシピの一つ一つに手を出して、さらなる味の向上に努めたとされている。

それは、弟子でありながらも料理人としての自分の気位と実力は、シュリ・アズマに負けないと自信を持っていたからだ。

事実、彼女はシュリ・アズマのレシピをその土地に合わせて、食材や風土に調和するように改良した調理法を編み出し、シュリ・アズマから驚きと称賛を受けていた。

さらに、彼女の遺した偉業は、後世の料理家にとって大きな意味を持っている。

なぜならば、シュリ・アズマの料理は原本となるレシピに記されている中で、食材の段階から再現が困難とされているものが多かったからだ。

どこの食材なのかわからないような、どこでそんな知識や食材の情報を仕入れているのかわからないようなものが記されていたりもしたからだ。

原本の原本……シュリ・アズマが使っていた料理本なんて、もはやどこの国のものなのかわからないような文字で書かれていたりもしたので、そのままだったら、当時の料理人たちは頭を抱えたことだろう。

ミナフェはそんなレシピの改良を任され、その役目を見事に果たした。

特に作れる菓子の種類に関して、彼女に比肩する料理人は当時いなかったほどだ。

シュリ・アズマから教わった菓子に、独自の技法を用いて新しい菓子を作り、再現性を加えて誰でも作れるようにしている。

そう。彼女が目指したのは、敬愛する師匠の料理を誰でも作れて、その土地独自の食材で楽しめるようになった未来。

食王の三番弟子にして、食王の料理を大陸中に様々な形で広めた料理人。
食王をして、〝最も自分のレシピに挑み続けた〟と言わしめた弟子。
食王が遺したレシピを、料理を、たくさんの人々へ伝えた。
四人の弟子の中で〝食導《しょくどう》〟と呼ばれた三番弟子、ミナフェ。
彼女の、苦難とやりがいに満ちた日々が、これから始まる。

閑話　偉い人に仕える人々 〜ウーティン〜

「姫さまも、無茶を、おっ、しゃる」

姫さまがシュリの菓子を夜中に楽しもうとしているのを阻止しようとしたけど、結局無理だった。王命とか言われたら止められない。

困ったな。あとで王さまに怒られる。

さらに姫さまはその間、調べ物をしてほしいと自分に命令を出した。

菓子を食べ損ねた。

さて、その命令とは偽親《にせおや》たちの背後関係の調査だ。

姫さまは、あの騒動の原因が外敵にあると思っていらっしゃった。てっきり仕事放棄をしている貴族派閥の連中のことかな、と思ったがそうではないとのことだ。

「姫、さまは、小声でおっしゃった……外敵、である、と」

自分はそう呟《つぶや》きながら、真っ暗闇の城の廊下を歩く。今夜の月は三日月よりも細く、空は曇っている。

だから城の中に入ってくる光が少なく、暗い。

だけど自分の夜目《よめ》ならば、明かりを灯《とも》さずとも歩ける。

だから松明《たいまつ》も魔工ランプも用意せず、廊下を歩きながら偽親《にせおや》とやらが捕らえられている地下牢《ちかろう》を目指していた。

「さて、この廊下を曲がった先に……」

だけど、十字路となっている廊下の、自分が向かおうとした先の曲がり角から松明の明かりが見えた。思わず警戒し、物音を立てずに下がる。ここには隠れるところがない。せいぜい暗闇に紛れて見逃されるのを祈るしかない。最悪、強硬手段も……。

自分が警戒していると、その曲がり角から出てきた人物はこちらへ視線を向けているようだった。大丈夫、あの明かりでは自分の姿をハッキリと捉えられないはず。

だが、その人物は松明を持ちながら、片手に握っていた槍《やり》を腰だめに構えた。

「そこに誰がおる⁉」

この暗闇で自分の姿が見えるか。松明があるとはいえ、気配を消していた自分をその目に映すとは。なかなか夜目が利いてるな。……む？　あの服装……確か。

「戦闘の意思は、ない」

自分は軽く両手を上げながら、その人物に近づく。

「自分は、姫さまの、命令、で、調査を、している」

「……お前、テビス姫様のお付きのメイドか」

近づいてわかったが、やはりその服装は自分の見覚えがあるものであり、性別は男だった。だから、自分は相手が誰かを理解した。

「はい。トゥリヌ様の側近……ハイガ、さまです、ね？」

相手はトゥリヌとミューリシャーリの護衛にして付き人であるハイガだった。

この男のことは、一応情報を持っている。トゥリヌに仕える弟分のような存在で、仲が良いと。狼《おおかみ》のような相貌が、自分の視線の先にある。

ハイガは腰に構えていた槍を手の中で回転させて肩に担ぐ。

「確かに。俺は若のお付きの護衛のハイガよ。んで、やっぱりウーティンで間違いねぇな？」

「は、い」

「そんな奴がなんでこんなところにいるんだ？」

ハイガが怪訝《けげん》な顔をして自分に聞いてくる。

……ここは、答えておくべきか。こんな夜中に、明かりも持たずに城の中を徘徊《はいかい》していたなんて知られて警戒されたら、後の仕事に差し支える。

自分は背筋を伸ばして、頭を下げた。

「自分、は、ガングレイブたち、の偽親に、用事が、あります」

「……ああ、お前さんとこの姫様も同じことを考えたわけっちゃね」

どういうことだと聞く前に、ハイガは困ったような顔をする。

「俺も同じことを、若から命令されたわけよ」

これは驚いた。トゥリヌもこの件に関して、同じ疑問を持っていたのか。

自分が何も言わないでいると、さらにハイガは溜め息をついて答える。

「ここで互いに情報を隠しても、主人に迷惑がかかる。そうやな?」

「肯定、します」

「こんな夜中にコソコソしとるもんな。じゃあ、お互いに隠し事なしに言おうや。俺は、先に偽親《にせおや》に会ってきた」

自分は、思わず眉をひそめた。どうやら先を越されたらしい。

「それで?」

「結果として、何も聞けなかったわ」

「聞けなかった、とは?」

「ワタシもその話、興味があるわー」

「私もだ」

自分とハイガが話していると、それぞれ別の方向から声がして、女性と男性が歩いてこっちに来ていた。二人とも魔工ランプを持っている。

松明《たいまつ》とは違う光が二つ分、自分たちの前で止まる。そして、その声に聞き覚えがあった。

「あんたらは？」

「フルブニル様のお付きのガンロだ」

「ミトス様の護衛役で来たユーリよー」

ハイガの質問にそれぞれが答える。なるほど、他の人たちも考えていることは同じわけ。自分は無表情のまま、ガンロとユーリへ視線を向ける。

「そちらも、主人に言われ、て？」

「そうよー。ミトスちゃん……あ、いや、ミトス様に偽親の背後関係を調べて、って言われてねー」

「私も同じようなものだ。……どうやら情報交換の途中だったかな？」

ガンロは自分たち全員の顔を見渡してから顎をさすった。

「どうかな？　私たちで情報交換をしておくというのは」

「それに、なんの、利益、が」

「ここで全員、それぞれがガングレイブに告げ口をされたら困るのではないか？」

ガンロの一言に、ユーリはニヤニヤしたまま手に持っていた薙刀《なぎなた》を背中に回した。

ハイガも同様に壁に寄りかかって、槍《やり》を壁に立てかける。

自分はそこから一歩引いて、戦意がないことを示す。

最後にガンロが、腰に佩《は》いていた剣の留め具をかけて簡単に抜剣できないようにした。

「こんな夜中に城をうろついていたと言われれば、何やらよからぬ企みを抱いていたと言われ、主人に迷惑がかかるだろう」

「だから全員、ここで口を揃《そろ》えて黙ってるとー？」

「そうだ……確かユーリといったな。ユーリ嬢の言うとおり、ここでは全員が口を噤《つぐ》み主人の命令を果たすだけよ」

ガンロの言い分には納得できる。実際ハイガと自分も同じ考えだったから。

ハイガは片手を上げてから答えた。

「そんなら、その同盟に加わるか。俺は先に偽親《にせおや》に会った。あいつらは口を割らなんだ。脅しても、言えば殺されるっちゅうて怯《おび》えておったぞ」

「なるほど……」

ユーリは薙刀《なぎなた》を壁に立てかけてから腕を組んだ。

「おかしいわよねー。このタイミングで、ガングレイブの信用を失墜させようとしたんだものー。ワタシが掴《つか》んだ情報だと、偽親はガングレイブが領主になってからこんな振る舞いを始めたそうよー」

「そら、領主になったらそんなアホもおるわな。領主が孤児なら、なおさらや」

「でもスラムで聞いて回ったけど、あいつらに接触した人物がいたそうよー。金を握らせたら、そんなことを話してくれた人もいたわー」

「その情報の確度は？」

「実際に街中で、スラムの人間が言っていた風体の男が目撃されてる」

ふむ……となれば、貴族派閥の連中か？　姫さまの予想が外れたか？

しかし、この話の中でユーリが苦々しい顔をしていた。

「だけど、貴族派閥の連中の屋敷にそいつらが入るところは目撃されてないわー」

「ふむ……やはりか」

ガンロが腕を組んでから言った。

「私は今回のこの事例、貴族派閥とやらが画策していなかったら、別の要因があると踏んでいた。フルブニル王も、同じ感想を抱いていた」

「それはどこかしらー？」

「……私にとってもアルトゥーリアにとっても、あまり良い思い出がない国だ」

その一言に、その場の全員が驚いてガンロの顔を見た。

自分は、もはや答えが出ているその話に、確証を得るために口を開く。

「それは、グランエンド、と？」

「そうだ。……この国で横暴に振る舞っていたレンハはグランエンドの出身だと聞く。シャムナザと同じだ。政略結婚で同盟を結びながら内側から崩壊させて傀儡《かいらい》にする手法。しかしそれが失敗したんだ、別の手段で揺さぶりをかけた可能性がある」

「姫、さまも、同じ結論だっ、た」

自分の言葉に、全員が自分の顔を見る。

「おそらく、外敵が原因だと」

「……外敵？　外敵言うたんか？」

ハイガは自分の言葉に不安そうな表情を浮かべる。

「間違いなく、外敵、と。姫さま、は、今回の、ことに、確信をもっておられ、た」

「外敵、か……その言葉、果たしてグランエンドの事かいな？」

ハイガがこちらを責めるような目をしていた。

「何か異なる、とでも？」

ガンロはそれに不機嫌そうに顔をしかめた。が、ハイガはどこ吹く風と気にせず、自分にさらに言葉を投げつける。

「あの姫様、案外首謀者のことをわかってるかもな」

「……ああ、なるほど。自分とした、ことが、姫さ、まの真意、に気づかぬ、とは」

「どういうことか聞いてもいいかしらー？」

ユーリが質問を投げかけてくるので、自分は頷《うなず》いてから口を開く。

「別に、グランエンドだけ、が、理由じゃ、ない」

「というと？」

「フルムガルド」

　自分の言葉に、ガンロとユーリは驚いた顔をしていた。

　その中でハイガだけが冷静に答える。

「外敵、ちゅうたら時々神殿連中が背教者のこととして使う言葉じゃ。あの姫さま、その確証が欲しくてウーティンを差し向けたんやろな」

「でもなぜだ？　ガングレイブとフルムガルド……神殿がどう関わってくる」

「かつて、ガングレイブ、と、クウガ、は、神殿に神座《かむくら》の里の住人、と思われて、捕まった」

「本当に⁉」

「まさか！」

「それほんまだったんか……俺も噂《うわさ》で聞いて、嘘《うそ》だと思ってたけど……」

　ユーリ、ガンロ、ハイガがそれぞれの驚き方でこの事実を知った。

　自分だって、この話を調べて知ったときには驚いた。あのクウガが、神座の里の住人とは思ってなかったから。だけど、この話には続きがある。

「でも釈放されてるってことは違うのよねー？」

「……だけど、詳しくは言えないけど、あの聖人が接触してる」

　今度こそ、自分の言葉にその場の全員が目を剥《む》いて驚いていた。

聖人アスデルシア。神殿の最高権力者であり、神殿の御神体として祀《まつ》られ、表に出ることが少ない謎の多い人物。

そんな人物が、彼に接触している。

「バカな、かの聖人が傭兵団《ようへいだん》の人間と接触を？」

「ありえない！　あれは、そんな簡単に会える人物じゃない！」

「ちゅうことは、本当にクウガは……だけどクウガじゃないなら誰が接触を」

ハイガはそこまで言って、口を噤《つぐ》んだ。他の連中もハイガが不自然に言葉を止めたことを受けて、考え、そして結論を得て顔を青ざめさせる。

「……まさか、シュリか」

ガンロの言葉に、全員が何も答えられなかった。

そうだ。姫さまは気づいていらっしゃる。あのシュリが、神座《かむくら》の里の住人かそれに関わる人物だと。だから神殿の最高権力者が接触を図り、何かを話した。

内容までは自分は調べられなかったが、姫さまはきっと、シュリに関する何か重大な秘密だろうと予想している。

「確かにそれなら、あれが異常なまでの料理の腕を持っとることの理由はわかるな」

「でも、ありえないわよー！　神殿は大陸の外の何かを敵としてるのよー？　神座の里の住人なんて、なおさら」

「神座の里、が敵ではない」

ここでガンロは、震える声で言った。

怯《おび》え、恐れているように見える様子で、口を開いている。

「フルブニル様は、知っておられた。シュリが神座の里の住人だと」

「なんじゃと？」

「さらにフルブニル様は、何かを知っておられるようだ。神座の里の住人という言葉を使わず、シュリを流離《さすら》い人《びと》と称しておられた」

「流離い人？」

「それは、なにかなー？」

流離い人。これは自分も初めて聞く名前だ。だけどガンロはそこで頭を振って答えた。

「詳しくは私も知らない。どうやら、神座の里というのは正確な言葉ではないらしい。かの亡くなられた我が国の正妃様が、アスデルシアと接触をしていたとのことだ。そして、何かを話していたと。シュリはそれと同じらしい」

「……それで、今更シュリを狙って、この事件を起こした可能性があった、と？」

「わからんよユーリ嬢……しかし、これで候補は挙がった」

ガンロは表情を引き締め、全員の顔を見る。

「今回の下手人。貴族派閥か、グランエンドか、フルムガルドの神殿か。この三つに絞られるということだ」

改めて聞いてみても、ガングレイブはとんでもないものを相手にしていることになる。領主の座を奪おうとしたのか、計画が破綻《はたん》した復讐《ふくしゅう》なのか、流離《さすら》い人《びと》のシュリを狙ったのか。この三者の狙いがどれも理由としてはしっかりしていて、だから絞れない。

「……今回の、話、はここまで、かと」

自分の言葉に、全員が納得したような表情を見せた。それどころかどこか安心した様子さえ見えた。

当然だろうな。ここで話した内容は、下手したらそれぞれの国が知らない方が良かったと思えるような、この大陸の暗部の秘密すら含んでいる。

一介の王族の付き人が知っていていい話じゃない。

「では、自分は、シュリの、ところ、に戻る」

自分はそれだけ言うと、踵《きびす》を返して歩き出した。

「待て」

だけど、自分を呼び止める声がして振り向く。ハイガは手に槍《やり》を持ってから、自分へ言葉を放つ。

「お前、この話を聞いてどうするつもりだ」

「姫さま、へ、報告を。そして、シュリに、好物を作ってもらう、口添えをして、もらおかな、と」

そろそろシュリのチャーハンが食べたくて仕方がない。今回の仕事、十二分に役目は果たせた。姫さまからご褒美があってもいいはずだ。

しかし、なぜか自分の横にハイガが並んでくる。

「それなら、俺も一緒だ」

「なぜ？」

「……俺も久しぶりに、シュリのお好み焼きを、食べたい」

その顔はさっきまでの真剣な表情でなく、照れくさそうな青年のそれだった。

てか、お好み焼きとは？

「なぜ、それで、ついて、くる？」

「ついでに作ってくれるかなって……」

「ずるい！　それならワタシもだー」

なんと、ここでユーリまでも自分に付いてこようとするではないか。

「ユーリ、は、なにを？」

「ワタシはヨウカンっていうお菓子だね！　小豆《あずき》を使ったブロック状のお菓子なんだけど、素朴で優しくねっとりとした味わいのあれが、また食べたくてー！」

「……自分についてきても、食べられる保証は、ない」

「きっとシュリなら作ってくれるよー」

楽しそうにユーリは言ってくる。ええ……確かにそうかもだけど。

ここでふと気になって振り返ってみる。気になったことがあったからだ。

するとなんと、ガンロも自分たちの後ろを静かに付いてきているではないか。

「ガンロ……あなた、は？」

「……私は、シュリの作るカレーライスとキャロットラペというサラダを、な……」

さきほどまでの雰囲気はどこへやら、照れくさそうに顔を背けるガンロは、もはや威厳も何もなく美味《おい》しいものを食べたいおじさんの顔をしていた。

自分は大きく溜め息をついてから言う。

「……自分に付いてきても、食べられる保証なんて、ない。大事な、こと、だから繰り返す、けど」

「きっと大丈夫よー」

「シュリなら作ってくれるがじゃ」

「まあ、間違いないだろうな」

自分はもう一度大きく溜め息をついて、そして誰にも見られないように微笑《ほほえ》む。

なんだかんだで、シュリはみんなの胃袋を掴《つか》んでるんだな、と。

それがある限り、この場にいる誰もがシュリをどこにも売らないだろう。それをすれば、きっと他の人たちから責められるから。何よりシュリの料理が食べられなくなるから。

まあ、自分もおんなじなんだけど。

結局この集団で厨房《ちゅうぼう》に行ったら、姫さまとシュリに怒られた。

けど、明日か明後日《あさって》には作ってもらえる約束をもらった。

自分はそれで、満足だ。

〈『傭兵団の料理番12』へつづく〉

ヒーロー文庫

傭兵団《ようへいだん》の料理番《りょうりばん》 11

川井《かわい》 昂《こう》

2021年2月10日 第1刷発行

発行者 前田起也

発行所 株式会社 主婦の友インフォス
〒101-0052 東京都千代田区神田小川町 3-3
電話／03-6273-7850（編集）

発売元 株式会社 主婦の友社
〒141-0021
東京都品川区上大崎 3-1-1 目黒セントラルスクエア
電話／03-5280-7551（販売）

印刷所 大日本印刷株式会社

ISBN 978-4-07-447416-5